Jenna Mills

Fille de bibliothécaire, Jenna vit entourée de livres depuis son plus jeune âge et pour son plus grand plaisir. A neuf ans, elle a déjà écrit un conte et une véritable histoire à suspense. Elle se tourne vers l'écriture romanesque après avoir obtenu un diplôme de journalisme. Son premier roman est publié en avril 2002. Elle aime raconter des histoires au suspense psychologique dans lesquelles les personnages, à la personnalité complexe, sont déchirés entre le devoir et la passion, entre les compromis et l'intégrité, entre les choix conscients et le destin.

Face à face

JENNA MILLS

Face à face

INTRIGUE

éditions Harlequin

Cet ouvrage a été publié en langue anglaise
sous le titre :
WHEN NIGHT FALLS

Traduction française de
EMMA PAULE

HARLEQUIN®

est une marque déposée du Groupe Harlequin
et Intrigue® est une marque déposée d'Harlequin S.A.

Originally published by SILHOUETTE BOOKS,
division of Harlequin Enterprises Ltd.
Toronto, Canada

Photos de couverture
Couple : © CAROL FORD / GETTY IMAGES
Immeuble : © ROYALTY FREE / CORBIS

83-85, boulevard Vincent-Auriol, 75013 PARIS — Tél. : 01 42 16 63 63
Service Lectrices — Tél. : 01 45 82 47 47
ISBN 2-280-17045-0 — ISSN 1639-5085

1.

— Ouvrez cette porte ! tonna William Armstrong en abattant son poing contre le panneau de bois, si mince qu'il fut étonné de ne pas passer au travers.

Une ampoule crasseuse projetait une lumière avare sur le porche de la maison délabrée devant laquelle il se trouvait.

— Je répète, rugit-il, ouvrez cette foutue porte !

Dans tout autre quartier de la ville, un voisin aurait déjà appelé la police, mais le tapage nocturne était monnaie courante, dans ce coin mal famé de Dallas.

— Je vous préviens, j'entrerai de toute façon !

Mais il eut beau tendre l'oreille, il ne perçut que les rires enregistrés d'une sitcom. Pourtant, Liam savait qu'elle se trouvait peut-être à l'intérieur avec Braxton. Tout comme il se doutait que ce dernier ne lui ouvrirait pas volontiers.

Et lui, comment réagirait-il s'il les trouvait là tous les deux ? Il écarta cette hideuse possibilité avant qu'elle ne se transforme en images plus affreuses encore.

Elle ne ferait jamais ça… Elle avait promis. Elle avait posé sur lui son regard limpide et lui avait annoncé qu'elle ne reverrait plus Adam Braxton.

Il l'avait crue.

Sauf qu'elle n'était plus là quand il était rentré à la maison plus tard que prévu, à cause de la pluie verglaçante qui avait retardé son vol en provenance de Chicago.

Il martela de nouveau la porte du poing, puis traversa le perron en direction de la fenêtre. Les policiers l'avaient écouté d'une oreille distraite, se contentant d'une promesse vague d'enquête. Donc, s'il voulait la récupérer, il n'avait plus qu'à prendre lui-même les choses en main.

Le nez collé contre la vitre sale, il essaya de voir à l'intérieur. Un unique lampadaire éclairait une pièce sordide jonchée de vêtements, de canettes vides, de boîtes de C.D. et de papiers. Pour tout ameublement, un vieux canapé avachi, quelques cageots et un antique poste de télévision, qui diffusait une sitcom à plein volume que personne ne regardait. Du dos de la main, William essuya le carreau afin d'y voir mieux.

Alors, il la vit, en débardeur noir et minijupe de cuir. Son épaisse crinière brune cascadait sur la peau satinée de ses épaules et de ses bras. Son large sourire illuminait la pièce entière. Oui, c'était bien elle — en photo —, dans un cadre en métal tarabiscoté.

Il n'avait encore jamais vu cette photo, ni cet accoutrement sexy, ni ce sourire provocateur. Une tenue et une attitude qu'une femme réserve à son amant, mais qui ne pouvaient — ne devaient pas — être celles d'une gosse de dix-sept ans vivant chez son père.

Le sang lui monta à la tête, au point de lui tambouriner dans les oreilles. Adam Braxton n'avait pas le droit de posséder une telle photo d'Emily, d'autant qu'elle avait rompu avec lui après l'avoir surpris en compagnie d'une autre fille. Braxton avait tenté de se justifier, prétendant qu'il devait bien assouvir ses besoins quelque part puisque Emily se refusait à lui. Et cela ne changeait rien, disait-il, à l'amour qu'il lui portait.

Dieu merci, sa fille avait eu assez de jugeote pour reconnaître un boniment quand on lui en servait un. Ce qui ne l'avait pas empêchée d'avoir le cœur brisé… Il l'avait longuement bercée contre lui pendant qu'elle sanglotait, il avait même tout fait pour essayer de la consoler.

Tout avait commencé par un message vocal l'informant qu'elle ne s'était pas présentée en classe. Inquiet, il avait tenté en vain de la joindre. Quand il était enfin arrivé à Dallas, six heures plus tard que prévu, il était minuit passé, et ni sa fille ni sa voiture n'étaient à la maison. Pas de lumière aux fenêtres, pas de musique, pas de message sur le répondeur, pas de Post-it sur le réfrigérateur.

Emily n'avait jamais découché. La confiance est un lien implicite, lui avait-il appris — un lien fragile, qui ne se répare jamais complètement s'il est brisé. Il avait tout fait pour forger une relation privilégiée avec sa fille, une relation dans laquelle elle lui disait parfois des choses qu'il n'avait aucun plaisir à entendre, mais il pensait bien ne jamais devoir vivre une situation semblable à celle-ci.

Si Emily avait disparu, ce n'était pas de son plein gré.

Elle n'aurait jamais fait cela.

Il inspecta encore une fois la pièce mal éclairée, et aperçut le chandail à l'effigie du lycée d'Emily, ainsi qu'une paire de tennis lacées par des cordons douloureusement familiers. La fureur s'empara alors de lui à l'idée qu'elle était peut-être là, que Braxton l'obligeait peut-être à assouvir ses fameux *besoins*.

— Emily ! hurla-t-il.

Quelque chose se déchira en lui, une émotion sombre : la rage d'un père. Il regarda fébrilement autour de lui, et eut l'œil aussitôt attiré par l'extrémité brisée de la rambarde. Il s'empara du morceau de bois et prit son élan pour fracasser la vitre.

— Vous n'allez pas faire ça, monsieur Armstrong.

La voix autoritaire l'arrêta net. Il pivota sur lui-même et découvrit une femme sur les marches menant au porche. Même dans l'obscurité, on pouvait distinguer la froide détermination de son regard. La lune se refléta sur le pistolet qu'elle braquait sur lui.

— Gardez vos mains là où je peux les voir, poursuivit-elle, la voix ferme.

Dans son long manteau de cuir, avec cette opulente chevelure auburn tirée en arrière, cette femme offrait un spectacle franchement saisissant. Il cilla plusieurs fois, mais l'apparition ne s'évanouit pas dans la nuit. Elle lui rappelait très vaguement quelqu'un.

— Qui êtes-vous ?

— Inspecteur Jessica Clark, police de Dallas, déclara-t-elle en montant une autre marche.

Il en resta ébahi. Si on omettait ce regard dur et inflexible, elle ressemblait plus à un top model qu'à un policier. Le vent qui s'engouffra dans les pans de son manteau lui apprit qu'elle portait un élégant tailleur-pantalon de couleur taupe, à première vue de soie. La chevelure retenue en arrière par deux peignes mettait en valeur la peau veloutée de son visage. Quant à ses yeux en amande, ils évoquaient de longues nuits passionnées.

Que faisait-elle donc ici ? Il ne l'avait même pas entendue approcher.

— Ecartez-vous de cette fenêtre, monsieur.

— Je n'enfreins aucune loi.

— Non, mais vous étiez sur le point de le faire, corrigea-t-elle en désignant de la tête le morceau de bois. Vous auriez mieux fait de rester chez vous et de m'attendre, comme vous l'avait demandé le capitaine McKnight.

Liam lâcha un juron à mi-voix. C'était *ça* que lui envoyait le capitaine pour retrouver Emily ? Le gradé ne l'avait apparemment pas pris au sérieux, et à la place du tigre demandé, il lui avait envoyé un chaton.

Il fut tenté de briser tout de même le carreau, mais quelque chose l'en empêcha dans la manière qu'elle avait de le dévisager.

— Vous attendre ? Alors que ma fille a disparu ? Désolé, inspecteur, mais cela fait longtemps que j'ai appris à ne plus faire confiance à la police. J'ai mieux à faire que de me laisser entortiller sans réagir.

— Moi aussi, rétorqua-t-elle d'un ton sec en agitant son arme. Tournez-vous et appuyez vos mains sur le mur.

— Hein ?

— Vous m'avez entendue.

— Vous n'êtes pas sérieuse…

Un imperceptible sourire, celui que tous les policiers manient comme des artistes, apparut sur les lèvres de la jeune femme.

— Je ne vous dois aucune explication, dit-elle, et ce n'est pas moi qui étais sur le point de m'introduire par effraction chez un inconnu.

— Ma fille a disparu. Cette maison est celle de son ex-petit ami, et leur rupture ne s'est pas bien passée… Il est possible qu'elle soit ici, et vous savez très bien que c'est l'unique raison de ma présence.

— Admettons que vous la trouviez à l'intérieur. Et ensuite ? Vous comptiez simplement lui prendre la main pour la ramener à la maison ? demanda-t-elle en posant le pied sur la dernière marche. Laissez-moi plutôt vous dire ce que j'ai sous les yeux. Je vois un homme qui a décidé de se faire justice tout seul. Il est aux alentours de minuit, vous rôdez autour d'une maison qui n'est visiblement pas la vôtre, vous tenez un morceau de rambarde dans la main. Si je ne vous avais pas intercepté, vous vous seriez déjà rendu coupable d'un délit. Je vais donc vous faire tenir tranquille avant que vous n'alliez plus loin. Maintenant, face au mur !

Tout en grommelant un juron, William hésita entre la fureur et l'admiration devant cette femme qui n'hésitait pas à le défier. Elle avait plus de cran que beaucoup d'hommes de sa connaissance.

Plus vite ils en finiraient, plus vite il pourrait retrouver Emily. Il laissa donc tomber le morceau de bois et fit ce qu'elle demandait.

Jessica avança sous le porche obscur tout en se demandant comment William Armstrong pouvait ne pas entendre les battements assourdissants de son cœur.

La lumière du lampadaire, qui filtrait à grand-peine au travers des carreaux répugnants de saleté, lui permettait tout juste d'entrevoir le robuste personnage debout devant la porte. Elle l'avait peut-être interrompu en plein élan, mais il ne sentait pas l'alcool et n'avait pas le regard vague. Elle s'approcha néanmoins avec précaution. Il ne ferait probablement rien pour aggraver sa situation présente, mais elle en savait assez sur William Armstrong pour rester sur ses gardes.

Que sa fille ait ou non disparu, cet homme avait d'ores et déjà enfreint un ordre direct de son capitaine.

C'était d'ailleurs pour cela qu'elle maintenait son 38 braqué sur lui.

Un grincement de plancher accompagna sa progression vers lui, sans qu'il fasse le moindre mouvement. Pieds écartés, mains plaquées contre le mur de la maison, il attendait.

Mais, pour quelque obscure raison, il semblait plutôt se préparer.

Elle en fut à la fois curieuse et intriguée. Lorsque le capitaine McKnight lui avait téléphoné, moins de une heure auparavant, pour lui demander d'aller calmer l'individu, elle s'était imaginée en train de lui poser des questions sur sa fille et de prendre des notes, sagement assise sur un sofa. Elle s'était vue lui expliquer poliment la procédure, lui exposer toutes les raisons pour lesquelles il arrive que les adolescents ne rentrent pas à la maison.

Mais pas une seule seconde, elle ne s'était imaginée en train de braquer son arme sur l'un des citoyens les plus en vue de Dallas.

Rien n'était jamais simple, avec William Armstrong.

L'espace d'un instant, elle rêva d'en savoir moins sur ce self-made man devenu un magnat de l'Internet. Alors, elle aurait peut-être pu éprouver de la compassion pour le père désespéré qu'il était. Mais c'était impossible. Elle en savait trop sur lui. Sur lui, sur la fortune qu'il avait amassée, sur ses démêlés avec la justice, sur les sinistres soupçons qui pesaient sur lui. Beaucoup de ses concitoyens auraient volontiers aimé le voir derrière les barreaux.

Comment réagirait-il, quand il comprendrait vraiment *qui* elle était ?

Quelque part dans le voisinage, un chien se mit à aboyer, bientôt imité par un autre. Jessica tendit l'oreille, mais, n'entendant pas la voiture de son collègue, elle finit par aller se placer derrière William Armstrong.

Celui-ci patientait, parfaitement immobile.

Une vieille veste de cuir patinée sur un pantalon de flanelle de grand couturier lui conférait une allure étrange, à mi-chemin entre le caïd de banlieue et le yuppie new-yorkais. Bref, un condensé de son passé et de son présent.

— Que se passe-t-il, inspecteur ? s'enquit-il en lui jetant un coup d'œil par-dessus son épaule.

Il avait les yeux bleus, remarqua-t-elle, des yeux bleus étincelants de méfiance. De ce bleu sombre, particulier et menaçant, caractéristique des ciels d'orage.

— On hésite à poser ses jolies mains bien propres sur mon corps ? On a peur de la contamination ?

— Le sarcasme ne vous convient pas, monsieur Armstrong, rétorqua-t-elle.

— Le sarcasme ? gronda-t-il. Mais vous n'avez rien compris, ou quoi ? Ma fille a disparu ! Elle est je ne sais où, peut-être terrorisée… Je n'ai pas le temps de jouer au plus fin avec vous, inspecteur.

Il était réellement inquiet, elle l'entendit à sa voix.

— Je comprends votre angoisse, répondit-elle, mais il est hors de question que vous vous transformiez en justicier. Vous nous auriez d'ailleurs épargné du temps et des problèmes en restant chez vous, comme vous l'avait demandé le capitaine.

— J'aurais pu, en effet, si j'avais été persuadé que vous finiriez par venir et que vous m'écouteriez.

— Je suis venue, monsieur Armstrong. Je suis arrivée juste à temps pour voir votre voiture disparaître au coin de la rue.

— Vous m'avez suivi.

— Heureusement, sinon vous étiez bon pour une nuit en cellule !

Elle vit un muscle tressauter sur sa joue.

— J'en avais assez d'attendre.

— Monsieur Armstrong, reprit-elle en avançant d'un pas, votre fille n'est absente que depuis deux heures. Sa voiture n'est pas là. Selon toute probabilité, elle est avec des amis, ou…

— C'est faux. Allez-y, faites ce que vous avez à faire. Fouillez-moi. Peut-être qu'ensuite vous daignerez écouter ce que j'ai à vous dire.

Jessica savait reconnaître un défi quand on lui en lançait un, mais elle ne pouvait reculer, sous peine d'être prise pour une mauviette. Il lui fallait rétablir l'ordre des choses, même si cela signifiait poser ses mains sur le corps raide et furibond de cet homme.

— Tournez-vous.

Hors de question d'être sous le feu de son regard alors qu'elle tâtait son corps ! Curieusement, il obéit.

Elle fourra son 38 dans sa ceinture, intima l'ordre à son pouls de se calmer, à ses poumons de respirer normalement, puis se haussa sur la pointe des pieds et fit courir ses mains gantées sur les manches de cuir usé.

Il se raidit à son contact. Une telle réaction la surprit, mais elle choisit de l'ignorer et continua à palper ses épaules, ses bras sur toute leur longueur, ses flancs. Avant de passer au pantalon, elle fit courir une main dans son dos et l'autre sur son torse et son ventre. Comme elle s'y attendait, elle ne trouva rien d'autre que les muscles durs d'un homme contracté de fureur.

Elle se renfrogna. Dans son manteau de cuir, elle avait plus chaud encore que sous les tropiques, alors qu'un vent glacial soufflait. L'air se raréfiait, et elle se rendit compte qu'elle avait nettement moins peur en donnant la chasse à des truands armés et dangereux.

Elle ravala un grognement et reprit son exploration sur les hanches d'Armstrong, puis le long de ses jambes, longues et musclées. Des jambes qu'il devait soigneusement entretenir.

Alors, elle se figea. Des suspects, elle en avait fouillé plus qu'elle ne pouvait se souvenir — des vieux, des jeunes, des femmes, des hommes... Jamais les corps qu'elle tâtait n'avaient provoqué une telle accélération de son pouls. Jamais ils ne lui avaient rendu les mains moites. Jamais elle n'avait songé à l'anatomie que pouvaient bien dissimuler les vêtements...

— Bon sang, qu'est-ce qui se passe, ici ? lança soudain une voix d'homme.

Armstrong sursauta et pivota vers le coéquipier de Jessica, la laissant sur un genou et le nez à hauteur de sa braguette. Elle se redressa d'un coup et fit également face à l'inspecteur Kirby Long.

— Armstrong te fait des misères ?

— Je te croyais juste derrière moi, répondit-elle.

— Je me suis trompé de voiture en te suivant, rétorqua-t-il, maussade.

Ce qui n'était pas plus mal. S'il avait été là, Armstrong aurait déjà les menottes, à l'heure actuelle. Son intransigeant collègue l'aurait regardé fracasser la fenêtre avant de l'arrêter.

— Cette maison est celle du petit ami, l'informa-t-elle, et Armstrong pensait qu'elle s'y trouvait peut-être.

— Ce ne serait pas la première fois qu'une gamine préfère un amoureux au couvre-feu paternel, dit-il. Et…

— Je vais terminer avec lui, interrompit-elle. Fais donc le tour de la maison, histoire de savoir s'il y a quelqu'un à l'intérieur.

— Tu es sûre que tu ne préfères pas le contraire ? s'étonna Kirby, soudain circonspect.

Elle comprit aussitôt qu'il lui demandait si elle ne se sentait pas menacée. Et si Armstrong n'aurait pas dépassé les bornes…

Au bout de trois ans de travail en partenariat, Kirby la considérait encore comme une délicate fleur des bois qu'on risquait de piétiner sans y faire attention.

— J'ai la situation bien en main, assura-t-elle.

Il hésita, puis s'en fut, non sans leur avoir jeté un dernier regard sceptique.

— Pourquoi ne lui avez-vous rien dit ?

Elle refit face à Armstrong, qui la contemplait d'un œil sombre.

— Lui dire quoi ?

— Comment vous m'avez trouvé. Vous savez très bien que si vous n'étiez pas intervenue, j'aurais brisé cette vitre et que je serais déjà à l'intérieur. Je ne sais pas pourquoi, mais quelque chose me dit que lui, il aurait attendu que je le fasse pour me sauter dessus.

— La moitié des policiers de Dallas l'auraient fait, admit-elle à contrecœur.

— Alors, pourquoi pas vous ? Et pourquoi ne rien en dire à votre coéquipier ?

— Aucune importance.

— Cela en a pour moi, au contraire.

Elle se sentit soudain mal à l'aise.

— Peut-être que j'ai voulu vous protéger, répondit-elle. Peut-être parce que je connais bien mon coéquipier. Ou alors, peut-être que j'ai envie d'oublier cet incident et d'en arriver au sujet qui a vraiment de l'importance : votre fille. Maintenant, croyez ce que vous voudrez.

Elle qui s'était attendue à une repartie sarcastique en fut pour ses frais. Il se contenta de la dévisager un long moment, avant de tourner de nouveau les yeux vers la fenêtre sale.

La bourrasque glacée qui balaya alors le visage de Jessica fut totalement bienvenue. Après un été aussi interminable qu'étouffant, l'hiver avait frappé Dallas de plein fouet, telle une vengeance.

— Aucun signe de vie à l'intérieur, rapporta Kirby quelques instants plus tard. Pas de voiture non plus.

Armstrong alla coller son nez à une autre fenêtre.

— Il se cache peut-être là-dedans.

— Oui, éventuellement, admit Kirby, mais je ne le pense pas. Selon un voisin, Braxton est sorti un peu avant 22 heures. Il m'a dit que ce type fait partie d'un orchestre et qu'il allait à un concert.

— On va envoyer une voiture, décréta Jessica. Ils nous préviendront dès le retour de Braxton, et on pourra l'interroger.

Elle savait que cette réponse n'allait pas plaire à Armstrong, mais, jusqu'à présent, rien ne justifiait un avis de recherche. Tous les éléments dont ils disposaient, pour l'instant, suggéraient que l'adolescente avait quitté le domicile paternel de son propre chef.

— J'aimerais bien que nous retournions chez vous, maintenant, poursuivit-elle à l'adresse de William Armstrong. Afin de vous poser quelques questions et de jeter un petit coup d'œil dans le coin.

— Vous pensez qu'elle pourrait être là ?

Elle n'en aurait pas été étonnée. Les adolescents avaient la spécialité de faire passer de mauvais quarts d'heure à leurs parents, soit volontairement, soit sans même s'en rendre compte.

— C'est ce qu'il faut souhaiter, répondit-elle en lui faisant signe d'avancer. Allons-y.

Kirby attendit qu'Armstrong les ait un peu devancés avant de baisser la voix.

— Je vais monter avec lui.

— Prends donc ta voiture, puisqu'elle est là.

Son partenaire tourna la tête vers la rue, William Armstrong ouvrait déjà sa portière.

— Ce type a déjà commis impunément un crime, Jess. Cette fois-ci, je ne vais pas le laisser s'en tirer comme ça.

La bise s'infiltra sournoisement dans le manteau de cuir de Jessica.

— Où irait-il ? s'enquit-elle en réprimant un frisson. Sa fille a disparu.

Passé louche ou pas, l'angoisse qu'elle avait perçue dans son regard était bien réelle. Ce cas-là, ils allaient devoir le traiter avec objectivité, sans tenir compte du reste.

Quelques instants plus tard, leurs deux voitures prirent la direction du nord de la ville et du quartier huppé dans lequel résidait Armstrong. Si sa fille n'était pas rentrée, les prochains jours s'annonçaient aussi paisibles que la traversée d'un champ de mines.

Dix-sept ans, c'était assez long pour effacer les détails d'une enquête à scandale, mais pas suffisant pour la faire disparaître dans l'oubli. Une jeune mère avait disparu sans laisser aucune trace derrière elle... Si Armstrong clamait que sa compagne avait fugué, le père de celle-ci, sénateur et partenaire de chasse de l'inspecteur chargé de l'affaire, criait au meurtre. La police avait enquêté, bien sûr, mais en l'absence de cadavre, même une montagne de présomptions n'avait pu prouver la culpabilité d'Armstrong.

Jessica inséra sa voiture dans la circulation et accéléra. Le chauffage se décida enfin à lui envoyer de l'air chaud, mais ne put rien contre le froid intérieur qu'elle ressentait.

Après tout ce temps, on le soupçonnait encore. Personne n'avait oublié la manière dont la presse avait éreinté les forces de l'ordre, à la suite de la disparition d'Heather Manning. Comment William Armstrong, jeune inconnu de dix-neuf ans, avait-il pu se montrer plus malin qu'un département entier d'inspecteurs ? L'opinion publique avait jugé la police inefficace dans l'enquête conduite, selon elle, en dépit du bon sens.

Et même si la formule « Innocent jusqu'à preuve du contraire » était juste, légalement parlant, la plupart des policiers avaient gardé un goût amer dans la bouche, de n'avoir pu trouver les preuves qui auraient envoyé William Armstrong au tribunal.

Le père de Jessica était l'un d'eux. Inspecteur principal, puis chef de la police, il n'avait jamais abandonné le dossier. A sa mort, il restait intimement persuadé que William Armstrong avait accompli le crime parfait.

Le ronronnement sourd d'un moteur attira l'attention de William. En un éclair, il fut à la fenêtre, le regard braqué sur les phares qui perçaient l'obscurité.

La voiture passa sans ralentir.

Il laissa échapper le souffle qu'il avait retenu, en voulant encore croire que sa fille allait passer la porte à tout moment, hilare et pleine de vie. Il voulait la voir rire et se laisser émouvoir par ce rire, comme il le faisait toujours. Il voulait que disparaisse cette glace qui courait dans ses veines.

— Monsieur Armstrong, m'avez-vous entendue ?

Il tourna la tête et découvrit le regard aigu de l'inspecteur Clark posé sur lui. Après avoir ôté son manteau et ses gants, elle évoluait dans son élégant tailleur-pantalon, qui était bien de soie, comme il l'avait supposé. Sur sa pommette parfaitement dessinée, une boucle auburn échappée de sa chevelure lui conférait une certaine douceur, à laquelle il n'était pas près de se fier.

— Je vous ai entendue.

— Et… ?

— Et rien. Je vous ai dit tout ce que je savais. Il est plus de 4 heures du matin, et personne n'a vu ma fille depuis mon départ pour Chicago, hier matin à 6 heures. Elle n'est pas allée au lycée, elle n'a donné aucune nouvelle à ses amis, mais pour je ne sais quelle stupide raison, vous ne semblez pas prêts à croire qu'elle a des ennuis.

— Monsieur Armstrong, il nous faut considérer toutes les possibilités. Des adolescents disparaissent tous les jours. Très rarement, l'affaire est grave. Existe-t-il un autre endroit où elle aurait pu aller ?

— Chez sa mère, par exemple ? insinua l'inspecteur Long.

William n'eut même pas un tressaillement et s'interdit de réagir.

— Emily ne reconnaîtrait pas sa mère si elle tombait sur elle dans la rue.

— Est-ce que cela pourrait se produire ? insista Long.

Ce policier était trop sûr de lui, avec ses cheveux noirs parfaitement coupés, sa veste de sport et son pantalon au pli impeccable, plus dandy dans son habillement que ne le demandait la fonction de policier. Il avait les traits durs et une lueur cruelle dans le regard.

— Serait-ce une femme de chair et de sang qui bousculerait Emily, ou un fantôme ?

Et voilà, on en revenait au cœur du problème, comme William s'en doutait déjà. La disparition d'Heather. Personne n'avait cru qu'elle était partie de son plein gré, lui laissant leur fille à élever. Personne n'avait cru qu'une « fille à papa » trop gâtée avait pu s'en aller en laissant derrière elle ses vêtements, ses bijoux, ses disques favoris et même sa voiture. En ne passant pas les examens qu'elle avait préparés avec assiduité. En abandonnant tout.

Personne n'avait cru qu'une mère pouvait abandonner son bébé.

Encore aujourd'hui, le père d'Heather, ex-sénateur irascible, préférait croire qu'il était à l'origine de sa disparition. Il était bien plus facile pour Carson Manning de crier au meurtre que de se regarder dans une glace.

Plus William s'était élevé sur l'échelle sociale, plus son ressentiment s'était exacerbé. Carson avait usé de son influence dans les services de police pour faire régulièrement ressortir l'affaire. Il s'en était presque fait une spécialité. Pendant dix-sept ans, les hommes en uniforme n'avaient jamais manqué une occasion de le harceler. Pour un petit kilomètre au-dessus de la limitation de vitesse. Pour un arrêt insuffisant au stop dans une zone résidentielle. Pour un feu arrière manquant.

— Je n'ai pas la moindre idée de l'endroit où se trouve Heather Manning, déclara-t-il à l'enquêteur borné sans même faire un effort pour le convaincre.

— Ce n'est pas ce que pensait Clark, le chef de la police.

Clark. Le plus déterminé, le plus dangereux de ses persécuteurs. L'homme qui avait laissé son amitié avec Carson Manning le rendre sourd à tout ce que le jeune homme qu'il était alors pouvait dire pour sa défense.

William se figea brutalement, en regardant l'inspecteur Jessica *Clark*.

Tous les espoirs qu'il avait fugitivement nourris à son sujet, toute la confiance qu'elle avait su établir entre eux, tout cela fut pulvérisé en un éclair.

Une poussée d'adrénaline le secoua, accélérant son rythme cardiaque. Il planta son regard dans les fascinants yeux d'ambre, mais n'y vit que ceux de l'homme qui avait tout mis en œuvre pour le clouer au pilori.

— Vous êtes la fille de ce salaud, gronda-t-il.

2.

L'inspecteur Clark lui décocha un sourire glacial.

— Je vous demande pardon ?

— Wallace Clark. Vous êtes sa fille.

— Un peu, qu'elle l'est ! répondit son collègue à sa place.

Elle leva le menton, les yeux étrangement brillants.

— J'en déduis que vous vous souvenez de mon père.

William lâcha un juron.

Lui qui avait espéré que la mort de Wallace Clark inaugurerait une nouvelle ère, lui qui avait souhaité que le passé soit aussi mort et enterré que ce policier obstiné, il se demanda alors quel jeu son père lui avait appris à jouer.

— J'ai entendu parler de vous, répondit-il à la fille de son ennemi. Vous êtes l'enfant chérie du département de police, douce comme l'agneau à l'extérieur et dure à cuire à l'intérieur. La digne fille de son papa. C'est la raison de votre présence ici ce soir, n'est-ce pas, inspecteur Clark ? Vous êtes venue pour que je me tienne à carreau et pour me faire fermer ma grande g… Vous êtes venue mettre au pas le grand méchant loup, c'est ça ?

Elle eut beau carrer les épaules, cette posture de défi fut anéantie par la mèche de cheveux bouclés qui lui retomba au coin de la lèvre.

— Je suis venue parce que votre fille a disparu, corrigea-t-elle, scandant ses mots, et parce que vous voulez qu'on vous la rende.

A présent, si vous consentiez à vous arracher au passé, j'aimerais voir sa chambre.

Elle lui tourna le dos et sortit du bureau. Submergé par la rancœur, William la regarda s'en aller. Non seulement le capitaine ne l'avait pas pris au sérieux, mais, en plus, il lui avait envoyé la fille de Wallace Clark. Une manière comme une autre de lui faire comprendre en quelle estime on le tenait.

Il ravala une bordée d'imprécations, sortit à son tour du bureau et grimpa l'escalier quatre à quatre.

Au premier étage, Jessica découvrit un immense grenier aménagé, avec une salle de jeux dotée d'un antique juke-box, un flipper non moins ancien, une table de billard au feutre défraîchi, et ce qui ressemblait à de très vieux fanions cyclistes. Au moins le poste de télévision 16/9e et les fauteuils de cuir rembourré signalaient-ils qu'on vivait bien au XXIe siècle.

Plus loin, deux longs couloirs desservaient des pièces aux portes fermées. Si Jessica n'avait aucune idée de l'endroit où se trouvait la chambre d'Emily Armstrong, elle n'avait pas l'intention d'attendre l'arrivée du père pour l'apprendre et, de toute façon, elle préférait ne pas l'avoir sur le dos.

Son travail concernait l'adolescente, et n'avait rien à voir avec cet individu aux yeux durs et à la langue acérée.

La digne fille de son papa. Le sarcasme lui avait fait mal. C'était grâce à son propre mérite qu'elle était devenue inspecteur, et non grâce à son père. Elle n'était ni son pantin, ni son clone. Elle était juste sa fille, songea-t-elle en s'arrêtant devant la première porte de l'un des couloirs.

Une étrange sensation s'empara alors d'elle. Probablement le résultat d'interminables entraînements à la méfiance devant les portes fermées…

Elle posa sa main sur la poignée.

— Vous n'entrerez pas ici.

La voix masculine, trop confiante, lui fit un choc. Elle pivota sur elle-même et leva les yeux vers William Armstrong. Dans son pantalon de flanelle et sa chemise noire, il aurait dû avoir l'air civilisé, mais même la plus douce des pelisses ne ferait jamais d'un loup un agneau, songea-t-elle.

Il paraissait plus grand, ici, sous ce plafond bas, et elle détesta avoir à lever la tête pour le regarder. Elle détesta également la vulnérabilité que cette posture lui donnait. Pire, elle détesta les ombres qui rôdaient dans son regard. Elle refusa de voir en lui plus que le père éploré.

Des faits, des hypothèses, des indices, voilà ce qu'elle voulait. Tout bon policier sait qu'un engagement émotionnel aboutit infailliblement au désastre.

— Et pourquoi ? Vous y conservez un squelette que je ne dois pas voir ?

— Seulement mon grand lit. Défait.

Elle lâcha la poignée soudain brûlante. S'il y avait une chose qu'elle n'avait pas envie de voir, c'était bien le lit de William Armstrong. Surtout un lit aux draps froissés. Car cela rendrait le personnage bien trop réel… et bien trop masculin.

— Je cherchais la chambre de votre fille.

— Suivez-moi.

Ils retraversèrent la salle de jeux et prirent le second couloir.

— C'est ici.

Encore la même impression inconfortable devant la porte fermée, mais elle la fit taire et pénétra dans la chambre en appuyant sur l'interrupteur. Si elle ne savait trop à quoi s'attendre, elle n'en fut pas moins surprise par la gaieté du lieu, son innocence. Il est vrai que William Armstrong avait une présence si réfrigérante qu'elle en avait attendu autant de sa fille…

A ceci près que cette chambre d'adolescente, à mi-chemin entre l'enfant et la femme, lui fut comme une bouffée d'air frais. Une trace d'odeur de jasmin subsistait dans la pièce, où elle découvrit l'ameublement classique d'une chambre de jeune fille, depuis la table de nuit surchargée jusqu'à la coiffeuse, en passant par la chaîne hi-fi. L'abondance de couleurs conférait à l'endroit une chaleur inattendue.

Elle ne put réprimer un sourire et une bouffée d'affection pour la jeune inconnue.

— Vous en avez assez vu, interrogea Armstrong, pour vous permettre de ficher le camp d'ici ?

Elle se tourna vers lui. Il montait pratiquement la garde à la porte, et elle se dit alors que ses favoris conféraient une certaine douceur à son visage taillé à la hache.

— C'est cela, que vous voulez ? s'enquit-elle. Il est vrai que ce serait bien plus facile pour vous, n'est-ce pas ? Vous pourriez enfin réaliser votre rêve et clouer la police au pilori. Seulement, cela ne vous rendrait pas votre fille.

Il se rembrunit.

— Ne me dites pas ce que je veux, voulez-vous ?

— Alors, épargnez-moi vos jugements sur ma manière de travailler.

Elle reprit son inspection dans la chambre incroyablement bien rangée. Il avait peur, c'était parfaitement visible et totalement humain, mais il avait ses raisons de préférer le combat à la coopération. Elle-même aurait bien voulu éprouver colère et rancune envers lui, mais ce n'était pas le cas. Tout ce qui lui vint fut un élan de compassion.

Qu'avaient donc les hommes de sa trempe, pour repousser systématiquement ceux qui voulaient les aider ?

Et comme la question ne pouvait que rester sans réponse, elle se concentra sur les affaires d'Emily, ses parfums, ses photos encadrées. En les regardant de plus près, elle ne put ignorer plus longtemps le fait que, sur chaque photo, la jeune fille était près de son père. Il y avait là toutes les étapes de sa croissance, depuis les couettes d'une fillette au sourire édenté jusqu'à la première robe de bal d'une jeune fille séduisante. Et, partout, Armstrong arborait un sourire éblouissant de fierté.

Jessica avait horreur des surprises. Or, depuis qu'elle avait rencontré William Armstrong, elle allait de surprise en surprise. C'était comme ouvrir une porte en pensant qu'elle donnait sur un placard exigu, et découvrir qu'en fait de cagibi, il s'agissait d'un loft. Un monde d'incertitude et de danger, mais aussi de mystère.

Elle se revit à seize ans, fascinée par les diatribes paternelles contre Armstrong. Elle se souvint avoir entendu parler du bébé. Mais maintenant, dix-sept ans plus tard, elle avait du mal à imaginer cet homme farouche de trente-six ans père d'une jeune fille. Une adolescente qu'il adorait manifestement. Si elle concluait son enquête en apportant la preuve que sa fille avait bel et bien fait une fugue, elle avait peur de lui briser le cœur.

William Armstrong, le cœur brisé ? Peu plausible…

C'était l'homme violent, disposé à pénétrer par effraction chez Adam Braxton, qu'elle devait garder en tête, et pas celui qui avait traversé son bureau au pas de course quand un bruit de moteur avait résonné dans la rue. Il fallait qu'elle oublie le sursaut qu'avait fait son cœur lorsqu'elle avait vu le désespoir dans ses yeux bleu nuit. Et surtout, il fallait oublier la sensation de ce corps dur sous ses mains lors de la fouille.

— C'est comme ça que vous aimez passer vos nuits, inspecteur, en fouillant l'intimité des gens ?

Jessica sursauta en entendant sa voix. Elle pivota vers lui en réprimant un sourire ironique. Car cette nuit était précisément une de ces nuits glaciales qui donnent aux femmes l'envie de se pelotonner contre le corps tiède d'un amant, de se nicher entre ses bras. Au lieu de quoi, elle se retrouvait face à un homme dont beaucoup pensaient qu'il était coupable de meurtre.

— Ecoutez, monsieur Armstrong… Je sais que vous avez eu des ennuis avec la police dans le passé, mais la polémique ne ramènera pas votre fille plus vite. Je ne suis pas votre ennemie, je suis ici pour vous aider. C'est mon travail.

— Vous voudriez me faire croire que la fille de Wallace Clark prend au sérieux son serment de protection et de service ? Vous voudriez que je vous confie la vie de ma fille ? Alors que votre père n'aspirait qu'à m'envoyer pourrir en prison ?

— Je ne suis pas mon père, martela-t-elle, et je me soucie comme d'une guigne de ce que vous pensez. Je me préoccupe uniquement de la jeune fille qui devrait être bien au chaud dans son lit, à l'heure qu'il est. Je me soucie de vous la ramener en un seul morceau. Alors vous pouvez être soit un obstacle sur mon chemin, soit un allié. A vous de choisir !

Une lueur étrange dansa dans son regard.

— Etes-vous toujours aussi combative, à 4 heures du matin ?

— Ma manière d'être ne vous regarde absolument pas, rétorqua-t-elle en pénétrant dans la salle de bains adjacente.

Pas de pots de maquillage, pas de sèche-cheveux, pas même de peigne, constata-t-elle, perplexe.

De retour dans la chambre, elle fit une découverte similaire dans la commode. La plupart des tiroirs étaient vides.

— D'après ce que je vois dans cette chambre, il est possible que votre fille soit partie chez une copine.

Ou dans la rue, avec la ferme intention de ne jamais revoir son père…

— Ses vêtements ont disparu, précisa-t-elle, ainsi que son maquillage et tout ce dont une adolescente a besoin quand elle s'en va.

Il jeta un coup d'œil vers le centre de la pièce.

— Le lit est fait.

— Et alors ?

— Elle ne le fait jamais, sauf quand je l'y oblige. Si elle l'a fait, cela veut dire qu'elle a essayé de me faire comprendre quelque chose. Elle a voulu m'avertir qu'elle avait un problème.

C'était plutôt tiré par les cheveux, comme théorie, mais Jessica avait pour habitude de ne jamais rien écarter.

— Peut-être l'a-t-elle fait pour vous faire un dernier petit plaisir.

Il tressaillit.

— Pas de doute. Vous êtes bien la fille de votre père.

— Pardon ?

— Ça doit être dans le sang, cette prédilection pour les coups bas.

Un accès de culpabilité sans précédent l'assaillit alors, elle qui n'aimait pas la cruauté.

— J'envisageais simplement toutes les possibilités.

Dans la penderie d'Emily, il n'y avait aucun vêtement sur les cintres roses, aucune chaussure sur la planche du bas. Jessica pivota vers la porte, mais Armstrong n'y était plus. Assis sur le lit, un âne en peluche râpée dans les mains, il portait sur le jouet un regard vide.

Jessica en reçut un violent coup à l'estomac. Le fait de voir cet homme sombre ici, dans cette chambre qui respirait l'innocence, et la manière dont il serrait le vieux jouet entre ses grandes mains, lui en disait bien plus qu'elle ne voulait entendre.

La femme en elle réagissait trop facilement à sa détresse. Elle dut combattre l'envie stupide de le rejoindre, de passer un bras autour de ses épaules et de lui murmurer des paroles de réconfort.

Mais le policier qu'elle était resta immobile. Le tristement célèbre William Armstrong n'avait pas besoin de son réconfort. Elle n'en avait d'ailleurs aucun à lui donner.

— Je le lui ai gagné à Luna Park quand elle avait six ans, se souvint-il. Je revois encore ses yeux briller comme des étoiles, ce jour-là…

— Elle devait être une petite fille adorable, répondit-elle en souriant.

— Elle est mon soleil depuis le jour de sa naissance.

Alors, en entendant la douleur vibrer dans sa voix, Jessica sentit s'effriter le bouclier d'indifférence qui faisait sa force.

— La relation père-fille est toujours très particulière, se surprit-elle à dire, et la plupart des petites filles grandissent en étant persuadées que leur papa pourrait conquérir le monde.

Cela avait été son cas. Il lui était encore douloureux, parfois, de penser qu'il était parti. Elle l'avait cru capable de tout vaincre, même la maladie.

— Emmie était persuadée que c'était moi qui avais accroché la lune dans le ciel, reprit Armstrong en ébauchant un sourire.

— Et pour elle, je suis certaine que vous l'aviez fait.

Il contempla la peluche.

— J'aurais tant aimé qu'elle n'apprenne jamais la vérité…

— Quelle vérité ? s'enquit Jessica, tous les sens en éveil.

Il releva les yeux, l'air lointain.

— Je suis un homme, et pas le héros en qui elle croyait. Je fais des erreurs. J'ai des regrets.

Jessica connaissait trop les ravages que peut occasionner, dans la vie d'une adolescente, le fait de grandir à l'ombre d'un père tout-puissant.

— Vous l'avez au moins préservée des feux de l'actualité.

En dépit de la notoriété d'Armstrong, elle avait rarement entendu parler de sa fille.

— Elle est innocente, et je refuse qu'elle souffre à cause de mes erreurs.

— Vous croyez que c'est pour cela qu'elle a disparu ? A cause de vos… erreurs ?

Toute la lumière qui avait brillé quelques instants plus tôt dans son regard se dissipa. Il ferma les yeux, puis se retourna pour poser lentement l'âne sur un oreiller. Ensuite, il se releva et jeta un regard dur à Jessica.

— Ma fille ne s'est pas enfuie.

— Je n'ai pas dit qu'elle l'avait fait.

— Pas avec des mots, c'est vrai.

Alors, elle se rendit compte qu'elle s'était trop rapprochée de lui, et recula d'un pas.

— Mon enquête commence à partir de maintenant, monsieur Armstrong.

— Appelez-moi Liam.

— Je préfère garder…

Il fit un pas vers elle.

— Epargnez-moi un sermon sur le protocole, Jessica.

Elle dut pencher la tête en arrière pour éviter de regarder la toison qui pointait au travers de son col de chemise ouvert. Il le faisait exprès. Il envahissait sciemment son espace vital.

Cet homme savait exploiter au mieux ses avantages.

A ceci près qu'elle savait comment jouer à son petit jeu. Elle savait comment manier des hommes tels que lui, tels que son père, des hommes puissants qui n'ont de temps à perdre pour rien ni personne.

Et, une fois encore, elle éprouva une étrange fraternité avec cette inconnue de dix-sept ans.

— Nous savons tous les deux que vous avez été envoyée ici pour me calmer, lui dit-il d'une voix de velours. D'accord. J'accepte d'oublier qui était votre père, et la véritable nature de vos motifs, à partir du moment où vous retrouvez ma fille.

Elle glissa les mains dans ses poches, des mains étrangement moites.

— Quel rapport avec le fait de vous appeler par votre prénom ? Nous travaillons ensemble à résoudre un cas, nous ne prenons pas le thé.

— Je vous veux de mon côté, mais tant que vous me donnerez du « Monsieur Armstrong » long comme le bras, je n'arriverai pas à y croire. Il n'y a que les gens du fisc pour m'appeler ainsi.

Elle lutta contre une envie de rire aussi irrésistible que malvenue.

— Je vois.

Le bleu de ses prunelles vira au cobalt.

— Si vous avez été envoyée ici pour m'apaiser, inspecteur Jessica Clark, alors faites-le. Appelez-moi Liam.

Son cœur battit encore plus vite, et plus fort. Là, debout dans la chambre d'une adolescente, elle se retrouva elle aussi adolescente. Des années d'entraînement et d'expérience disparurent, elle redevint la novice en tête à tête avec le mauvais garçon du lycée, paniquée à l'idée de voir débarquer ses parents.

Et elle détesta cela, plus encore qu'elle ne l'avait détesté seize ans plus tôt.

— Liam, dit-elle.

Et, sans savoir vraiment pourquoi, elle lui tendit la main.

Il la prit et referma ses longs doigts autour des siens, en une poignée de main ferme et chaude.

— Trouvez ma fille, Jessica. Ne me faites pas regretter de vous avoir fait confiance.

Ces mots furent comme un choc. Tout comme le fut cette paume pressée contre la sienne, ces doigts refermés autour des siens.

— C'est mon travail.

Liam regarda s'éloigner Jessica Clark, tenté de croire qu'elle était vraiment désireuse de l'aider. Pourtant, il avait dans l'idée que c'était *lui*, la cause de son départ précipité.

Mais il ne pouvait pas vraiment lui en vouloir. Il y était allé un peu fort, bien décidé à savoir si elle était aussi déterminée qu'elle le prétendait.

Quelque chose lui disait que cette jeune femme énigmatique ne devait pas manquer de cran. Elle était également intelligente, pleine d'assurance et de conviction. Enfin, elle n'était apparemment pas du genre à tergiverser longtemps avant de foncer.

Son détestable collègue repartit en se pavanant dans sa voiture alors qu'elle se glissait dans la sienne, et Liam eut alors l'occasion d'admirer une dernière fois ses jambes fabuleusement longues. Le moteur rugit, les phares illuminèrent la nuit, et la fille de Wallace Clark disparut.

Il caressa la tête du labrador assis à ses pieds.

— Qu'en dis-tu, toi ? Tu crois qu'elle va nous aider, ou qu'elle ne vaudra pas mieux que les autres ?

Molly n'avait pas échappé à la passion d'Emily pour la mode, et portait en collier un bandana orange, brun et rouge délicatement brodé. Le cœur transpercé de douleur, il revit sa fille le nouer, quelques jours plus tôt, autour du cou de sa chienne. Pris du besoin de faire quelque chose, n'importe quoi, il fila vers son bureau et empoigna le téléphone.

— Je me consacre entièrement à l'affaire, lui déclara peu après Vega Saint-Clair, un des plus fameux détectives privés du Sud-Ouest. Nous allons mettre la main sur l'enfant de salaud qui a enlevé votre fille. Je vous le garantis.

Enfin une lueur d'espoir dans cet univers de ténèbres…

— Il y a autre chose, une personne sur laquelle je veux des renseignements.

— Allez-y.

— Jessica Clark, inspecteur de police et fille de l'ex-chef Wallace Clark, précisa Liam en attrapant une photo encadrée d'Emily et de Molly, identique à celle qu'avait étudiée Jessica peu avant.

Il avait vu alors quelque chose d'étrange traverser ses yeux vifs, comme un éclair de tristesse, une ombre de regret.

— Je veux savoir quels ont été ses résultats à l'académie de police, à quelle vitesse elle est montée en grade, quels sont ses états de service. Je veux savoir ce qui la touche, ce qui la blesse…

A l'autre bout de la ligne, Saint-Clair s'esclaffa :

— Quelle confiance !

— On ne peut réussir un puzzle qu'une fois toutes les pièces identifiées, rétorqua Liam.

3.

— Personne n'a encore compris que ce gibier de potence constituait une menace pour la société ? s'écria Carson Manning.

L'ex-sénateur attendait déjà Jessica quand elle était arrivée, dix minutes plus tôt. Depuis, installée avec lui dans une salle d'interrogatoire, elle s'efforçait de lui faire recouvrer son calme afin de prendre sa déposition.

— Monsieur Manning…

— J'avais bien dit au juge Donovan que ce type n'avait pas le droit d'élever une enfant ! J'avais même prévenu ton père qu'une histoire pareille finirait forcément par arriver…

— Une histoire comme quoi ?

Son interlocuteur jaillit de sa chaise tel un diable de sa boîte.

— J'ai tout fait pour avoir la garde d'Emily ! Après ce que ce salaud a fait à ma petite Heather…

— Il n'a jamais été accusé de crime, objecta Jessica en se levant aussi.

Il n'y avait même pas eu de cadavre, mais seulement une liste impressionnante de présomptions… Des vêtements neufs encore dans un placard, toutes les valises sous le lit, un rendez-vous chez le coiffeur pris pour le lendemain et jamais respecté ni annulé. De l'argent à la banque jamais retiré. Des cartes de crédit jamais utilisées. Un passé de querelles incessantes.

Et un bébé laissé seul, affamé et hurlant.

— Cela ne veut pas dire qu'il ne cache pas des secrets, Jessie, mais seulement qu'il est plus futé que la police. Heather était une jeune fille heureuse, si affectueuse..., poursuivit-il. Un peu libre d'esprit, d'accord, mais elle avait si bon cœur ! Nous avions toujours pensé qu'elle épouserait le fils des voisins. Et puis, à l'université, elle a oublié jusqu'au nom du pauvre Kale quand elle a rencontré Armstrong. Il s'est servi d'elle, il lui a fait un enfant... Et puis il s'en est débarrassé.

— Je suis navrée pour votre fille, monsieur, mais, pour l'instant, rien ne laisse supposer que William Armstrong soit impliqué dans la disparition de sa fille. Il n'était même pas en ville à l'heure des faits.

— Un homme aussi plein aux as que lui n'a pas besoin d'être là.

Elle reprit son café en tâchant de faire correspondre le personnage que lui décrivait Manning avec le père qu'elle avait vu serrer un âne en peluche dans ses mains. Et en se demandant comment on peut vivre, lorsqu'on est l'objet de tant de haine.

— Selon l'opinion générale, Armstrong adore sa fille, reprit-elle. Pourquoi aurait-il voulu la voir disparaître ?

— Qui sait ce qui peut bien lui passer par la tête ? Peut-être qu'elle devenait gênante... Peut-être en a-t-il eu assez d'elle, qu'elle ne soit plus une petite fille docile et obéissante. Maintenant qu'elle est plus grande, elle ne fait certainement plus les quatre volontés de son papa.

— Ainsi, vous pensez qu'il s'en est débarrassé ? interrogea Jessica, incrédule.

Elle avait vu des crimes atroces, mais les allégations de Carson Manning lui semblaient dénuées de fondement.

— On appelle ça une intuition, Jessie, reprit-il, l'œil enfiévré. Une intuition que ton père aurait eue comme moi, en cet instant. Et si tu ne veux pas t'y rallier, je trouverai quelqu'un qui le fera.

*
* *

William projeta son poing contre la surface en cuir du punching-ball, qui dansa au bout de la corde et revint vers lui, prêt pour le coup suivant. Encore et encore... Gauche, droite, gauche, droite... De plus en plus fort. De plus en plus vite.

La sueur lui dégoulinait sur le visage, elle lui coulait sur le torse, dans les yeux, mais il cognait encore, il cognait toujours, avide de défoulement. La douleur lui remettait les idées en place, lui rappelait qu'il était bien vivant.

Il émit alors un grondement sourd, recula d'un pas et projeta le pied droit contre le sac de cuir. Son entraîneur lui reprocherait de ne pas avoir mis de chaussures, mais le confort était vraiment le moindre de ses soucis. Il cherchait surtout à se calmer avant de se risquer à tout contact humain.

Et c'est pour cette raison qu'il continua à cogner.

Il était homme à provoquer les événements. Quand il rencontrait un obstacle en travers de sa route, il le déplaçait. Parfois, la négociation fonctionnait. Dans les rares occasions où ce n'était pas le cas, il avait recours à des tactiques plus radicales afin d'atteindre le but souhaité.

Il envoya un autre coup dans le pauvre sac innocent, tout en imaginant qu'il s'agissait de cette ordure de kidnappeur.

— Oh, Liam chéri, tu vas finir par te blesser...

Stupéfait, il recula d'un pas, se retourna et découvrit Marlena Dane sur le seuil de la salle de sports. Sur son trente et un comme toujours, la jeune femme aux cheveux oxygénés, vêtue d'un tailleur bleu vif, lui parut arriver de manière franchement inopportune. C'était sans doute la femme de ménage qui lui avait ouvert.

— Que fais-tu là ?

— Comment peux-tu seulement me poser une question pareille ?

— Très facilement, rétorqua-t-il en empoignant une serviette de toilette pour s'éponger le visage.

A part Emily, la seule personne qu'il avait envie de voir était l'inspecteur qui lui avait promis de retrouver sa fille. Mais certainement pas son ancienne maîtresse !

Un cliquetis de talons aiguilles sur le carrelage l'avertit de son approche. Il jeta la serviette sur ses épaules.

— Le moment n'est pas bien choisi, Marlena.

— Avec toi, il ne l'est jamais, William. Quand vas-tu enfin admettre que tu n'es pas indestructible et laisser les autres t'aider ?

— Si tu ne peux pas me dire où trouver Emily, il n'y a rien que tu puisses faire pour moi.

Marlena émit un claquement de langue et se rapprocha un peu plus de lui.

— Et je suppose que c'est pour cette raison que tu te punis tout seul, ici ? Regarde-toi, reprit-elle en laissant ses yeux courir de son torse luisant à son short, puis à ses jambes. S'il a jamais existé un homme qui ait besoin de quelqu'un, c'est bien toi, Liam, poursuivit-elle en se rapprochant encore. Pourquoi ne…

— Assez.

— Tu ne devrais pas rester seul, insista-t-elle en lui posant une main sur le bras. J'aimerais faire quelque chose pour toi.

Le genre de réconfort qu'avait Marlena en tête, qu'elle avait toujours en tête, il le connaissait. Et il n'en avait pas envie.

— Il ne s'agit pas de moi, répondit-il d'une voix atone.

— Je suis désolée, Liam, reprit-elle, un éclair brûlant dans le regard. Je suis désolée que cela ait dû se produire.

— Rien n'a *dû* se produire, bon sang ! s'écria-t-il avec feu. Quelqu'un a enlevé ma fille, et je n'étais pas là pour l'en empêcher !

— Tu as une entreprise à diriger, William. Tu ne peux pas être avec elle tout le temps.

— C'est ma fille. Elle passe toujours en premier.

— Oui, mais c'est aussi une grande fille. Tu sais combien elle est indépendante… Tu ne peux pas la garder indéfiniment enfermée.

La rage qu'il essayait de dompter fit irruption, plus violente que jamais.

— Elle n'a pas fugué, bon sang !

— Bien sûr qu'elle n'a pas fugué, reprit rapidement Marlena, comme si elle avait conscience d'être allée trop loin. Je voulais juste dire que tu ne dois pas te sentir coupable de l'avoir laissée seule… Ce n'est pas de ta faute, et tu n'avais aucun moyen de savoir ce qui allait arriver…

Ce fut la goutte d'eau qui fit déborder le vase.

— Marlena, je crois t'avoir dit que le moment était plutôt mal choisi. Ne m'oblige pas à me répéter.

— Tu ne l'admettras jamais, n'est-ce pas ? murmura-t-elle en levant une main vers son visage. Tu n'admettras jamais que tu es humain, que tu as besoin des autres…

— La manière dont je vis me regarde.

Une femme superbe se trouvait là, à quelques centimètres de lui, elle lui caressait tendrement la joue, ses yeux verts lui faisaient des promesses que la plupart des hommes auraient trouvées irrésistibles… et il n'éprouvait rien du tout.

— Liam, laisse-moi te…

— Tu ne comprends donc pas, Marlena ? Tu ne peux rien pour moi. Personne ne peut rien.

Elle fit un pas vers lui, approchant sa bouche de la sienne.

— Excusez-moi, lança alors une voix à l'autre bout de la pièce.

Il pivota aussitôt vers l'inspecteur Clark, debout sur le seuil. Tout comme la veille, elle portait un tailleur-pantalon, de couleur beige cette fois. Même si elle avait tiré ses cheveux en arrière, quelques mèches échappées attirèrent immanquablement l'attention de William sur son visage.

Et ce qu'il y vit lui donna un coup au cœur, et lui coupa le souffle. Une bouche dure, des yeux d'ambre inexpressifs.

— Mon Dieu, Emily, souffla-t-il en se précipitant vers elle. Est-ce que vous l'avez retrouvée ? Elle va bien ?

— Je regrette…

— Quoi ? Quoi donc ?

Il tendit la main vers elle. Elle recula légèrement, comme pour se prémunir d'une attaque.

— Je n'ai pas de nouvelles de votre fille. Ce n'est pas la raison de ma présence ici.

Aussitôt, un immense soulagement s'empara de lui. Elle n'était pas venue lui apporter de mauvaises nouvelles, elle n'était pas venue lui apprendre qu'Emily avait peut-être été blessée, ou même… Il rejeta avec force l'idée atroce qui venait de se former dans son esprit.

Depuis combien de temps Jessica Clark était-elle là, sans rien dire ? Mais d'abord, pourquoi ne s'était-elle pas annoncée ?

— Que faites-vous ici, en ce cas ? demanda-t-il. C'est comme ça que vous cherchez ma fille ?

Jessica s'exhorta au calme. D'abord Carson Manning, maintenant William Armstrong… Elle n'avait vraiment pas besoin qu'on lui apprenne de quelle façon elle devait travailler !

— Eh bien, voilà au moins une réponse à une de mes interrogations, répliqua-t-elle en laissant son regard parcourir la salle parfaitement équipée.

— Quelle interrogation ? demanda-t-il.

— Je me demandais si vous étiez plus cordial au grand jour. Visiblement pas, conclut-elle en haussant une épaule, fataliste.

Les yeux de Liam se mirent à lancer des éclairs.

— Ma fille a disparu, et vous vous souciez des bonnes manières ?

Avant même qu'elle ait pu trouver une réponse, il lui saisit la main, la porta à ses lèvres et la baisa sans la lâcher du regard.

— Cela vous convient mieux ainsi, inspecteur ?

Pétrifiée, elle regarda sa main, mince et fragile dans la sienne, la ligne dure de sa bouche, le défi que lui lançaient les yeux cobalt. La colère et la douleur s'y lisaient comme dans un livre ouvert.

Elle relâcha bruyamment son souffle.

— Monsieur Armstrong…

— Pour l'amour de Dieu, Liam, intervint la femme en bleu en posant une main sur le bras d'Armstrong. Que tu me repousses, je peux le comprendre, mais pourquoi agir ainsi avec la police ? Tu veux revoir Emily, oui ou non ?

Il se figea aussitôt, et Jessica retira sa main.

— Peut-être devrions-nous tout reprendre à zéro, suggéra-t-elle, je ne suis pas venue dans le dessein de vous contrarier.

L'espace d'un instant, il ne répondit rien. Il ne fit rien. Puis, lentement, ses yeux revinrent à la rencontre de ceux de Jessica, et elle en eut le souffle coupé. Jamais encore elle n'avait vu un tel désarroi dans le regard d'un homme, pas même dans celui du jeune marié dont on avait retrouvé la femme étranglée près de l'aéroport.

Il la choqua encore plus quand il reprit la parole.

— Je suis navré, lui dit-il, avant de décocher un regard lourd à la femme en bleu et de se tourner de nouveau vers elle. Vous comprendrez que j'aie quelques réticences face aux gens de votre acabit… Vous savez ce qu'on dit des loups déguisés en agneaux…

Oui, elle le savait. Trop bien, même. Elle jeta un coup d'œil à Armstrong, dont la peau était recouverte d'une fine couche de sueur.

Son pouls s'accéléra brutalement alors qu'elle découvrait une autre dimension de cet homme complexe — cet homme que son père pensait coupable de meurtre, cet homme sur le corps duquel elle avait passé les mains, la veille au soir. Les épaules larges, la taille mince et les jambes longues et musclées, c'était plus ou moins l'apanage de tous les hommes qu'elle voyait au poste de police. Mais ce torse… Large, athlétique, recouvert d'une toison sombre et dense…

— L'inspecteur Long vérifie les aéroports et les gares routières, répondit-elle pour se donner une contenance. J'ai discuté avec Carson Manning ce matin, et…

— Il est persuadé que je suis responsable de la disparition d'Emily, pas vrai ?

— Ce qu'il pense n'a aucune importance, tant que nous n'aurons rien trouvé qui aille dans le sens de ses allégations.

Armstrong serra les poings.

— Ce type vendrait sa mère pour me voir coupable de quelque chose. Il avait soigneusement planifié la vie entière de sa fille chérie, il lui avait même trouvé le mari idéal… Un jeune inconnu au compte en banque aussi léger que ses rêves de réussite étaient grands, ça n'entrait pas dans ses projets ! Pour ce que j'en sais, il a très bien pu enlever lui-même Emily, juste histoire de me rendre la monnaie de ma pièce. Ce ne serait pas la première fois.

En effet, songea Jessica. Deux fois déjà, le grand-père d'Emily était allé la chercher à l'école sans autorisation. La deuxième fois, Armstrong avait réussi à les rattraper alors qu'ils faisaient route vers le Mexique.

— L'inspecteur Long et moi-même sommes allés faire un tour vers chez lui, ce matin, dit-elle. Rien à signaler pour l'instant, mais nous tenons sa maison sous surveillance. Si Emily est avec lui, nous le saurons bientôt, ajouta-t-elle en sortant son carnet et un stylo de son sac. J'ai rendez-vous avec les amis de votre fille, afin de discuter avec eux et voir s'ils savent quelque chose. Mais auparavant, je voulais savoir si vous n'aviez pas eu une nouvelle idée.

— Une information qui aiderait à retrouver ma fille et que je vous aurais cachée ?

Elle ravala un soupir de frustration.

— Monsieur Armstrong…

— Liam.

— Pourquoi tenez-vous à rendre les choses aussi difficiles ?

Les yeux cobalt prirent un éclat particulier.

— Vous voyez une autre manière, vous ? demanda-t-il sombrement. Ma fille a disparu, et pour la récupérer, je dois faire confiance à la fille de celui qui a consacré une bonne partie de sa vie à essayer de me jeter en prison. Alors, je ne crois pas que cela puisse être une promenade de santé pour aucun d'entre nous.

— J'en suis consciente, reconnut-elle, mais vous êtes un homme intelligent. Vous comprendrez donc que chaque minute perdue à me chercher querelle est une minute pendant laquelle l'enquête piétine. Je ne suis pas votre ennemie. Comment faut-il que je vous le dise ?

— Retrouvez ma fille. C'est tout ce que je vous demande.

— D'accord, acquiesça-t-elle en ouvrant son carnet. Que pouvez-vous me dire de ce petit ami…

— Cet *ex*-petit ami.

— Il n'est pas rentré de la nuit. Savez-vous où il pourrait se trouver ?

— Le fils Braxton ? intervint la femme en bleu, muette depuis le regard coléreux que lui avait jeté Liam. J'ai tout de suite compris qu'il était synonyme d'ennuis, quand Emily l'a fait venir à la maison. Elle aussi, d'ailleurs. C'était justement ce qui l'avait attirée.

Jessica remarqua la manière dont Liam s'écarta d'elle.

— Pourriez-vous m'en dire plus, madame… euh…

— Dane. Marlena Dane. Je suis la…

— Une amie, coupa William Armstrong. Et il n'y a rien à ajouter. Braxton a écrit une chanson pour Emily et, comme toutes les filles de son âge, elle en est tombée raide amoureuse. C'est aussi simple que ça.

La déception se peignit sur les traits de Marlena, et elle voulut mettre de nouveau la main sur son bras. Mais en voyant Liam la repousser sans ménagement, Jessica se posa des questions sur la véritable nature de leurs rapports. Une certaine familiarité existait bel et bien entre eux, mais il était difficile d'en savoir plus sur leur degré d'intimité.

Jessica se promit mentalement de revoir Marlena Dane, et de lui faire dire ce que Liam avait refusé d'entendre.

— Dois-je en déduire que vous n'approuviez pas la relation entre votre fille et M. Braxton ?

— Emily n'est pas la première fille intelligente à s'amouracher d'un minable, répondit-il, maussade, en faisant un pas vers elle. Elle a été éblouie, et c'est normal. Le groupe de Braxton joue dans une discothèque du centre-ville.

Cela, elle le savait déjà. Le groupe se produisait dans d'anciens entrepôts récemment rénovés, proches de la mairie.

— L'inspecteur Long doit passer au Deep Ellum, cet après-midi.

— Si jamais ce voyou a posé un doigt sur elle…

— Nous nous en occupons, coupa-t-elle, imperturbable.

L'ex-petit ami était en tête de leur liste de gens à interroger.

— Nous allons trouver Adam Braxton, et si votre fille est avec lui, nous vous la ramènerons. Si tel n'est pas le cas, nous poursuivrons nos recherches, conclut-elle en refermant son carnet. Je vous en donne ma parole.

Il se rapprocha encore, jusqu'à n'être plus qu'à quelques centimètres d'elle.

— C'est censé me rassurer ?

— Je ne suis pas responsable de vos sentiments, mais seulement de l'enquête.

— Vous me demandez de faire confiance à la fille de Wallace Clark ?

— Je vous demande de *coopérer*, corrigea-t-elle. Et de me laisser faire mon travail.

— Compter sur les autres ne me vient pas naturellement.

— Je comprends, mais j'ai peur que vous n'ayez guère le choix, dans le cas présent. Il va falloir que vous me fassiez confiance. Je suis plutôt bonne dans mon travail, et je ne vous laisserai pas tomber.

— Et si je vous prenais au mot ? lâcha-t-il, l'œil soudain plus brillant.

— Alors, je saurai que vous êtes aussi intelligent que le pensait mon père.

Et, comme il n'y avait rien à ajouter, elle glissa son carnet dans son sac.

— Maintenant, reprit-elle, si nous avons fini de jouer au chat et à la souris, j'aimerais bien aller faire un tour au lycée.

— Je vous en prie.

— Appelez-moi si un élément ou un autre vous revient.

Fascinée par ce regard étrangement scrutateur, elle hésita à ajouter quelque chose. C'était presque comme s'il n'avait pas envie de la voir partir. Mais non, c'était ridicule… Elle se dirigea donc vers la porte.

Liam la regarda s'en aller, en ayant l'impression de voir toute son énergie partir avec elle. Durant les quelques minutes de sa présence, ce qu'elle avait dit de sa voix légèrement rauque, ajouté à l'éclat courageux de ses yeux d'ambre, avait fait grandement monter son taux d'adrénaline. Diable ! Au moins cette femme le faisait-elle se sentir vivant.

Et s'il avait toutes les raisons du monde de ne pas faire confiance à la fille de son ennemi, une étrange petite voix lui soufflait que si quelqu'un pouvait retrouver son Emily, c'était bien Jessica Clark, inspecteur et fille de son plus grand ennemi.

— Tu devrais y aller, toi aussi, Marlena.

Son ex-maîtresse se renfrogna.

— Tu ne sais toujours pas tirer les leçons de tes erreurs, n'est-ce pas, Liam ? J'espère simplement que cette fois-ci, le prix à payer ne sera pas trop élevé.

Sur ces mots, elle lui tourna ostensiblement le dos et s'en fut.

Quelques heures plus tard, Liam comprit la bêtise qu'il avait commise. Et il lâcha un juron en relevant les yeux du rapport que lui avait transmis le détective Saint Clair par télécopie.

Il s'était laissé berner par une apparence séduisante et téméraire, et n'avait pas vu ce qu'il aurait dû voir. Compter sur la fille de Wallace Clark pour lui ramener sa fille équivalait à se tirer une balle dans le pied.

Car l'inspecteur aux yeux d'ambre avait un passé aussi contestable que le sien.

Le corps engourdi, l'estomac vide et douloureux, Jessica se passa une main dans les cheveux. Cela faisait trop longtemps qu'elle n'avait ni dormi ni mangé, mais elle n'arrivait pas à s'arracher de son siège. Assise dans la quasi-obscurité de sa cuisine, seulement éclairée par l'aquarium du salon, elle tentait de tirer quelque chose de tout ce qu'elle avait appris.

Une jeune fille avait disparu. Il était possible qu'Emily Armstrong ait fait une fugue, mais son instinct lui soufflait qu'autre chose entrait en ligne de compte. Un fait nauséabond, qui la glaçait, et renforçait sa détermination à résoudre l'affaire au plus vite.

Le père de la jeune disparue s'interposa dans ses pensées. Il représentait pour elle un danger, et pas seulement à cause de son regard hanté ou de ses sarcasmes. Elle connaissait trop bien les hommes dans son genre ; énergiques, dominateurs et déterminés, ils saccageaient sans pitié la vie de ceux qui avaient le malheur de croiser leur chemin. Son père le lui avait appris.

Peu importait l'intensité des interrogations que suscitait en elle William Armstrong, et peu importait à quel point il l'affectait : elle ne devait absolument pas se permettre de voir en lui un homme, un père affligé. Cela le rendrait trop humain.

Il lui fallait simplement le considérer comme un cas à résoudre.

Dans l'aquarium éclairé, des scalaires évoluaient parmi les algues. D'habitude, ce spectacle suffisait à l'apaiser, mais ce soir, il n'en était rien.

Elle repoussa ses cheveux en arrière et sortit son Dictaphone. Dans la journée, elle avait réussi à auditionner trois amies d'Emily, et à glaner une foule de renseignements. Ces adolescentes plaçaient William Armstrong au même niveau que Tom Cruise ou George Clooney.

Crayon en main, elle entreprit de réécouter les enregistrements. Près d'une heure s'écoula, puis la sonnerie du téléphone interrompit ses réflexions. Elle se leva, s'aperçut qu'elle avait des fourmis dans les pieds, et clopina jusqu'à l'appareil.

— Inspecteur Clark.

— Vous l'avez trouvé ? aboya une voix bourrue.

— A qui ai-je l'honneur ?

— Vous êtes obligée de le demander ?

Non, en effet. Cette voix autoritaire, elle la connaissait, même si elle n'avait rencontré que vingt-quatre heures plus tôt l'homme qui s'exprimait ainsi.

— Comment avez-vous obtenu mon numéro ?

— Aucune importance.

— Pour moi, si, rétorqua-t-elle, peu amène. Ce n'est pas pour rien que je suis sur liste rouge.

— J'ai appelé le poste de police, vous n'y étiez pas. Je voulais savoir si vous aviez trouvé Adam Braxton.

Dire qu'un peu plus tôt dans la journée, elle avait pensé conclure une trêve avec Armstrong…

— Je n'ai pas à vous faire un rapport détaillé de mes activités.

Armstrong marmonna une phrase inintelligible avant de répliquer :

— C'est la fatigue qui vous met à cran ?

— C'est elle qui vous pousse à attaquer ? rétorqua sèchement Jessica.

— C'était juste une question, inspecteur. Pouvez-vous me donner une simple réponse ?

Elle tenta de refréner sa réaction, pour le moins illogique. Il ne s'adressait pas à elle en tant que femme, mais en tant que policier. Il n'était ni son ami ni son amant, mais un homme dont la fille avait disparu.

— J'ai discuté avec plusieurs amies d'Emily, lui apprit-elle en songeant qu'il avait le droit de le savoir, même s'il l'exaspérait. Et, non, je n'ai pas trouvé Braxton.

Elle emporta le téléphone dans le salon, mais évita de s'asseoir. Déjà, le fait de lui parler en pyjama lui paraissait étrangement intime.

— J'ai prévu de suivre quelques pistes en tout début de matinée, lui dit-elle.

— C'est bien ce que je pensais.

La déception était presque palpable dans sa voix.

— Pardon ?

— Non, rien. Bonne nuit, inspecteur. Faites de beaux rêves.

Ces derniers mots résonnèrent bien longtemps après qu'elle eut raccroché. Ils la suivirent dans son lit, se retournèrent avec elle et l'accompagnèrent dans un sommeil agité.

Littéralement épuisée, elle tomba dans un piège qu'elle avait coutume d'éviter quand elle était réveillée. Elle fit ce que lui avait ordonné William Armstrong. Elle rêva.

Des images floues... Chaleur et urgence, besoin, insouciance, béatitude... Les bras d'un amant la serrant contre son torse, le battement régulier d'un cœur contre sa joue... Des mots sensuels où vibrait le plaisir, de ferventes promesses d'éternité... Force et chaleur, intensité... Une caresse allumant un feu en elle, subtil mélange de faim et de satiété...

Le froid l'éveilla brutalement.

Elle se pelotonna sous la couette tout en s'admonestant intérieurement. Autour d'elle, les bruits familiers de la nuit tissaient leur magie, mais ne parvinrent pas à calmer sa respiration précipitée.

Elle se résigna donc à l'inévitable. Le sommeil ne reviendrait pas. Toujours enveloppée dans la couette, elle se leva, alla se planter devant la fenêtre et colla le dos de sa main contre la vitre. La température devait être tombée au-dessous de zéro.

Alors, des démons rampèrent hors de l'ombre pour la harceler. Vaillante Jessica Clark ! Petite princesse guerrière de son papa ! Indépendante ! Capable ! Courageuse !

Pourquoi était-ce toujours à la faveur de la nuit qu'elle se retrouvait vulnérable, et exposée aux poignards qu'elle savait si bien éviter à la lumière du jour ?

— Bon sang de bon sang ! grommela-t-elle.

L'insomnie n'étant pas près de céder du terrain, elle décida de se préparer une boisson chaude. Elle versait du lait chaud sur son cacao quand retentit la sonnerie aigrelette de son téléphone.

— Inspecteur Clark.

— Jessie, c'est Margo.

Elle ne put empêcher son cœur de s'emballer. Un officier de patrouille appelait rarement à cette heure de la nuit, sauf en cas d'urgence. Emily ?

— Que se passe-t-il ?

— Rien encore, répondit Margo en s'esclaffant. Mais je parie que ça ne va pas tarder à changer...

— Mais qu'est-ce que tu me racontes ? De quoi parles-tu ?

— De ton homme. Il est là, et il a la tête du tigre qui a repéré sa proie.

— Mon homme ?

— Ben oui, William Armstrong. Tu ferais mieux de venir dare-dare avant que ça se gâte.

4.

— Un instant !

Déjà occupée à détailler la foule agglutinée dans la boîte de nuit, Jessica jeta un coup d'œil peu amène au malabar qui venait vers elle en roulant des épaules.

— Je vous demande pardon ?

— Carte d'identité, siouplaît.

Elle serra les dents, tentée de sortir sa carte professionnelle. Ce videur si content de lui n'imaginait même pas qu'elle pourrait le coller au tapis en moins d'une minute.

Alors, avec un sourire aussi large qu'hypocrite, elle lui présenta son permis de conduire. Il y projeta le faisceau de sa lampe de poche avant de l'examiner elle-même de la tête aux pieds. Si son long manteau de cuir dissimulait la majeure partie de sa silhouette, il n'empêcha pas une lueur de s'allumer dans l'œil de l'individu.

Encore une fois, elle se prit à rêver d'une manchette bien placée qui lui aurait inculqué les bonnes manières.

— Navrée, vous êtes un peu jeune à mon goût, lâcha-t-elle sur un ton blasé. Je préfère les hommes qui ont de l'expérience.

Elle prit le temps de goûter la lueur assassine qui traversa le regard du faux caïd, avant de s'enfoncer dans la cohue. Rires et musique se mélangeaient allègrement, et l'alcool coulait à flots.

Elle avait toujours entendu dire que le meilleur endroit où se cacher était la foule, et ce club ne faisait pas exception.

Il y avait une scène contre le mur du fond, mais aucun orchestre n'y jouait, et les danseurs se contorsionnaient au rythme de la musique enregistrée.

Du haut de sa grande taille, Jessica examinait la foule quand elle entendit un cri collectif. Aussitôt, elle se fraya un chemin parmi les tables et les tabourets vers l'origine du grabuge. Un cercle commençait à se former à l'autre bout du bar.

— Où est-elle ? lança une voix masculine.

Alors elle coupa droit dans la foule, évita les uns, bouscula les autres, puis s'arrêta net. Près du mur, deux personnages se faisaient face, tous deux en garde. On eût dit deux boxeurs prêts à s'affronter.

Jessica se rapprocha. Le plus agressif, également le plus grand, la fit penser à un ours sur le point de charger. Elle remarqua le bonnet de laine tricotée qui dissimulait la chevelure, les favoris, la veste de cuir et le jean noir qui habillaient le corps puissant. Il paraissait tout droit sorti d'une ruelle mal famée ou d'un bouge portuaire — à tel point qu'elle s'attendit à le voir brandir un cran d'arrêt et le faire sauter d'une main dans l'autre.

Puis elle entendit sa voix.

— Tu me la rends, espèce de minable, ou tu es mort. Pigé ?

Le féroce grondement pinça en elle une corde familière. Mais avant qu'elle n'ait eu le temps de réagir, Armstrong chargea et projeta Braxton contre le mur. Le jeune homme essaya bien de se défendre, mais il n'était pas de taille. Armstrong le saisit alors par le col de son T-shirt.

— Dis-moi où elle est.

— J'en sais rien ! lâcha Braxton.

Plus petit que son adversaire mais plus nerveux, il avait les cheveux longs, l'œil sombre et chargé de mépris.

— A d'autres ! Elle te dit de lui foutre la paix, et ensuite elle disparaît ? Je ne crois pas aux coïncidences, mon pote !

— De toute façon, tu crois en rien, le mariole. Tu crois qu'au fric.

En voyant Armstrong bander ses muscles, elle comprit que le père d'Emily était sur le point de commettre une grosse bêtise et qu'elle devait l'arrêter. Alors, elle se dégagea de la foule et courut vers eux.

— Non, William !

Il se raidit, sans lâcher Braxton, et pivota vers elle.

Rares étaient les fois où elle avait vu un homme aussi tendu de violence prête à exploser. Elle en eut presque du mal à reconnaître en lui le père éploré. Son bonnet noir le transformait du tout au tout : il lui donnait l'air d'un voyou de banlieue et faisait oublier l'homme d'affaires avisé qu'il était. Le bleu de ses yeux n'en était que plus intense, ses favoris plus sombres sur ses joues, sa bouche large plus dure encore.

Et la boucle d'oreille… Elle n'avait encore jamais remarqué ce petit diamant étincelant.

Pour une raison stupide, son cœur adopta un rythme aussi effréné, aussi sensuel que la musique tonitruante. Elle tenta d'ignorer l'effet qu'il produisait sur elle et s'approcha encore.

— Vous n'avez pas besoin de faire cela, déclara-t-elle posément.

L'espoir brilla fugitivement dans les prunelles de son interlocuteur.

— Vous l'avez retrouvée ? Elle va bien ?

— Prends pas tes désirs pour des réalités ! lança Braxton. J'parie que papa verra plus jamais sa fifille adorée.

Armstrong lui refit aussitôt face.

— Ferme ta…

— Ce n'est pas une solution, Liam, coupa Jess en lui attrapant le bras.

— Foutez-moi la paix, inspecteur.

— Ne faites pas cela, le prévint-elle.

— Je veux qu'on me rende ma fille, bon sang !

— Je suis là pour ça.

Braxton s'esclaffa.

— Ben toi alors, t'es déjà sur un coup ? Une nouvelle pour te chauffer ton pieu. Combien de temps, avant qu'elle disparaisse aussi ?

Jessica se raidit, Armstrong ignora le sarcasme.

— Aux dernières nouvelles, vous rêviez de dormir, inspecteur. Que faites-vous ici alors ?

Elle resserra sa prise sur la manche de cuir.

— Il va falloir que vous arrêtiez de me…

Soudain, Adam Braxton profita de la diversion pour échapper à Armstrong et lui envoyer son poing dans la joue. Liam vacilla, mais se reprit et riposta instantanément. L'autre évita le coup et projeta sa main refermée devant lui.

Armstrong l'esquiva.

Mais ce ne fut pas le cas de Jessica, qui n'en eut pas le temps. L'impact la frappa en pleine mâchoire et l'envoya à terre.

— Jessica !

Dans la chute, sa tête heurta le pied d'un tabouret de bar. Transpercée de douleur, elle vit s'amonceler des nuages blancs devant ses yeux, puis tout devint flou. Quelqu'un grommela un juron, et elle entendit la foule hurler.

La dernière chose qu'elle vit, ou crut voir, avant de sombrer dans l'inconscience, ce fut un homme qui se précipitait vers elle.

Dans le tumulte général que suscita l'incident, Liam ne se préoccupa que de la femme inerte à ses pieds. Il tomba à genoux.

— Jessica ?

Allongée sur le sol, près du tabouret qu'elle avait heurté en tombant, l'intrépide inspecteur ne réagit pas. Cette somptueuse crinière rousse défaite lui faisait une auréole de feu.

Il se pencha alors plus près et vit le sang.

La rage le prit à l'idée que cette ordure l'avait blessée.

— Un linge humide, vite ! appela-t-il à la cantonade, avant de presser la main de la jeune femme. Jessica, vous m'entendez ?

Un petit gémissement lui répondit, presque inaudible.

Alors il tâta le bord de la blessure à la commissure des lèvres, là où la peau commençait déjà à devenir violette.

— Jessica ?

— Ça va aller, pour la p'tite dame ? demanda quelqu'un.

— S'y faut un volontaire pour faire du bouche-à-bouche, chuis partant, renchérit une autre voix, nettement avinée.

Liam dut prendre sur lui pour ne pas empoigner l'ivrogne au collet et lui apprendre la décence à coups de poing.

— De l'air, écartez-vous ! hurla-t-il.

Les commentaires, les rires, la musique tonitruante, tout alimentait sa fureur. Personne ne prêtait attention à cette femme blessée, sinon par voyeurisme mal placé.

Il eut envie de la soulever dans ses bras, de l'asseoir sur ses genoux, de lui faire un écran de son corps et de la protéger des regards de cette foule. Mais il se contenta de lui passer les mains dans les cheveux et de lui tâter le crâne en cherchant d'autres blessures. Aussitôt il perçut une petite bosse poisseuse, il retira sa main et constata qu'il s'agissait bien de sang.

— Il vient, ce linge ? cria-t-il.

— Le voilà, répondit l'un des videurs en lui tendant un torchon mouillé. Au fait, Braxton a filé sans demander son reste. Il vous a pas attendu.

— Je le retrouverai, grommela Liam.

Il n'en avait pas terminé avec lui, mais jamais il n'aurait laissé Jessica Clark seule ici, blessée, sans rien faire pour l'aider.

— Inspecteur ?

Le titre officiel lui laissa un goût étrange dans la bouche, mais, d'un autre côté, il était logique qu'il tente de rétablir une sorte de barrière. La manière qu'il avait de lui tamponner les lèvres avec ce linge était déjà bien trop intime.

— M'entendez-vous ?

Les paupières papillonnèrent, et Jessica gémit.

— Ça va aller, reprit-il en résistant à son envie de la prendre sur ses genoux.

Il lui fallait encore évaluer la gravité de sa blessure occipitale. Il repoussa les cheveux et posa délicatement la serviette sur la bosse.

— Ça va aller, inspecteur. Je vous demande juste d'ouvrir les yeux pour moi…

Lentement, elle les ouvrit. Leur teinte d'ambre était brumeuse. Il se pencha plus près et lui passa la main le long de la joue.

— Comment vous sentez-vous ?

— Comme quelqu'un qui vient de se faire renverser par un quinze tonnes, répondit-elle en grimaçant.

Sa voix naturellement grave était un peu rocailleuse.

— Vous avez reçu un vilain coup. Vous me voyez clairement ?

— O… oui.

— Combien de doigts ?

— Trois, répondit-elle en louchant.

— Parfait. Qui suis-je ?

Un sourire hésitant joua sur ses lèvres.

— Lancelot du lac ?

Il ne fut pas loin de rire.

— Désolé, il n'est pas trop dans mes habitudes de voler au secours des damoiselles en détresse.

— Ça tombe bien, répondit-elle dans un souffle, parce que je n'ai rien de la damoiselle en détresse.

Soulagé, il apprécia le commentaire caustique comme un signe que son esprit fonctionnait toujours parfaitement bien.

— Est-ce que vous essayez toujours de vous montrer aussi combative, Jessica Clark ?

— Avec les hommes comme vous, il n'y a pas d'autre moyen.

Encouragé par le fait qu'elle ne souffrait pas de commotion cérébrale, il lui souleva la tête et l'installa plus confortablement sur ses genoux. Mais il se retrouva démuni en sentant ce corps souple contre le sien. Cette chaleur, ces courbes voluptueuses... Le simple fait de la voir poser sur lui de grands yeux circonspects, le fait de voir ces cheveux roux se répandre sur son jean noir aurait suffi à troubler n'importe quel homme normalement constitué.

Il se pencha et lui effleura le coin de la lèvre du bout du doigt. Elle avait la peau douce.

— Il vous a envoyé un crochet plutôt brutal, mais je ne crois pas qu'il vous ait cassé quoi que ce soit.

Elle fronça les sourcils, ouvrit grand la bouche, l'étira sur la droite, puis sur la gauche, et réprima une grimace de douleur.

— N'en faites pas trop..., dit-il.

— Non, ça va, répondit-elle. J'ai vécu pire.

Ces mots, prononcés sur le ton de la conversation, remuèrent quelque chose en lui, quelque chose de sombre et de primitif. Quelque chose qui lui déplut fortement. Il savait quels dangers impliquait la profession de Jessica, mais ainsi installée sur ses genoux, avec sa peau lisse et ses grands yeux provocants, il ne voyait plus que la femme en elle, et non le policier. Songer qu'elle mettait quotidiennement sa vie en jeu, qu'elle risquait tout aussi quotidiennement d'être blessée lui paraissait inconcevable.

Elle s'efforça de se redresser, repoussa ses cheveux en arrière et posa ses mains sur son front en grimaçant.

— Demain ne sera pas une partie de plaisir, remarqua-t-elle simplement.

Il voulut inspecter la bosse qu'elle avait à la nuque, mais tous ces cheveux — exactement le genre de cheveux dans lesquels un homme rêve de fourrer les mains — l'empêchèrent de retrouver l'endroit exact.

— Tout va bien, ici ? demanda quelqu'un.

Liam leva les yeux vers le directeur de la discothèque.

— Si vous considérez qu'avec l'agression d'un officier de police, tout peut aller bien, alors je suppose que oui, tout va bien.

— L'agression d'un off..., répéta le personnage, soudain livide.

— Tout va bien, coupa Jessica en essayant de se lever.

Perdant l'équilibre, elle adressa alors un petit sourire à Liam.

— D'accord, Lancelot ou pas, voilà une chance de vous racheter. Vous comptez m'aider à me relever, ou quoi ?

Fille de son ennemi ou pas, l'inspecteur Jessica Clark possédait un courage peu commun.

Il se releva donc, lui tendit la main et l'aida gentiment à se remettre sur pied. Puis, d'une main dans le dos, il la maintint tandis qu'elle cherchait son équilibre.

— Ça va ?

— Ça va, répondit-elle, après avoir lâché un long soupir.

Il ne crut pas son mensonge au vu de son sourire un peu trop crispé pour être vrai. Il ne la lâcha pas.

— Sortons d'ici et allons vérifier les vertus de l'air frais.

Avant cela, il lui noua la ceinture de son long manteau de cuir, se demandant si elle savait que, dans ce genre de vêtement, elle ressemblait bien plus à une dame auréolée de mystère qu'à un policier.

« Concentre-toi ! » s'ordonna-t-il. L'inspecteur Clark lui faisait de l'effet, certes... Mais cela ne changeait rien à ce qu'il savait d'elle. Pas plus que n'y changeaient quelque chose ces yeux aigus et pourtant vulnérables, ces courbes voluptueuses… En revanche, tout cela ne la rendait que plus dangereuse.

Il avait besoin de se remémorer le rapport de son détective, la réalité brute : il avait eu envie de la croire, quand elle déclarait être de son côté, mais il avait appris que c'était faux. Et qu'elle n'était pas différente des autres.

Elle jeta un coup d'œil vers la piste de danse bondée.

— Où est Braxton ? J'ai quelques questions à lui poser.

— Emily n'est pas avec ce minable, répondit-il sans enlever sa main de son dos.

— Comment le savez-vous ?

— Intuition paternelle. Je l'ai vu dans ses yeux. J'y ai vu de l'amusement, du défi, mais aucune culpabilité. Aucune peur.

— Je suis navrée, Liam, répondit-elle, une lueur dangereusement proche de la compassion dans le regard.

— Et moi donc !

Elle soutint son regard un instant avant de reprendre le chemin de la porte.

— Allons le chercher.

Il ne sut s'il devait rire ou lui faire la leçon, pas plus qu'il ne sut si l'une ou l'autre de ces attitudes aurait une quelconque efficacité.

— Je ne crois pas que vous soyez suffisamment en forme pour courir après quelqu'un, répliqua-t-il en lui prenant le bras.

Elle lui jeta un regard outré par-dessus son épaule.

— Je vais parfaitement bien !

Il alla se planter devant elle et écarta les cheveux qui dissimulaient sa bosse, qu'il effleura d'un doigt léger.

— Ça fait mal ?

— Oui, mais…

Le doigt alla alors se poser délicatement sur la meurtrissure de sa lèvre.

— Q… que faites-vous ?

— Soit vous souffrez en fin de compte d'une commotion cérébrale, inspecteur, soit vous n'avez pas plus de jugeote qu'une palourde.

— Croyez-moi, rétorqua-t-elle en reculant d'un pas, je ne souffre d'aucune commotion.

— Alors vous n'avez pas de jugeote. Qu'essayiez-vous de prouver, au fait, tout à l'heure ? reprit-il en l'attirant à lui afin qu'elle ne soit pas bousculée par un poivrot gesticulant derrière elle. On ne vous a donc rien appris, à l'école de police ?

Elle carra les épaules.

— Je suis policier. Je faisais mon travail.

— Vous êtes également une femme, et vous avez interposé ce corps de rêve entre deux hommes furieux, objecta-t-il en sentant son sang se figer au souvenir de son intrépidité. Vous rendez-vous compte de ce qui aurait pu arriver ?

— J'ignorais que cela avait de l'importance pour vous, répondit-elle en lui décochant un sourire sardonique.

— On ne parle pas de ce qui a de l'importance pour moi, répliqua-t-il très vite, trop vite. Vous êtes flic, vous avez été blessée. Je n'ai aucune envie d'être accusé d'agression sur un officier de police pour la simple raison que vous ne savez pas battre en retraite.

Enfin, et pour la première fois depuis son intervention dans la dispute, il se retrouvait en terrain connu. Elle écarquilla les yeux, stupéfaite.

— Pourquoi vous accuserais-je ?

— Vous êtes bien la fille de Clark, n'est-ce pas ?

— Quand allez-vous cesser de remâcher le passé ? Je suis tout simplement une femme qui fait son travail. Si je dois produire des accusations à charge, ce sera contre Adam Braxton et non contre vous.

Puis, sans lui laisser une chance de répondre, elle s'écarta et se mêla à la foule des gens qui s'en allaient.

Liam réprima un grognement et la suivit.

*
* *

Le froid la saisit. Elle releva le menton et obliqua vers la contre-allée, ravie par le coup de fouet qu'infligeait le vent glacial à ses sens. Elle avait besoin de redevenir aussi tranchante que cette bise.

Elle avait besoin, également, de s'éloigner du corps dur d'Armstrong.

Une pointe d'irritation perça en elle. Les tempes battantes, l'estomac retourné, elle réentendit le sourd grondement masculin quand elle avait heurté le sol, elle revit Armstrong tombant à genoux près d'elle, elle revécut la sensation d'être bercée dans ses bras.

Pour un homme aussi impitoyable, il avait des mains incroyablement douces.

Ce souvenir la brûla.

La manière dont ces mains l'avaient touchée l'incendia plus encore.

Elle était policier, bon sang ! Quelqu'un de dur, de tenace, d'objectif. Lui n'était qu'un homme dont la fille avait disparu. Si seulement elle ne l'avait pas vu en short, le jour même... Si seulement il ne l'avait pas touchée, s'il ne lui avait pas laissé entrevoir l'homme compatissant dissimulé sous la carapace...

— Vous me fuyez, inspecteur ?

La voix grave et masculine lui fut comme une décharge électrique. Elle n'en continua pas moins à avancer, l'œil rivé sur trois jeunes en train de chahuter de l'autre côté de la rue.

— Ne vous flattez pas, Armstrong.

Son rire l'étonna.

— Ah, enfin je retrouve votre tempérament combatif ! lança-t-il en posant une main dans le creux de son dos. Ravi de vous revoir, Jessica.

Le contact de sa main, allié à l'emploi de son prénom, lui arracha un tressaillement. Aussi accéléra-t-elle le pas en lui décochant un regard torve.

— Que faites-vous ?

Il sourit, galant.

— Je fais en sorte de vous éviter une autre chute.

— Je vais bien, répondit-elle, avec plus de conviction cette fois-ci.

— Vous me laisserez juge de cela.

Elle inspira profondément, ravie de la brûlure de l'air glacé dans ses poumons.

Armstrong accorda son pas au sien. Il avait toujours ce bonnet tricoté, ce diamant à l'oreille, cette veste noire. Bizarre, l'air dangereux que lui donnait cette apparence bohème.

Elle tenta de ne pas le regarder, elle ne voulut pas voir son profil, mais le policier en elle ne put s'empêcher de l'évaluer. Dans le regard bleu pénétrant de William Armstrong, elle vit une intelligence aiguë. Dans la carrure de sa mâchoire et dans les lignes dures de sa bouche, elle reconnut la détermination. Dans la largeur de ses épaules, elle trouva la puissance.

Elle obliqua brusquement dans une allée entre deux immeubles. Le mouvement lui donna le vertige, mais elle lutta pour masquer sa réaction, de peur qu'il ne lui propose encore son aide.

Trop tard.

— Jessica ? dit-il en lui posant une main sur l'épaule.

Elle ignora la sensation de cette main, la question muette dans ses yeux, et préféra s'imaginer dans une salle d'interrogatoire. Elle se vit debout, penchée sur une table où elle aurait plaqué les mains, elle vit Armstrong assis en face d'elle, éclairé par une seule ampoule nue.

Un petit sourire joua sur ses lèvres, et un tiraillement lui rappela aussitôt la réalité.

— Il n'y a plus que vous et moi, Armstrong.

Il pencha la tête sur le côté et plissa les yeux.

— En effet. Que comptez-vous faire ? s'enquit-il, la mine à la fois sombre et amusée. Me fouiller encore une fois ?

Cela ne risque pas de se reproduire ! répondit-elle mentalement. Pas question de jouer avec le feu sans nécessité.

— Je suis en train de reprendre l'avantage, répondit-elle.

Une étrange lueur passa dans les yeux de son interlocuteur.

— La fille de Wallace Clark va prendre l'avantage sur le grand vilain William Armstrong ? Cela pourrait se révéler intéressant…

— Pas sur vous, corrigea-t-elle, irritée par le plaisir qu'elle prenait à la joute verbale. Je parlais de la situation. Vous présentez une façade qui est un mélange de crânerie, d'agressivité et d'indifférence apparente. Mais, ce soir, vous m'avez prouvé qu'un soupçon d'humanité se cachait peut-être sous le masque de brutalité.

— Si vous pensez vous approcher de la vérité, dit-il d'une voix dangereusement douce, je vous en prie, ne vous gênez pas…

— J'ai une migraine épouvantable, j'ai du mal à accommoder ma vision, et je ne suis pas certaine de me souvenir de l'endroit où j'ai garé ma voiture. Vous pouvez me laisser seule ici, ou vous pouvez continuer à jouer les héros.

Le regard qu'il posa sur elle se fit incroyablement aigu, lui rappelant celui d'un policier en filature. Cependant, il ne dit rien. Il se rapprocha d'elle et se servit de son corps pour l'acculer au mur.

— Allez-vous-en, dit-elle, intriguée par sa réaction. Et prouvez-moi que vous êtes bien l'individu sans cœur pour lequel vous tenez tant à vous faire passer…

Elle vit la surprise s'inscrire dans ses yeux, mais une fois encore il ne dit rien. Il se contenta de la dévisager.

Son cœur battit un peu plus fort. Car, alors qu'il l'acculait contre le mur au sens propre du terme, elle faisait de même vis-à-vis de lui au sens figuré, et tous deux le savaient.

Il pouvait s'éloigner d'elle et échapper à ses questions, mais, en agissant ainsi, il abandonnait une femme blessée à son sort. Oui, s'il acceptait sa suggestion, il apporterait la preuve qu'il était aussi cavalier qu'il voulait le laisser croire.

— Ou bien restez, poursuivit-elle, et bravez les éléments. Prouvez-moi que vous êtes tel que je commence à le deviner.

Le juron qu'il lâcha à mi-voix fit naître en elle une certaine satisfaction. Elle savait qu'il voulait passer pour une brute aux yeux de tous, mais elle ne comprenait pas pourquoi. Ce soir, il lui avait montré un aspect totalement différent de sa personnalité, et le policier en elle voulait comprendre la raison de cette dichotomie. Mais ce que voulait la femme en elle, elle refusait de s'y arrêter.

Il se pencha plus près et plaqua une main contre le mur, près de son visage.

— Je ne savais pas que vous aimiez les petits jeux, inspecteur.

— Vous ne me connaissez pas assez pour savoir ce que j'aime.

Une étrange lueur joua dans son regard.

— Dites-le-moi, alors. Dites-moi ce que vous voulez.

Le souffle brutalement coupé, elle se remémora qu'elle était une professionnelle entraînée, aguerrie, qui avait pourchassé des suspects dans maintes allées obscures et maints dédales souterrains. Mais elle ne put se rappeler avoir été aussi essoufflée en n'ayant pas fait un geste.

Après tout, peut-être Kirby Long avait-il raison. Peut-être que jouer avec William Armstrong équivalait à jouer avec le feu.

— Pour commencer, je veux savoir ce que vous faisiez ici, répondit-elle. Je ne crois pas que vous raffoliez de ce genre d'endroits.

— Ainsi que vous venez de le dire, vous ne me connaissez pas assez pour savoir quels lieux j'aime fréquenter.

— Ce n'est pas une réponse.

— Non, en effet. Mais j'aurais pu vous répondre la même chose, n'est-ce pas ? *Vous,* que faites-vous ici ? Vous m'avez suivi ? Aux dernières nouvelles, vous disiez vouloir dormir.

Certes, elle était au lit. Et elle avait fait comme il le lui avait ordonné, elle avait rêvé. D'un homme. De chaleur, de douceur, d'intensité…

— Dites-moi, inspecteur, si j'ai trouvé aussi facilement Braxton, pourquoi ne l'avez-vous pas fait, votre collègue et vous ? Soyez honnête, pour une fois : avouez que vous n'avez aucun désir de m'aider.

— L'inspecteur Long connaît son métier.

Après un silence, elle reprit :

— Et vous croyez vraiment qu'un kidnappeur viendrait tranquillement jouer avec son orchestre s'il retenait Emily enfermée quelque part ?

Il leva l'autre bras et plaqua sa deuxième main sur le mur, de l'autre côté de sa tête.

— C'est vous le policier, c'est à vous de me le dire.

Leurs yeux se rencontrèrent, et elle ne se déroba pas, comme beaucoup l'auraient fait.

Ce n'était pas parce qu'il avait des gestes très doux, ce n'était pas parce qu'il avait renoncé à corriger Braxton pour lui venir en aide qu'elle devait commencer à le croire différent de ce qu'il était. Passionné, renfermé, dangereux. Ses attentions envers elle ne s'adressaient pas à la femme qu'elle était, mais à sa seule chance de revoir sa fille vivante.

— C'est exact, William. C'est moi qui suis policière, et c'est mon travail de retrouver votre fille. Mais il faut également que vous me laissiez le faire, sans vous attirer des ennuis de votre côté.

— Suivre une piste ne veut pas dire s'attirer des ennuis.

— Mais défier Adam Braxton, si, rétorqua-t-elle en repoussant ses cheveux en arrière. Je sais que vous êtes inquiet, mais il faut me faire confiance. J'ai l'habitude d'affaires comme la vôtre. Selon les statistiques, il est probable qu'Emily rentrera quand elle en aura envie.

— Les statistiques ? gronda-t-il. Parce que vous croyez que sa disparition est une ruse ? Une manière de me donner une leçon ?

— L'adolescence est une période très éprouvante de la vie. Il est possible qu'elle soit un peu perdue, qu'elle essaye d'y voir clair…

— Vous ne connaissez pas ma fille ! s'écria-t-il. Et ce n'est pas parce que vous avez eu recours à des moyens extrêmes pour attirer l'attention de votre père que ma fille a fait de même !

Pétrifiée, elle le fixa.

— Je vous demande pardon ?

— Vous m'avez très bien entendu. Des moyens extrêmes, répéta-t-il d'une voix trop douce. Ce n'est pas parce que le tout-puissant Wallace Clark était incapable de voir ou d'aimer que, moi, je lui ressemble.

Elle voulut reculer, échapper à ce contact, mais le mur de brique dans son dos l'en empêcha. Elle ne pouvait bouger sans toucher Armstrong, elle ne pouvait respirer sans inhaler son parfum de santal et de fumée.

— Mon père était un homme bien, rétorqua-t-elle en levant le menton.

Il posa son doigt sur ses lèvres, et le regret étincela un instant dans ses yeux avant de disparaître.

— Mais un homme bien n'est pas obligatoirement un bon père, n'est-ce pas ? *Saint* Wallace Clark était-il les deux, ou est-ce la raison pour laquelle sa fille unique a éprouvé le besoin d'aller jouer les SDF pendant plus de trois mois ?

La question nette et précise la laissa sans voix. Et, l'espace d'un instant, un immense froid l'envahit. Il ne pouvait pas savoir... *Personne ne savait.*

Elle tourna les yeux en tous sens, affolée, mais il la tenait bel et bien prisonnière entre ses bras tendus. Elle n'eut d'autre choix que de plonger son regard dans ses prunelles, où scintillait une lueur prédatrice.

Son cœur se mit à battre la chamade. La nature impitoyable de William Armstrong était de notoriété publique. Tout le monde savait qu'il attaquait le premier, quand il se sentait menacé. Mais jamais elle n'aurait pensé qu'il la prendrait pour cible.

Encore une erreur.

— Que croyez-vous savoir, au juste ?

— *Tout,* Jessica, je sais tout vous concernant.

5.

Il vit ses yeux s'écarquiller, et toute couleur déserter son visage sous l'effet du choc. Il voulut éprouver de la satisfaction au spectacle de l'intensité de sa réaction, mais ne trouva en lui que du remords.

Car malgré ce qu'on disait de lui, William Armstrong n'aimait pas terroriser les femmes.

Il savait qu'il devait faire marche arrière, au sens propre comme au sens figuré, mais ne parvenait pas à s'y résoudre. Son corps n'y arrivait pas, le doigt qu'il avait posé sur la lèvre enflée non plus. La peau tendre prenait déjà une vilaine teinte violacée.

Hébétée, elle le regarda.

— Qu'avez-vous dit ?

Il ignora le nuage de vapeur qui sortit de sa bouche, il ignora encore plus le soudain besoin de l'attirer entre ses bras pour faire cesser les tremblements qu'elle s'efforçait si vaillamment de lui dissimuler.

Il avança d'un pas. Juste pour donner plus d'emphase à sa réplique, se dit-il, et non pas pour la faire profiter de sa chaleur.

— Je suis un homme prudent, qui ne fait pas confiance facilement ni aveuglément. Pensiez-vous que je n'allais pas chercher à savoir tout ce que je pouvais sur la femme chargée de retrouver ma fille ?

— Ma vie privée ne vous regarde pas.

— Si elle nous affecte, moi et les miens, vous feriez mieux de vous persuader tout de suite qu'elle me regarde. Je sais pourquoi vous pensez qu'Emily a fait une fugue, inspecteur. Parce que c'est précisément ce que vous-même avez fait. Vous avez préféré la rue au toit paternel.

Comme il s'y attendait, une lueur de défi étincela dans les yeux d'ambre. Les joues blêmes reprirent un peu de couleur.

— Ainsi, c'est comme ça que vous fonctionnez ? demanda-t-elle, presque désappointée. Renseignements et chantage ! C'est comme ça que vous avez écrasé et englouti vos concurrents ? Pour un homme aussi intelligent que vous, ce n'est pas une tactique très futée à utiliser avec un policier. Même les truands savent ne pas aller trop loin, quand ils ont affaire à un représentant de la loi.

« Machine arrière toute ! s'ordonna-t-il. Il est temps de reculer… » Il lui serait impossible de rechercher Emily s'il était derrière les barreaux, où l'inspecteur n'hésiterait certainement pas à l'envoyer.

Mais il ne pouvait pas plus battre en retraite qu'il ne pouvait guérir cette meurtrissure à la lèvre d'un simple baiser.

— Vous allez m'accuser de harcèlement ? demanda-t-il à voix basse tandis que, de son auriculaire, il lui caressait la joue. C'est papa qui serait fier !

La colère étincela dans ses yeux. Il se prépara à la riposte verbale, mais ce fut une réaction physique qui arriva. Elle écarta brutalement sa main, se faufila sous son bras et s'éloigna de lui.

Il était en train d'admirer sa fluidité de mouvements quand il la vit vaciller.

L'instinct lui fit tendre la main vers elle, mais l'avertissement dans les yeux d'ambre l'arrêta net.

— Je ne suis pas homme à confier ma vie au premier venu, reprit-il, encore moins celle de ma fille. Pas plus que je ne suis homme à rester en coulisse dans l'attente des résultats.

Elle repoussa ses cheveux emmêlés.

— Et c'est pour cela que vous avez éprouvé le besoin d'enquêter sur moi ?

— Un homme intelligent apprend tout ce qu'il peut apprendre sur son adversaire.

— C'est ainsi que vous me considérez ? Comme votre adversaire ?

— Vous êtes persuadée que ma fille a fait une fugue. Je sais que c'est faux. Si nous ne sommes pas adversaires, nous avons au moins une sérieuse divergence de vues…

Elle plissa les yeux, puis elle soupira et regarda la rue, où discutaient des clients des différentes boîtes de nuit du secteur. Il ignorait ce qui avait retenu son attention, et refusait de la lâcher du regard pour le savoir.

— Je voulais devenir votre amie, finit-elle par dire en se retournant vers lui. Je voulais vous aider. Est-ce que cela ne vous est jamais arrivé, avant ? Est-ce cela qui vous pose un problème ? Est-ce pour cette raison que vous me fermez la porte au lieu de me laisser entrer ?

Ce fut à son tour de se pétrifier. Ce qu'elle venait de dire avait sur lui l'effet d'un vin exotique, inattendu, capiteux, dangereusement séduisant.

— Navré, inspecteur, s'obligea-t-il à répondre, mais ma fille a disparu. Je n'ai pas de temps à consacrer à des amitiés ou des aventures d'une nuit.

Pas le temps de la laisser décider s'il lui plaisait ou non, pas le temps de combattre ce désir de mettre un terme à ses questions en cherchant la réponse à celles qu'il se posait lui-même. Comme… Quel goût avait cette jolie bouche ? Etait-il possible de guérir une blessure en l'embrassant ? Un baiser pouvait-il finalement chasser la douleur ?

Mais quelle douleur ? Celle de Jessica ? La sienne ?

Que ferait-elle, s'il essayait ?

— Désolée de vous décevoir, dit-elle, mais vous courir après et faire en sorte que vous ne vous attiriez pas d'ennuis n'est pas mon passe-temps favori non plus. Si vous voulez revoir Emily, il va bien falloir me laisser travailler en paix.

— Personne ne vous empêche de le faire, votre travail. J'ai juste pris une petite assurance.

— En demandant des renseignements sur moi ? En provoquant une bagarre avec Braxton ? J'ai plutôt l'impression que vous gâchez ce temps auquel vous accordez une si grande importance.

— Je sais ce que je fais.

— Alors pourquoi ne m'en parlez-vous pas ?

Il refusa d'entendre le soupir qu'elle poussa, et préféra se concentrer sur sa préoccupation première.

— Un homme intelligent reconnaît un mur de brique quand il en rencontre un, inspecteur… Et peu importent les coups qu'il lui donnera, puisqu'ils ne changeront rien.

Elle leva le menton.

— Oui, mais si vous frappez très souvent et avec assez de force, les joints finissent par s'effriter.

Il ne put s'empêcher de rire.

— Vous êtes bien la fille de votre père.

Elle ouvrit des yeux pleins de reproche.

— Je suis *moi-même*, monsieur Armstrong. Je ne suis ni la fille de mon père, ni la collègue de l'inspecteur Long. Je suis de votre côté. Et si vous cessiez de compartimenter et de tracer des frontières, peut-être vous rendriez-vous compte qu'elles ne sont pas nécessaires.

Liam contempla cette femme grande et élancée, drapée dans un long manteau de cuir, debout dans la flaque de lumière d'un réverbère. Il contempla ses cheveux défaits malmenés par le vent, ses joues colorées par le froid. Elle plissait des yeux défiants. Il se souvint alors de la douceur de sa peau sous ses doigts.

Un souvenir qu'il aurait préféré ne pas conserver.

— Il est tard, inspecteur, et Braxton a filé depuis longtemps. Il faut que je commence de bonne heure, demain matin. Que diriez-vous de remettre le troisième round à demain ?

Un petit sourire joua sur son visage.

— On sonne la retraite ?

— A moins que je ne fasse que rassembler mes troupes.

Elle le fusilla du regard quelques secondes, puis poussa un soupir.

— D'accord.

Elle s'en fut vers la rue, mais quand elle voulut prendre à gauche, Liam lui attrapa le bras.

— Ma voiture est par là.

— Oui, mais la mienne est là.

— Pas besoin de la vôtre, inspecteur. Je vous ramène chez vous.

Elle refusa de bouger.

— L'autoritarisme fonctionne peut-être avec vos employés, mais pas avec moi, objecta-t-elle. Il est tard, je suis fatiguée, et…

— Et vous avez reçu un solide coup de poing qui m'était destiné, rétorqua-t-il en se faisant le serment d'oublier, dès le lendemain, le souvenir de cette femme étendue inanimée et de ses cheveux entre ses doigts. Il ne serait pas sérieux de prendre le volant. Je ferai chercher votre voiture demain.

Elle lui adressa un sourire bien trop prompt. Infiniment trop gracieux.

— Je croyais que voler au secours des damoiselles en détresse n'était pas votre truc.

— Etes-vous en détresse ? répliqua-t-il du tac au tac en se rapprochant d'elle. Si c'est le cas, dites-le-moi. Peut-être pourrai-je vous rendre service, après tout…

— Posez une fois encore la main sur moi, répondit-elle en se raidissant, et vous n'aurez plus à vous demander si je vais vous accuser de harcèlement.

Il eut du mal à ne pas rire. Il ne pouvait décidément s'empêcher d'admirer sa manière d'être.

— Pour quelqu'un qui vient de me pousser à accepter de l'aide, vous êtes aussi rétive que je le suis… De quoi avez-vous si peur ?

— Ce n'est pas parce que je refuse que vous me rameniez chez moi que je refuse l'aide qu'on me propose, monsieur Armstrong.

Monsieur Armstrong. L'usage répété de son nom de famille ne donnait que plus de poids aux barrières qui s'étaient instaurées entre eux.

— Si ce n'est pas de l'aide que vous avez peur, ce doit être de moi. Encore une fois, je vous le demande, pourquoi ?

— Peur de vous ? Est-ce que je ne viens pas de passer les trente dernières minutes seule avec vous, de surcroît dans une allée obscure ?

— Certes, mais vous refusez que je vous raccompagne, et vous tremblez.

— Il doit faire moins dix degrés en dessous de zéro, répliqua-t-elle en resserrant la ceinture de son manteau. Pourquoi toutes ces questions ? Pourquoi tant de curiosité à mon endroit ? Ce couplet sur votre désir de connaître l'adversaire aussi bien que vous-même ?

— Je croyais que nous n'étions pas adversaires, lui rappela-t-il d'une voix douce. Vous avez changé d'avis ?

Un bref éclat de rire lui échappa.

— Vous jouez toujours les durs, n'est-ce pas ?

— Au contraire. On vient juste de me dire que je suis étonnamment tendre.

Pour la première fois depuis qu'il la connaissait, l'inspecteur Clark resta sans voix. Elle en laissa retomber sa mâchoire d'ahurissement.

Ravi de l'avoir enfin prise au dépourvu, il poussa son avantage et lui posa une main dans le dos.

— Vous voyez ? Aussi doux que l'agneau…

— Vous avez entendu ce que je vous ai dit sur le fait de me toucher ? riposta-t-elle en dardant sur lui un regard noir.

L'effet de ce ton coupant fut totalement anéanti par les mèches de cheveux que le vent promenait sur son visage.

— Bien sûr, répondit-il en les repoussant.

Elle se raidit, mais n'écarta pas sa main, ni ne recula.

— Si vous tenez à m'accuser de harcèlement parce que je refuse de vous laisser partir seule ou parce que je ne veux pas que vous conduisiez dans votre état, je vous en prie, faites-le.

— Je suis policier. J'ai marché seule plus souvent que je ne pourrais le dire.

Ces paroles évoquaient une image solitaire que Liam trouva déstabilisante. Il désigna du doigt un cabriolet noir garé un peu plus loin.

— D'accord, mais ma voiture est juste là. Laissez-moi au moins vous emmener jusqu'à la vôtre. Il fait froid, et je ne vois pas l'intérêt de marcher plus que nécessaire, proposa-t-il en actionnant le déverrouillage automatique des portières.

Trois bips retentirent, les veilleuses clignotèrent deux fois.

Mais l'inspecteur Clark ne bougea pas.

— Que se passe-t-il ? Vous avez peur que je morde ?

— Peut-être ai-je peur que vous ne le fassiez pas, riposta-t-elle.

L'heure n'était vraiment pas propice aux éclats de rire, mais il eut du mal à se contrôler.

— Allons, venez, inspecteur… Vous qui tenez tant à ce que je vous fasse confiance, vous refusez de faire de même vis-à-vis de moi ? Soit ça marche dans les deux sens, soit ça ne fonctionne pas. Choisissez, conclut-il en ouvrant la portière passager.

La jeune femme si farouchement indépendante le fusilla du regard et, l'espace d'un instant, il pensa qu'elle envisageait de lui passer les menottes. Mais elle finit par marmonner quelques mots inintelligibles avant de s'installer sur le siège.

Il eut aussitôt l'œil attiré par l'incroyable longueur de ses jambes, et se demanda à quoi elle ressemblerait en robe courte plutôt qu'en pantalon. Et il ne put réprimer un petit sourire.

Armstrong suivit la voiture de Jessica jusqu'à chez elle, en maintenant son cabriolet quelques mètres derrière sa berline. Elle eut envie plusieurs fois d'appuyer à fond sur l'accélérateur pour le semer, mais reconnut qu'il avait raison.

Elle avait la tête bourdonnante, l'estomac au bord de la nausée, les nerfs plus tendus que les cordes d'un violon. Une course-poursuite dans les rues de Dallas n'aurait rien arrangé.

« Trop intime », l'avait avertie une petite voix à la perspective de faire le trajet dans la décapotable d'Armstrong. Trop peu de distance entre eux, trop de temps à passer ensemble dans cet habitacle...

Ne s'étaient-ils pas déjà tout dit ?

« Vous avez préféré la rue au toit paternel. »

Elle brûla un feu orange, mais malgré les infractions au code de la route qu'elle était en train de commettre, Armstrong était toujours derrière elle.

Comment avait-il pu savoir, pour les trois mois les plus sombres de son existence ?

Après la tendresse avec laquelle il s'était occupé d'elle dans la discothèque, elle ne se serait jamais attendue à une telle offensive. Et elle avait eu tort. Toutes les recherches qu'elle avait elle-même effectuées sur le personnage le décrivaient comme un homme intelligent et rusé, qui n'était pas du genre à ménager la chèvre et le chou. Si l'on n'était pas de son bord, on était contre lui, et il avait la réputation de ne faire aucun cadeau à ses adversaires.

Visiblement, il la considérait comme telle.

Pourquoi, en ce cas, était-il tombé à genoux près d'elle quand elle s'était évanouie ? Pourquoi avait-il décidé de lui venir en aide, au lieu de courir après Braxton ? Et pourquoi avait-elle perçu de l'inquiétude dans ses yeux, alors qu'il inspectait ses blessures ?

Malgré son animosité manifeste, elle se souvenait encore de la douceur des mains qui l'avaient manipulée. Jamais elle n'aurait pensé qu'il pouvait se montrer si prévenant. Son père ne l'avait jamais été, même à la fin, quand il était amoindri par la maladie. Un homme, un « vrai », comme il aimait se qualifier lui-même. Simplement insensible.

Armstrong était différent.

Ses lanternes étaient presque toujours visibles dans le rétroviseur. Elle n'avait pas compris pourquoi il tenait tant à la raccompagner, mais peut-être voulait-il s'assurer que rien de grave n'arrivait au seul policier de la ville disposé à l'écouter.

Elle obliqua dans sa rue, aussitôt suivie par Armstrong.

Elle n'aimait pas la perspective de l'emmener jusque chez elle, et songea à faire un détour par le poste de police. Mais s'il était au courant de ses frasques adolescentes, cela voulait dire qu'il connaissait probablement aussi son adresse. N'avait-il pas déjà son numéro de téléphone ?

Elle actionna donc l'ouverture à distance de sa porte de garage. Elle avait toujours considéré sa maison comme un refuge, mais jamais autant que ce soir, songea-t-elle en ralentissant devant son allée, puis en entrant dans le garage.

Elle coupa le moteur et resta sans bouger l'espace d'un moment. Quand elle finit par lever les yeux vers le rétroviseur, elle constata que la voiture d'Armstrong bloquait son allée. Il en sortit et se dirigea vers le trottoir.

Elle sentit alors son cœur s'affoler.

Elle leva la main qui tenait la télécommande et s'apprêtait à l'actionner quand elle se rendit compte qu'il s'était immobilisé. Les mains glissées dans les poches de sa veste, les pieds écartés, il attendait. Il la regardait. Elle perçut la chaleur de son regard, même s'il n'était qu'une ombre dans l'obscurité ambiante. Elle ne pouvait distinguer l'expression de ses yeux, elle ne voyait que le bonnet qu'il portait toujours sur la tête.

Elle inspira à fond, tentée de foncer sur lui pour lui demander de s'en aller, mais une petite voix lui souffla de ne pas se rapprocher inutilement de lui.

Ils avaient été assez proches comme cela, au cours de cette soirée…

Tout en grinçant des dents, elle appuya sur le bouton de la télécommande et sourit en entendant le chuintement familier. Armstrong ne bougea pas. Il n'essaya pas de remonter l'allée avant la fermeture de la porte, ne fit pas mine de partir. Il se contenta de rester là où il était, immobile, et de regarder.

La lourde porte redescendit lentement, cacha d'abord son visage, puis le torse que Jessica avait eu dangereusement envie de toucher, les hanches minces, et enfin les longues jambes gainées de jean noir.

Elle ne comprit pas cette sensation de perte qu'elle éprouva soudain dans l'obscurité de son garage.

Mais elle sut que cela valait mieux ainsi.

La fascination croissante qu'elle éprouvait pour William Armstrong ne pouvait lui amener que des ennuis. C'était un homme dangereux, et elle aurait été folle de croire le contraire.

D'abord, elle connaissait les pièges qu'impliquait la vie avec un homme de passions. Non seulement elle avait connu cela d'un point de vue filial, mais elle savait également le tribut qu'avait payé sa mère. Les déceptions, la solitude, la conscience de n'avoir jamais la priorité aux yeux de l'homme qui, pourtant, avait promis d'aimer et de chérir tout au long de sa vie. Et si Jessica adorait sa mère, elle n'avait jamais compris pourquoi celle-ci s'était contentée d'une seconde place. Jessica voulait plus que des instants volés. Elle voulait le soleil, la lune et les étoiles.

Elle n'accepterait jamais moins.

Liam était lui-même semblable au ciel : vaste, illimité et sombre. Il appartenait à ce genre d'hommes pour lesquels une femme pouvait se perdre à jamais.

Jessica se rendit brutalement compte du tour qu'avaient pris ses pensées et laissa échapper un rire sans joie.

Le soleil, la lune et les étoiles ? Le ciel ?

— Balivernes, grommela-t-elle en ouvrant sa portière pour descendre de voiture.

Décidément, ce coup de poing lui avait embrouillé les idées bien plus qu'elle ne l'aurait cru.

— Ah, tu es là, Jessie ! Il serait temps de…

Kirby s'était arrêté non loin de son bureau. Il pencha la tête pour l'observer.

— Que t'est-il arrivé ?

Elle porta instinctivement la main à sa lèvre meurtrie et enflée.

— Pourquoi penses-tu qu'il m'est arrivé quelque chose ? Peut-être que mon rendez-vous galant d'hier soir ne s'est pas passé aussi bien que prévu. Les marques de la passion ! conclut-elle le plus sérieusement du monde.

Elle voulut sourire, mais la douleur lui arracha une grimace.

— Le groupe de Braxton jouait hier soir au Deep Ellum. Comment a-t-on pu rater ça ?

— Qui a dit qu'on avait raté quelque chose ? Ce voyou n'a pas enlevé la fille Armstrong, et M. Le-Roi-du-Monde se raccroche à de faux espoirs, rétorqua-t-il en se penchant plus près d'elle. C'est lui qui t'a fait ça ?

— As-tu seulement interrogé Braxton ?

— Evidemment. Tu le feras aussi : je l'ai convoqué dans l'après-midi.

— Rappelle-le-moi, répondit-elle en se levant.

Elle préféra détourner la conversation des événements de la veille. Kirby finirait bien par apprendre ce qui s'était passé, mais plus elle retarderait le sermon sur le travail en équipe et la nécessité de se couvrir mutuellement, mieux elle se porterait. Elle ne voulait surtout pas qu'il pense que son équipée à la discothèque était plus personnelle que professionnelle.

— Tu n'as pas l'air au top, toi non plus… Tout va bien, avec Madame Vingt-Sept ? demanda-t-elle.

Kirby avait depuis longtemps renoncé à lui donner les prénoms des femmes avec qui il sortait. Cela leur donnait trop de réalité, selon Jessica. Trop de personnalité.

— C'est… compliqué, répondit-il en se rembrunissant.

— Avec toi, ça l'est toujours.

Son collègue n'était pas très expansif, mais elle savait qu'une femme lui avait brisé le cœur.

— Si jamais tu as envie d'en parler, reprit-elle en lui effleurant gentiment le bras, tu sais que je suis là.

— Parler de quoi ? De la raison pour laquelle les femmes s'en vont toujours ? De celle pour laquelle l'herbe est toujours plus verte ailleurs ?

— Kirby…, commença-t-elle, alertée, car elle n'avait encore jamais perçu une telle amertume en lui.

— Ne t'en fais pas, Jessie. Tout va bien. Si les types bien sont toujours servis en dernier, alors, peut-être que je devrais cesser d'être un type bien.

— Qui a dit que les types bien étaient toujours servis en dernier ?

— Prends William Armstrong, répondit-il, sarcastique. Soit il a tué, soit il a fait fuir la mère de son enfant… Ensuite, il a grimpé en haut de l'échelle de la finance. Mais a-t-il jamais eu à payer le prix ? A expier ses crimes ? Bien sûr que non ! Il a quand même réussi, en dépit de tout.

— Sa fille a disparu, elle a peut-être été kidnappée. Je dirais que c'est un prix un peu trop lourd à payer.

Kirby lâcha un juron à mi-voix.

— Maintenant, toi aussi tu prends sa défense ! Tu changeras peut-être d'avis après avoir parlé avec son amoureuse.

Jessica se figea.

— Pardon ?

— Suis-moi, dit-il en agitant la main. Elle est terrorisée à propos de ce que pourrait lui faire Armstrong s'il savait qu'elle est venue nous voir, mais elle a quelque chose à nous dire.

Jessica réprima un grognement et lui emboîta le pas. Elle avait un très mauvais pressentiment.

6.

L'Histoire se répète : la disparition de la fille d'un magnat de l'Internet est-elle une tragédie ou un coup monté ?

Liam parcourut en diagonale l'article qui ne méritait pas la qualification de journalistique. Il avait déjà appelé son avocat. Cette fois-ci, le père d'Heather avait passé les bornes.

Une rage froide s'empara de lui. Sa fille avait disparu, elle souffrait peut-être, mais une raison imbécile poussait les gens à considérer cela comme un spectacle, un scandale, au lieu de se préoccuper de la détresse d'une enfant.

Innocent jusqu'à preuve du contraire... La formule tenait maintenant de la mauvaise plaisanterie.

Il lança le journal dans la corbeille à papier, se leva et s'en fut vers l'immense baie qui donnait sur la cité. Depuis ce vingtième étage, il avait une vue imprenable sur les gratte-ciel du centre-ville, l'entrelacs de rues, d'avenues et les faubourgs.

Là-haut dans les nuages, il vit un avion partir vers l'est, et le suivit du regard en se remémorant la dernière fois qu'il avait pris l'avion, à peine quelques jours plus tôt. Lorsqu'il avait posé un baiser sur la joue d'Emily endormie.

— Bon sang, gronda-t-il en arrachant son regard du ciel pour le reporter sur la ville.

Elle était là, quelque part. Sa petite fille.

« L'adolescence est une période très éprouvante de la vie. Il est possible qu'elle soit un peu perdue, qu'elle essaye d'y voir clair… » Ces paroles lui écorchaient encore les oreilles, et il savait que l'inspecteur Clark avait tort. Emily n'avait pas fait une fugue. Il le savait avec une intensité rarement éprouvée au cours de sa vie. Il le sentait au plus profond de lui, au plus profond de son cœur, là où elle était depuis l'instant même où il avait appris sa naissance.

La gorge serrée, il se frotta la poitrine en jetant un coup d'œil sur le centre-ville. A l'endroit où Jessica et lui s'étaient affrontés, la veille au soir.

Que devait-il faire de la fille de Wallace Clark ? Il n'en savait toujours rien. C'était visiblement une femme de convictions, farouchement indépendante, fière et courageuse. Et pourtant, il avait décelé une vulnérabilité persistante dans son regard, quand il avait évoqué son adolescence perturbée. Il avait indubitablement rouvert une blessure jamais cicatrisée. Et qui ne cicatriserait probablement jamais, maintenant que son père était parti dans la tombe.

Liam ne comprit pas pourquoi cette perspective le troublait tant.

— C'est un homme dur, déclara Marlena Dane.

Assise face aux deux inspecteurs, elle serrait très fort les mains devant elle. Tout en attendant qu'elle poursuive, Jess étudia cette femme qu'elle avait surprise en compagnie de William Armstrong, la veille — cette femme qui avait partagé son lit. Et qui le partageait peut-être encore.

Son tailleur de grand couturier, rose pâle, était aussi élégant que celui de la veille, mais la façon dont elle avait tiré ses cheveux en chignon serré lui donnait un air pincé. Elle avait les joues blafardes, l'œil inquiet. Jusqu'à présent, elle réagissait plutôt aux propos de Kirby qu'aux siens.

— Ce n'est pas un homme qu'on a envie de contrarier, ajouta-t-elle, et quand William vous prend en grippe, il vaut mieux se mettre à couvert…

Kirby prit quelques notes, puis releva les yeux.

— Se mettre à couvert ? Qu'entendez-vous par là ? Devient-il violent ?

— Violent ? Liam ? s'écria la femme en riant. Il n'a pas besoin de violence. Si vous vous rapprochez plus qu'il ne le souhaite, ou s'il a simplement décidé qu'il en avait assez de vous, il vous repousse. Point à la ligne.

— Est-ce cela qu'il vous a fait, madame Dane ? Vous a-t-il repoussée ?

La question échappa à Jessica avant qu'elle ait pu l'arrêter. Les autres questions, elle les avait gardées pour elle. Comme celle qui concernait la vraie raison de sa venue : venir en aide à Emily ? Ou pour nuire à Liam ?

— Ce n'est pas de moi qu'il s'agit, répondit la femme en se renfrognant.

— Bien sûr que ce n'est pas de vous qu'il s'agit, rétorqua Jessica d'un ton très professionnel. Il s'agit de la disparition d'une jeune fille.

— Elle a disparu parce qu'elle l'a bien voulu, lâcha Marlena tout à trac.

—Vous pensez qu'elle a fait une fugue ? l'interrogea Kirby.

— William ne pouvait accepter sa relation avec le fils Braxton. Il était sans arrêt sur son dos, il lui confisquait ses clés de voiture pour qu'elle ne puisse pas aller voir Adam. La pauvre petite en avait le cœur brisé.

Jessica prit quelques notes sur son carnet. Elle avait grandi avec un tel père, et savait à quel point ce genre de parents peuvent être harcelants.

— D'après ce que vous dites, Emily n'appréciait pas son côté protecteur, et…

Jessica allait poursuivre quand on frappa à la porte, et l'une des secrétaires passa la tête dans la salle d'interrogatoire.

— Inspecteur Long ? Un appel pour vous.

— Prenez le message, répondit celui-ci sans bouger.

— J'ai essayé, mais ce monsieur dit qu'il doit vous parler en personne.

Kirby grommela une phrase inintelligible en se levant.

— Je reviens tout de suite, ajouta-t-il avant de quitter la pièce.

Jessica reporta son attention sur l'ex-maîtresse de Liam, tentant de repousser son aversion croissante.

— En ce qui concerne Emily…

— Pas maintenant, coupa Marlena en se penchant vers elle. Je sais que je ne vous ai rien dit que vous ne sachiez déjà, sur la nature dominatrice de William, mais il y a autre chose… quelque chose que je ne voulais pas dire devant votre collègue.

— Je vous écoute.

La femme fixa le regard sur ses doigts couverts de bagues, hésita, puis releva les yeux vers Jessica.

— Je n'ai encore jamais connu un homme tel que William Armstrong. Il a cette tension, en lui, qui attire les femmes, même quand elles savent qu'elles courent à l'échec en voulant plus…

Jessica leva la main vers sa lèvre, tâchant d'oblitérer le souvenir de ses bras autour d'elle et de la délicatesse des attentions qu'il lui avait prodiguées.

— Et ?

— Il est dangereux. Trompeur. Je me suis dit qu'il serait bon que vous le sachiez.

— C'est pour cette raison que vous pensez à une fugue d'Emily ?

— Il y a de fortes chances. Mais je ne vous dis pas cela à cause d'Emily. Je vous le dis à cause de vous.

— De moi ? s'étonna Jess en se redressant sur sa chaise.

— J'ai bien vu la manière dont vous le regardiez, hier. J'ai vu la manière dont il vous regardait.

Jessica eut soudain une bouffée de chaleur.

— Je ne vois pas de quoi vous voulez parler.

— Ne vous en faites pas, je comprends. Moi aussi, j'ai connu cela, et c'est pour cette raison que je suis venue. J'aurais horreur de voir une autre femme passer par où je suis passée.

— Je ne suis pas « une autre femme », corrigea Jessica. Je suis inspecteur de police, et j'ai pour mission d'enquêter sur la disparition de sa fille.

Marlena secoua la tête.

— J'ai bien peur qu'en réalité, vous ne fassiez que perdre votre temps. Une autre des spécialités de William...

— Comment cela ? s'enquit Jessica en reposant son stylo.

— Ne vous laissez pas abuser par ce masque d'homme blessé, inspecteur. Ne vous laissez pas aspirer. Il sait pourquoi Emily est partie. C'est lui qui est obligé de vivre avec lui-même jour après jour.

— A vous entendre, Liam chasse tout le monde, sauf la seule personne véritablement nuisible, c'est-à-dire lui-même, résuma-t-elle en combattant le regret qui naissait en elle.

— Soyez prudente, inspecteur, reprit Marlena. Si vous vous approchez trop de lui, vous serez la prochaine.

— Je suis désolée, madame, déclara l'austère secrétaire, dont le badge annonçait qu'elle s'appelait Louise Hatcher. M. Armstrong est en conférence et ne tolère aucune interruption. J'ai peur qu'il ne vous faille patienter.

— Dites-lui, je vous prie, que l'inspecteur Clark demande à le voir. Cela devrait suffire.

Louise prit un air sceptique, mais Jessica se dit qu'elle n'avait pas pénétré dans l'antre du lion pour se laisser intimider par une femme.

— M'obligerez-vous à sortir mon insigne ? s'enquit-elle en portant une main à sa sacoche.

— Non, non ! s'écria aussitôt l'employée en se raidissant. Bien sûr que non…

En la voyant tendre la main vers son téléphone, Jessica prit son élan et fila vers la double porte, à droite du bureau de la secrétaire. Elle n'était pas d'humeur à respecter le protocole.

— Vous ne pouvez pas aller là ! glapit l'employée.

Mais, avant que Jessica ne l'atteigne, la porte s'ouvrit à la volée sur Armstrong.

Il avait les traits tendus et tirés, mais l'espoir éclaira aussitôt son regard.

— Que se passe-t-il ? demanda-t-il en la prenant par les épaules. Vous l'avez retrouvée ?

Catastrophée, elle se rendit compte qu'elle n'avait pas songé à ce que pouvait signifier pour lui sa venue.

— Non, répondit-elle d'une voix douce. J'ai bien peur que ce ne soit pas la raison de ma présence.

Toute lumière déserta son regard, toute énergie quitta son corps, mais il garda néanmoins les mains sur ses épaules.

— Oh, monsieur Armstrong, s'écria Louise en s'approchant, je suis tellement désolée…

Il se raidit.

— Avertissez-moi dès que vous recevrez l'appel de Vega, gronda-t-il avant de prendre Jessica par la main pour l'emmener dans son bureau, dont il referma la porte.

Elle se prépara à l'affrontement, mais Armstrong la lâcha et s'en fut vers la baie qui occupait tout un mur. Il se planta devant, pieds écartés, épaules contractées, tête baissée.

Alors, Jessica comprit ce qui s'était passé. William Armstrong était un homme puissant mais secret. Dès l'instant où sa secrétaire avait exprimé sa compassion et voulu le réconforter, il avait réagi comme l'avait dit Marlena. Il l'avait repoussée. Il refusait que sa secrétaire mesure l'intensité de sa déception.

Et c'est pour cette raison qu'il tournait le dos à Jessica.

Celle-ci refréna le besoin d'aller poser une main apaisante sur son dos pour tenter d'alléger son angoisse.

Puis elle finit par se sentir coupable de l'observer dans un moment aussi intime, et inspecta rapidement le bureau du regard. Les proportions gigantesques de la pièce recouverte de moquette convenaient tout à fait à son propriétaire. Elle pouvait facilement l'imaginer, assis dans le fauteuil de cuir, derrière l'immense bureau d'acajou patiné, ses longues jambes calées sur le repose-pied. Sur le bureau lui-même, un ordinateur était allumé, plusieurs dossiers étaient ouverts, et un stylo-plume en laque de Chine attendait sur ce qui ressemblait à un contrat.

Elle se rapprocha, attirée par une grande photo encadrée à l'autre bout du meuble.

— Vous ne la trouverez pas là, inspecteur, lui dit-il d'une voix trop douce.

Elle pivota et s'aperçut qu'Armstrong avait non seulement quitté son poste d'observation, mais qu'il était venu se planter à quelques centimètres d'elle. On avait l'impression, en le voyant, qu'il n'avait pas dormi depuis plusieurs jours. Il ne portait pas de costume, mais un simple pantalon kaki et une chemise noire. Ses favoris poivre et sel étaient encore plus épais, plus sombres que la veille.

Le diamant avait disparu de son oreille.

— Pardon ? demanda-t-elle, repoussant l'impression que lui faisait cette proximité.

— En voyant la manière que vous avez d'étudier mon bureau, et de m'étudier moi-même, je me suis dit que je vous ferais gagner du temps en vous avertissant qu'Emily n'était pas ici.

Elle se sentit soudain submergée par un sentiment amer. Dès qu'il se sentait menacé, Armstrong attaquait.

Décidément, cet homme avait plus de facettes qu'un prisme. Pour autant qu'elle le sache, elle en avait déjà rencontré trois — le guerrier, l'homme d'affaires et le père. Grâce à Marlena, elle savait qu'il y en avait une quatrième : l'amant.

— Est-ce votre manière de déstabiliser l'ennemi ? demanda-t-elle. Vous me donnez l'air de changer de peau comme de chemise.

— Me traiteriez-vous de serpent ?

— Non, c'était une simple question, rétorqua-t-elle avec un sourire trop gracieux.

Il lui en rendit un, glacial.

— Tss, tss ! railla-t-il, goguenard, on s'est levée de mauvais poil, ce matin ?

— Simple curiosité.

— Eh bien, vous savez ce qu'on dit, à propos de la curiosité…

La voix trop douce eut le don de lui taper sur les nerfs. Il le faisait encore exprès, songea-t-elle en examinant le reste de la pièce.

Il y avait un bar et un meuble hi-fi sur la droite, et elle se demanda quel genre de musique il pouvait bien écouter. Hard-rock ? Blues mélancolique ? Jazz sensuel…

— J'ai été surprise de vous trouver ici, commenta-t-elle en s'efforçant de reprendre ses esprits. En fait, je vous pensais plutôt en train d'écumer la ville.

Il fit un pas vers elle.

— Et pourquoi, au juste, avez-vous pensé cela ? Vous n'avez pas lu le journal, ce matin ? Où voulez-vous que je sois, moi, l'homme au cœur de pierre, sinon à mon bureau, en train d'amasser encore plus de fric, alors que mon enfant est prisonnière Dieu sait où ?

— Une telle attitude n'est pas très positive, lui dit-elle.

Il soutint son regard un moment, puis se passa une main dans les cheveux.

— Que voulez-vous que je vous réponde ? reprit-il d'une voix lasse. Que les murs de la maison se referment sur moi ? Que partout où je me tourne, je vois Emily ? Que, dans chaque bruit, dans chaque craquement, j'entends son rire ?

Ce brutal aveu ne fut pas loin de briser le mur de professionnalisme sur lequel s'appuyait Jessica. Tout ce qui était femme en elle voulut tendre les mains vers lui, l'aider, le réconforter…

Jamais elle n'avait vu un homme aussi seul.

Jamais elle n'avait eu autant envie de passer ses bras autour de quelqu'un, de trouver un moyen de le rassurer.

— Si c'est la vérité, alors oui, c'est cela que je veux, répondit-elle simplement.

Il la défia du regard.

— Est-ce que cela vous rendrait heureuse, Jessica, de savoir que je suis enfin là où me voulait votre père ?

Elle fit un effort pour ravaler la boule qui lui obstruait la gorge.

— Cela me brise le cœur, mais ce n'est pas cela que vous désirez entendre, n'est-ce pas ? Pour une raison stupide, vous cherchez systématiquement la bagarre…

Armstrong tressaillit et, l'espace d'un instant, elle pensa que sa réponse allait pouvoir les ramener dans des eaux plus calmes. Mais elle s'était, encore une fois, trompée.

— Dites-moi la vraie raison de votre présence, inspecteur. C'est à cause d'hier soir ? Vous voulez savoir pourquoi je ne vous ai pas suivie dans votre garage ?

Ce fut elle qui se raidit, en comprenant quelle tactique était la sienne. Il tentait de brouiller les pistes en lui rappelant cette attraction physique aussi inopportune qu'irrésistible entre eux.

Elle était effectivement venue dans un but précis, qui n'avait rien à voir avec la nuit précédente, avec le dangereux désir qu'il avait provoqué en elle ou le rêve qui l'avait éveillée...

— Parlez-moi de Marlena Dane, répondit-elle sans se démonter.

Il se mit à rire.

— Je me demandais combien de temps il vous faudrait pour aller la cuisiner.

— La cuisiner ?

— Après la petite scène sur laquelle vous êtes tombée hier, je savais que tôt ou tard, ma petite fouineuse d'enquêtrice voudrait en savoir plus...

— Vous avez eu une relation avec elle. Exact ?

Il se tourna vers le bar, se versa deux doigts d'eau minérale et but d'un trait.

— C'est ma fonction de père qui vous regarde, inspecteur, pas ma vie amoureuse.

— J'ai pour travail de rassembler des faits, et de les relier entre eux, répliqua-t-elle, aspirant à boire un peu de cette eau, ou à glisser un glaçon sous son chemisier. Et comme vous ne me dites que ce que vous voulez bien me dire, il me faut chercher partout où je peux.

Il se versa encore un peu d'eau.

— Plus maintenant, répondit-il en buvant encore.

— Je vais croire que...

— J'ai appelé le capitaine McKnight. Je veux qu'il vous décharge de l'affaire.

— Quoi ? balbutia-t-elle, pétrifiée.

— Je veux une équipe différente sur cette affaire. Je veux des gens capables d'objectivité.

Etourdie par le choc, elle ne fut pas loin de se laisser entraîner par l'incrédulité… et par quelque chose qui ressemblait trop à un regret.

— Vous allez donc vous tirer une balle dans le pied, énonça-t-elle à voix basse, tristement. En fin de compte, peut-être que papa avait raison. Dommage qu'il ne soit plus vivant pour vous voir aujourd'hui.

Il ne bougea pas d'un pouce, ne cilla même pas.

— On ne sort pas du caniveau pour atteindre les sommets en se tirant une balle dans le pied, inspecteur. En revanche, on apprend à sauver les meubles.

— De quoi avez-vous si peur ? demanda-t-elle. N'avez-vous pas compris que je suis votre meilleur atout ?

— Mon meilleur atout pour quoi ? s'enquit-il en avançant vers elle, si près qu'il dut baisser les yeux pour la regarder. Pour me dire pourquoi mes rapports avec les autres sont toujours voués à l'échec ? Pourquoi je traverse les aventures amoureuses à la vitesse d'un supersonique ?

— Arrêtez donc ! s'écria-t-elle en lui attrapant le bras. Vous avez une manière de…

— Ah, inspecteur, on applique le bon vieux principe paternel des « deux poids, deux mesures » ? s'écria-t-il, l'œil étincelant.

— Je vous demande pardon ?

— Vous avez le droit de me toucher, mais pas moi ?

Bizarrement, elle se mit à rire.

— Bien joué, mais je vous vois venir.

— Mais encore ?

Elle ne lâcha pas son bras, et remarqua qu'il ne faisait rien non plus pour s'y dérober. Une sorte de folle énergie crépitait autour d'eux.

— Je vais plutôt vous dire ce que je fais. Mon travail. Un travail que je prends très au sérieux, ajouta-t-elle sans sortir son biper, qui s'était mis à vibrer dans sa poche. J'explore les moindres recoins, parce que je veux vous aider. Je veux vous rendre votre fille. Je veux vous voir la serrer dans vos bras. Votre amour pour elle crève les yeux.

Le regard cobalt de son interlocuteur plongea dans le sien.

— Pas plus tard qu'hier soir, vous me disiez qu'elle avait probablement fugué.

— Les deux ne s'excluent pas obligatoirement. L'amour peut parfois se révéler étouffant. Ce n'est pas parce que vous adorez votre fille qu'elle apprécie la manière dont vous exprimez cet amour. En tout cas, cela n'a pas été mon cas.

— En quoi ma manière de montrer mon amour ne convient-elle pas, inspecteur ? s'enquit-il d'une voix douce en lui posant une main sur la joue, d'une manière trop intime.

Le cœur de Jessica s'affola, il battit si fort qu'elle eut du mal à respirer. Soudain, elle lâcha son bras et recula, hors de portée.

— Je parlais de mon propre père.

— Ah… Alors, il va vous falloir apprendre à être plus précise.

— Et vous il va vous falloir apprendre à écouter.

— C'est pour cela que vous vous êtes enfuie ? lui demanda-t-il en riant.

— Mon père était un homme bien, répondit-elle en levant le menton, soudain fatiguée de jouer au chat et à la souris. Mais c'était aussi un homme dur. Obsédé. Il ne se définissait que par son travail…

— C'est dans le sang ?

— Il nous aimait, mais ne savait pas comment nous le montrer. Il croyait qu'en travaillant dur, en grimpant les échelons et en gagnant bien sa vie, il assumerait son rôle de mari et de père.

Elle s'interrompit, stupéfaite par le flot de paroles qui se déversait de ses lèvres. Qui avait le plus besoin de les entendre ? Lui ou elle ?

— Avant de le voir étendu sur un lit d'hôpital, réduit à l'ombre de lui-même, je n'avais jamais compris à quel point il nous aimait, à quel point il avait essayé et à quel point c'était dur pour lui d'exprimer ses émotions...

Durant tout ce temps, Liam soutint son regard, et l'air s'épaissit autour d'eux. Elle voulut s'écarter, regarder ailleurs, mais en fut incapable, fascinée par ce qu'elle lisait dans ses yeux. Chez d'autres hommes, elle aurait appelé cela de la compassion, mais elle en savait assez pour ne pas se bercer d'illusions sur son interlocuteur, cet homme implacable qui ne s'autorisait aucune émotion.

L'étrange éclat devait signifier qu'il élaborait un plan, ou qu'il enregistrait l'information qu'elle venait de lui offrir.

— Inspecteur ?

Elle se secoua, en essayant de repousser ces mauvais souvenirs.

— Oui ?

— Je n'étais pas certain que vous soyez toujours là. Je me demandais si vous ne vous étiez pas enfuie encore une fois.

— Je ne fuis plus, monsieur Armstrong, répondit-elle en carrant les épaules. C'est une leçon que j'ai apprise et retenue.

— Je n'en suis pas si sûr.

Il se rapprocha d'elle. Elle reconnut la tactique, et ne bougea pas.

— Ce dont vous êtes sûr, ou pas, n'a guère d'importance, dit-elle en sortant son biper.

« Coup de chance », annonçait le message laconique. Kirby la réclamait au poste de police.

— Désolée, on a besoin de moi au commissariat.

Il fit courir un doigt sur sa joue.

— Merci, s'obligea-t-elle à dire, mais c'était exactement ce qu'il me fallait pour me débarrasser de ma démangeaison.

Très fière d'avoir réussi à énoncer cela sans bafouiller, elle tourna les talons et s'en fut.

— On devrait l'enfermer, gronda Adam Braxton.

L'ex-petit ami d'Emily avait appelé Kirby sous prétexte qu'il avait des informations à fournir. Installée face à lui, Jessica prit le temps d'étudier celui à qui Emily Armstrong avait donné son cœur. Il était facile de comprendre comment une adolescente avait pu craquer pour ce regard sombre et cette bouche boudeuse.

Ce qui n'était pas son cas, car elle avait encore le souvenir cuisant de son poing sur la figure.

— Etes-vous certain que vos accusations contre M. Armstrong n'ont rien à voir avec son refus de vous voir fréquenter sa fille ? demanda-t-elle sans détour.

— Vous l'avez vu, hier soir, répondit Braxton en se penchant sur la table. Ce type est incontrôlable.

— Hier soir ? intervint Kirby en se tournant vers elle.

— Plus tard, dit-elle.

Il était tentant d'accuser Adam Braxton d'agression sur un agent de la force publique, mais elle se méfiait du scandale qui s'ensuivrait, surtout avec l'implication de William Armstrong.

— Pour autant que je me souvienne, rétorqua-t-elle, c'est vous qui étiez incontrôlable.

— Ce malade m'a sauté dessus. J'vous dis pas ce qu'il m'aurait fait si vous étiez pas arrivée.

— Quel rapport avec la disparition d'Emily ?

— Elle aussi, elle a peur de lui. Sa mère a pas pu le supporter et s'est barrée, et maintenant Emily a fait la même chose.

— Vous êtes certain qu'elle n'est pas avec vous ?

— J'aimerais bien, répondit-il avec emphase. Au moins, j'saurais que ma p'tite nana va bien. Regardez un peu autour de vous, ajouta-t-il avec une étrange lueur dans le regard. Personne reste longtemps dans la vie de ce type. Et la liste est longue. Il y a des indices partout, et vous les verriez si vous pouviez dépasser votre béguin pour lui et voir la vérité.

Elle se raidit.

— Quel béguin ? répéta Kirby.

— J'vous ai vus tous les deux, poursuivit Braxton, serrés l'un contre l'autre dans cette allée. Vous pouviez pas arrêter de vous tripoter.

« C'en est trop », songea Jessica en se levant, excédée.

— Dois-je vous rappeler ce qui s'est passé au Deep Ellum ? Peut-être aimeriez-vous un résumé de ce qui arrive à une personne coupable d'agression sur un policier…

Kirby se leva également. Son regard courut d'Adam Braxton à Jessica, de Jessica à Adam Braxton.

Elle le vit tirer ses propres conclusions et ouvrir la bouche.

— Plus tard, répéta-t-elle avant de retourner son attention sur Braxton.

Une fois l'interrogatoire terminé, Kirby avait parfaitement compris la situation.

— Qu'est-il arrivé à ma collègue si attachée au règlement ? lui demanda-t-il dès le départ du jeune homme. On aurait oublié de mentionner quelques petits détails ?

— C'est justement ce qu'est ma vie privée : un détail, rétorqua-t-elle.

Pas question d'entrer dans le débat. Elle était trop fatiguée, et avait un mal de tête épouvantable.

— Je passe mon temps libre comme je le veux.

Mais Kirby lui bloquait le passage. En le voyant se redresser de toute sa haute taille, elle comprit pourquoi il était capable d'effrayer les suspects les plus rétifs.

— C'est ça que ton père t'a appris ?

Elle avait eu son compte de références à son père, pour aujourd'hui.

— Il m'a appris beaucoup, Kirb. Continue à me provoquer, et tu comprendras l'étendue de son enseignement.

— Tu es ma collègue, répondit-il en secouant la tête. Je ne veux pas te voir tomber sous le charme d'Armstrong. Cet homme est un danger public, il...

— Ah, enfin, je vous trouve !

Jessica pivota vers le capitaine McKnight, qui venait à grands pas vers eux. La poitrine serrée, elle comprit qu'il venait lui retirer l'affaire.

— Capitaine...

— Je viens de recevoir un appel de la patrouille d'Irving, annonça-t-il d'un ton nerveux. Il y a du nouveau dans l'affaire Armstrong. Dans un champ, près de l'aéroport.

Incapable de respirer, elle ne put que formuler un mot :

— Emily ?

— Ils ont retrouvé sa voiture.

7.

Liam courait à toute allure. Avec la détermination du sprinter qu'il était à l'université, balançant les bras en cadence et allongeant le pas. Ses pieds frappaient régulièrement les pavés, et il avait le corps trempé de sueur malgré le vent sibérien qui soufflait du nord. Seulement vêtu d'un vieux short de gymnastique et d'un débardeur défraîchi, il sentait à peine la morsure du froid.

Cela faisait bien trop longtemps qu'il ne s'était pas senti aussi vivant.

Près de lui, Molly galopait. La chienne de sa fille lui avait allègrement emboîté le pas, les oreilles en arrière et la langue pendante. L'exercice lui faisait visiblement autant de bien qu'à lui.

Une jeune mère arrêtée au stop dans une voiture pleine d'enfants lui adressa un signe de la main.

Soudain, il eut un choc en comprenant à quel point ils avaient l'air normaux, Molly et lui, faisant un jogging dans l'après-midi. Illusion, vulgaire illusion.

Même lui s'y était laissé prendre, à une époque. Il s'était bercé d'illusions en décidant de bâtir un foyer pour sa fille dans l'un des quartiers les plus huppés de Dallas. Il avait bêtement cru que prestige, dignité et privilèges suffiraient à le blanchir et lui permettraient d'offrir à Emily l'enfance à laquelle elle avait droit.

Cela avait été la plus belle erreur de sa vie.

Violence, tragédie, cupidité, inhumanité, rien ne change même si l'adresse est différente. La beauté masque souvent la laideur, la simplicité peut cacher la complexité, la sérénité voiler le danger.

Et le danger pouvait revêtir de multiples formes, songea-t-il en évoquant la fille de Wallace Clark. Après qu'elle eut quitté son bureau, il était resté longtemps immobile, à fixer la porte qu'elle avait claquée derrière elle. En se disant qu'il avait de grandes chances de ne jamais la revoir car, dès que son chef aurait accédé à ses exigences, ce qui n'allait pas manquer de se produire, il n'aurait plus aucune relation avec l'énigmatique enquêtrice.

Il avait alors attendu que la satisfaction ait un effet apaisant sur ses nerfs, mais ne s'en était découvert que plus fébrile. Avant d'avoir recouvré son calme, il s'était retrouvé au volant de sa voiture.

Il était rentré chez lui. Molly était en train d'arpenter inlassablement la maison. Emily l'emmenait courir tous les jours, et le labrador avait autant besoin que lui de se dépenser.

Il avait appris, au fil des ans, à trouver un certain soulagement dans l'épuisement physique. De plus, il aimait se mettre lui-même au défi, tester ses capacités. Marlena appelait cela de l'autopunition, mais elle n'avait jamais compris cette urgence qui le poussait. Lorsqu'il se dépassait, qu'il courait kilomètre après kilomètre, qu'il frappait encore et encore dans son punching-ball, il se sentait vivant. Durement, douloureusement, glorieusement vivant.

Et ce sentiment, il en avait besoin en cet instant. Il avait besoin de se sentir vivant, plein de ressources. Il ne pouvait se permettre de baisser les bras.

— A fond les manettes, ma fille ! lança-t-il à Molly avant d'accélérer le pas pour le sprint final.

Il passa le coin de sa rue à toute allure, et le spectacle qui l'attendait ne fut pas loin de lui couper les jambes. Les pulsations cardiaques se firent désordonnées dans son thorax, l'air eut du mal à passer dans sa trachée. Cependant, il continua sa course vers la berline sombre garée devant chez lui. Debout à côté, l'inspecteur Jessica Clark portait encore ce manteau de cuir épouvantablement sexy. Le vent lui envoyait des mèches de cheveux dans la figure sans qu'elle fasse rien pour les repousser. En fait, elle était totalement immobile, véritable statue vivante sur fond de ciel gris. Elle le regardait courir vers elle.

Aiguillonné par la perspective de la confrontation imminente, il continua à courir mais, en approchant, il crut que son cœur allait définitivement lâcher.

Elle n'était pas venue dans le but de le faire changer d'avis.

Elle avait appris quelque chose, cela se voyait dans la posture tendue de son corps, dans la ligne dure de sa bouche meurtrie, l'expression de son regard.

— Vite, Molly…

Les oreilles bourdonnantes, il eut l'impression que sa voix se distordait. Plus il exhortait son corps à accélérer, plus ses fonctions vitales lui semblaient ralentir ; et, soudain, il ne sut plus comment il parvenait à avancer, il ne fut même plus certain d'avancer. Devant lui, la rue parut s'allonger, ne jamais devoir finir.

Seigneur, oh, Seigneur ! *Emily*.

Jessica entreprit de venir vers lui, de ce pas lent et mesuré qu'il avait déjà bien trop vu. Ce pas qui trahissait son appréhension. Celui-là même qui n'augurait aucune bonne nouvelle. Molly lâcha un aboiement enthousiaste et se jeta sur la femme qui tenait son sort entre ses mains.

Si elle lui caressa distraitement la tête, jamais son regard ne quitta Liam. Et, dans ces puits d'ambre sans fond, il lut une litanie d'éventualités qui le glacèrent jusqu'aux os.

— Liam…

— Quoi ? lâcha-t-il en s'immobilisant devant elle, hors d'haleine. Que s'est-il passé ?

— Il faut que vous veniez avec moi.

— C'est Emily ? Vous l'avez retrouvée ?

— C'est à propos de votre fille, oui. Mais on ne l'a pas retrouvée…

Alors, l'épuisement de la course le rattrapa, et il sentit la sueur lui dégouliner sur le corps.

— Quoi, alors ? demanda-t-il avec une furieuse impatience.

— Sa voiture.

Il ferma les paupières sous le choc.

— Je suis navrée, Liam, répondit Jessica en lui posant une main gantée sur le bras. Il semble que vous aviez raison en parlant d'acte criminel. Les indices récoltés sur place indiqueraient qu'Emily n'était pas seule.

Comment il parvint à rester debout, ce fut un mystère pour lui. C'était comme si on lui avait flanqué un coup de poing dans le plexus, et il fut tenté d'attraper Jessica aux épaules pour l'obliger à démentir ce qu'elle venait de lui apprendre.

Il avait passé sa vie entière à lutter, à essayer de prouver qu'il avait raison contre l'avis de tous. Mais maintenant, et pour la première fois, il avait désespérément besoin de croire le contraire.

— Jusqu'à présent, pas de trace d'elle, Jessie, mais ce champ est étendu. Il est encore trop tôt pour en juger.

— J'arrive.

— Empêche Armstrong d'approcher. Il ne manquerait plus qu'il vienne piétiner le lieu du crime.

— Je connais la procédure, conclut-elle en coupant la communication, avant que Kirby ne l'entraîne plus loin.

Ils approchaient de l'aéroport, et le rugissement des avions au décollage devenait de plus en plus assourdissant. Assis sur le siège passager, Liam ne disait rien. Il ne bougeait pas, et semblait à peine respirer. Toute vie paraissait l'avoir déserté. Il avait même refusé de prendre le temps de se changer. Et si le chauffage de la voiture avait fini par sécher la pellicule de transpiration sur ses bras et ses jambes, Jessica n'en était pas moins extrêmement consciente de sa présence si masculine. Chaque parcelle de son corps réagissait d'une façon primitive et déstabilisante.

Elle refusait d'être ainsi affectée par lui, elle refusait de mourir d'envie de le toucher, de poser une main sur sa cuisse pour le rassurer. De sentir l'énergie bouillonner sous la peau. Elle refusait de penser à lui comme à un homme farouche et presque nu, et elle savait qu'il valait mieux le considérer comme une des victimes que son travail lui faisait quotidiennement croiser.

Mais « victime » n'était certainement pas un terme qui convenait à William Armstrong.

Pas avec ces yeux troublants…

Elle obliqua sur une route de terre et roula vers un cercle de voitures en refusant de le regarder. Dans l'herbe haute, une rangée de policiers, dirigée par Kirby, examinait le sol.

Son sang se figea à la pensée de ce qu'ils pourraient découvrir.

— Je suppose qu'il est inutile de vous demander de m'attendre dans la voiture pendant que je vais chercher l'inspecteur Long ?

— En effet.

Elle tourna les yeux vers lui.

— Comme je suppose que vous vous moquez de mourir de froid ?

Un regard bleu dur vint se poser sur elle.

— A votre avis ?

— Je ne suis pas sûre que vous ressenticz quelque chose en ce moment, répondit-elle en toute franchise.

Un périlleux mélange de défiance et d'espoir étincela dans son regard.

— Je ressens quelque chose. Faites-moi confiance sur ce point.

Jamais elle n'avait eu tant besoin de le toucher, et pourtant elle garda les mains sur le volant.

— Mon Dieu, non..., balbutia-t-il d'une voix éraillée, avant d'ouvrir la portière à la volée et de courir vers la voiture de sa fille.

Ou plutôt ce qu'il en restait.

Jessica jura à voix basse, coupa le contact, sortit également et se précipita à sa suite. Kirby ne l'avait pas mise au courant de ce qui les attendait réellement. Il ne lui avait pas laissé la moindre chance de préparer Liam à ce genre de spectacle, susceptible de mettre à genoux l'homme le plus coriace.

— Reculez, ordonna Juan Vasquez, l'un des jeunes policiers présents. Vous êtes sur le lieu d'un crime.

— C'est la voiture de ma fille ! aboya Liam.

— Je suis navré, monsieur, répondit Vasquez en lui barrant la route, mais je ne peux pas vous laisser risquer de brouiller des pistes.

Liam ne fit pas mine de s'arrêter.

— Je n'en ai rien à...

— Liam !

Jessica le vit lever le bras, plongea sur lui avant qu'il ne commette une sottise, lui attrapa le poignet et l'attira à elle. Il avait la peau brûlante, le pouls frénétique.

— Ne rendez pas les choses plus difficiles qu'elles ne le sont déjà, le prévint-elle.

— Plus difficiles ? répliqua-t-il, une étrange lueur dans le regard. La voiture que ma fille lave à la main chaque week-end, et qu'elle entretient amoureusement... Cette voiture a été incendiée, et personne n'a vu ma fille depuis plus de quarante-huit heures... Bon sang, comment voulez-vous que je réagisse ?

Le cœur tambourinant, l'estomac retourné, elle s'efforça de le calmer.

— Il faut pourtant suivre la procédure...

— Je me fous de la procédure.

Elle plongea son regard dans les yeux durs, puis l'abaissa sur ses doigts refermés autour du poignet de son interlocuteur, et ne put se résoudre à renoncer.

— Je n'étais pas obligée de vous amener ici, lui rappela-t-elle d'une voix neutre. J'aurais pu attendre qu'ils aient terminé les premières constatations. Est-ce cela que vous auriez voulu ?

Ses yeux se figèrent, mais il ne répondit rien. Il ne fit pas un mouvement. Il ne fit même pas mine de retirer son bras.

— Qu'est-ce qu'on a, comme indices ? demanda-t-elle à Vasquez.

— On dirait bien que la voiture est là depuis hier. Aucun signe indiquant qu'elle était occupée quand le feu a pris. Deux séries d'empreintes s'en éloignent. Une autre voiture attendait probablement à côté. Sur la droite.

Le vent du nord fit voler les cheveux de Jessica devant ses yeux, mais elle ne voulut pas lâcher Liam pour les repousser.

— Est-ce que les deux séries d'empreintes mènent au deuxième véhicule ?

— Difficile à dire. Une, c'est presque sûr.

Elle sentit un frisson la parcourir.

— Autre chose ?

— Pas encore.

Un instant plus tard, elle regarda le jeune policier s'éloigner vers sa voiture dont la radio crachotait.

Il n'y avait aucune preuve décisive, mais elle ne pouvait chasser un mauvais pressentiment. En dépit des allégations de Liam, elle avait toujours pensé à une fugue. Mais à présent, elle n'en était plus aussi certaine. C'était la présence d'une deuxième voiture qui la dérangeait le plus. Bien sûr, il pouvait s'agir d'une mise en scène, une manière de les entraîner sur une fausse piste.

Elle sentit Liam s'écarter d'elle, et le lâcha. Cependant, elle ne le regarda pas, elle ne le suivit pas. Elle inspira longuement, heureuse de sentir la brûlure de l'air glacé dans ses poumons.

Un avion décolla à ce moment en rugissant. Partout alentour, des policiers fouillaient les herbes à la recherche d'indices. Elle se tourna vers Liam, le découvrit planté devant la carcasse calcinée, et eut l'impression de voir un homme debout devant une tombe, incapable d'un dernier adieu. Irrémédiablement seul.

La douleur qu'elle avait au cœur s'intensifia. Et elle ne put invoquer plus longtemps ce bouclier que lui offraient procédure et professionnalisme. Certes, elle était policier par vocation, mais n'en restait pas moins femme par nature. Et il lui fut impossible de contempler plus longtemps la souffrance de cet homme farouche sans rien faire. Elle ne put pas plus lui refuser son soutien qu'elle ne put remonter le temps et changer les événements.

La gorge serrée, elle se rendit compte qu'elle avançait vers lui, que ses pieds bottés écrasaient l'herbe jaunie, que le vent malmenait ses cheveux, et qu'en même temps toutes ces sensations s'évanouissaient dans le lointain. Quand elle ne fut plus qu'à quelques centimètres de Liam, elle leva une main et la lui posa sur le dos.

Sous ses doigts, les muscles se contractèrent, mais il ne se déroba pas, il ne rompit pas ce contact. Et, l'espace d'un instant, il ne dit rien. Il resta immobile. Alors, poussée par l'instinct, elle lui caressa lentement le haut du dos, là où le débardeur couvrait ses épaules, et aussi sa peau, si chaude malgré le froid.

— Mon Dieu, murmura-t-il d'une voix éraillée, Emmie adorait cette voiture.

Jessica lutta contre une envie aussi soudaine qu'impérieuse de jeter ses bras autour de lui et de le serrer avec force.

Sois objective, se sermonna-t-elle intérieurement. Un trop-plein d'émotions, un brutal accès de désir ne peuvent que détruire sa capacité à lui offrir la seule chose qu'il attend : qu'elle retrouve sa fille.

Ignorant la douleur, elle se concentra sur la voiture. Malgré le feu, on voyait qu'il s'agissait d'un coupé sport relativement ancien. Elle se serait plutôt attendue à voir la fille de William Armstrong dans un cabriolet étincelant.

— C'est vous qui le lui avez offert ? demanda-t-elle à voix basse.

Il releva la tête pour la regarder.

— Emmie est une fille remarquable. J'aurais pu lui offrir le monde, mais elle préférait le gagner elle-même.

Un sourire amer et triste se dessina au coin de ses lèvres.

— On avait passé un accord, poursuivit-il. Elle me laisserait payer la moitié de la voiture si elle arrivait à rassembler le reste de la somme. Alors, elle s'est lancée dans une vraie croisade de baby-sitting, avec l'idée de gagner assez d'argent pour une décapotable rouge... Mais, au bout d'un an de couches sales et de caprices d'enfants gâtés, elle a décidé qu'un coupé sport d'occasion n'était pas une si mauvaise idée.

Une émotion encore inconnue naquit au plus profond de Jessica. Liam était encore très jeune lorsqu'il était devenu père, et pourtant il avait remarquablement élevé sa fille. Il lui avait appris le sens des responsabilités, il lui avait inculqué une éthique de travail, même si, grâce à sa fortune, elle pouvait vivre en s'en dispensant.

Elle plongea dans les yeux bleus si fiers, et le policier en elle se demanda si William Armstrong enjolivait le passé en omettant les points noirs que son entourage tenait à souligner. Le grand-père d'Emily. Adam Braxton. Marlena Dane.

Travestissaient-ils la réalité ?

Pour le bien de tous, elle se prit à espérer que Liam était celui qui avait une mémoire sélective, et que sa fille avait vraiment voulu respirer un peu. Il en serait brisé, bien sûr, mais, au moins, il aurait une chance de revoir un jour son enfant. De lui dire qu'il l'aimait. De rattraper ses erreurs passées.

Mais si la relation qui les unissait était aussi sincère, aussi profonde qu'il le disait, ce serait…

— C'est-y pas mignon, tout ça ?

Jessica tourna la tête vers la voix narquoise qui venait d'interrompre ses réflexions. Un Kirby à la mine furieuse avançait vers eux, le regard scrutateur braqué sur sa main toujours posée sur l'épaule de Liam.

— Tu fais dans l'aide sociale en plus de ton boulot, Jessie ?

Elle foudroya son collègue du regard, se demandant pourquoi elle avait brutalement l'impression d'être revenue à cette fameuse nuit où son père l'avait trouvée en train de se faire peloter par le mauvais garçon de l'école, dans un parking. Elle carra les épaules, leva un menton batailleur, mais ne retira pas sa main du dos de Liam.

— Tu as découvert quelque chose ?

— C'est justement ce que je suis en train de me demander, répliqua Kirby d'un ton persifleur.

— Bon sang…

— Ça suffit, gronda Liam. Avez-vous trouvé ma fille, oui ou non ?

— C'est moi qui pose les questions, lui rappela un Kirby furibond, avant d'agiter un sac en plastique sous son nez. Ça vous dit quelque chose, ça ?

Toute couleur déserta le visage de Liam, qui s'empara du sac et voulut l'ouvrir.

— Hé, vous n'avez pas le droit ! cria Kirby en essayant de récupérer l'objet. C'est un indice.

— Non, c'est l'alliance de ma mère, corrigea Liam. Emily l'a reçue pour ses seize ans. Elle ne l'ôte jamais.

Jessica sentit son cœur se serrer. Dans le sac transparent que se disputaient les deux hommes luisait un anneau d'or délicatement ouvragé.

— Où l'as-tu trouvé ? s'enquit-elle.

— Pas très loin de la voiture.

— Mon Dieu, elle a bien été enlevée ! s'exclama Liam en sursautant.

Kirby commença à dire quelque chose, mais Jessica l'ignora. Elle se concentra sur Liam et lui effleura l'avant-bras.

— Que vous apprend cet anneau ?

— Il me dit que ma fille a des ennuis, répondit-il, le visage sombre. Elle adore cette alliance, et elle ne l'a jamais quittée depuis que ma mère lui en a fait cadeau avant de mourir. Elle ne s'en serait jamais débarrassée comme ça…

Jessica s'efforça de ne pas laisser paraître son émotion, mais sa gorge serrée lui rendit la voix plus rauque encore.

— Nous allons vérifier si elle porte des empreintes, et voir si elles peuvent nous mener quelque part.

— Vous n'y trouverez que les siennes. C'est elle qui l'a enlevée, pour m'avertir qu'elle avait des ennuis.

— Ou alors pour vous faire comprendre que la rupture est définitive, intervint Kirby.

Soudain plus figé que la pierre, Liam eut une lueur assassine dans le regard.

— S'il arrive quelque chose à ma fille à cause de votre incapacité à oublier le passé, vous allez le regretter, inspecteur, gronda-t-il.

Jessica détesta d'avoir à s'interposer entre les deux hommes. Kirby avait un sale caractère, certes, mais c'était un fidèle coéquipier.

— A partir de maintenant, je prends les choses en main, lui dit-elle.

— Fais attention à toi, Jessie, répondit-il après l'avoir longuement mesurée du regard.

Elle ignora son commentaire et retourna son attention sur Liam.

— Vous aussi, laissez tomber.

Alors, leurs regards se rencontrèrent. Il plongea dans le sien des yeux à la fois provocants et caressants, puis sa tension s'apaisa un peu. Il lâcha le sac en plastique.

Elle poussa un soupir de soulagement, sans vraiment savoir si le fait qu'il s'incline voulait dire qu'il lui redonnait sa confiance. Mais, même si elle n'avait pas envie de rompre ce contact, il fallait qu'elle s'entretienne avec Kirby.

— Accordez-moi une minute, dit-elle en faisant signe à son collègue de la suivre.

— Rendez-moi ma fille et je vous accorderai tout ce que vous voudrez.

Cette réponse proférée à mi-voix eut un effet d'une cruauté inouïe sur son cœur. Elle repoussa des rêves impossibles et entraîna son partenaire à l'écart.

— Qu'est-ce que c'est que toute cette histoire ?

— C'est à toi de me le dire, Jessie, répondit-il en venant se planter devant elle.

Elle leva des yeux excédés au ciel.

— Tu n'avais pas à le provoquer ainsi.

— Et toi, tu n'as pas à le toucher ainsi ! Qu'est-ce qui est pire, à ton avis, Jessie ? Lequel est le moins objectif des deux ?

— Tu ne sais absolument pas de quoi tu parles.

— Je suis foutrement certain du contraire, Jessie ! gronda-t-il. N'oublie pas de qui tu es la fille. Quelle plus belle vengeance pourrait s'offrir Armstrong que de te faire basculer dans son camp ? Que de te pousser à le croire, *lui,* et à renier ton père ?

— Sa fille a disparu, bon sang ! Quel rapport avec le passé ?

— Tout. C'est le passé qui nous fait ce que nous sommes. Sache seulement que je garderai un œil sur toi.

L'animosité affichée de Kirby pour Liam la perturba, car ce ressentiment l'empêchait d'être objectif. On aurait presque pu croire qu'il était jaloux.

— La vie d'une jeune fille est en jeu, lui rappela-t-elle, et notre travail est de lui venir en aide, quel que soit son père.

— Quel que soit son père ? C'est toi qui dis ça ? On a travaillé ensemble sur un paquet d'enquêtes, et celle-ci n'est pas notre première disparition ! Mais c'est bien la première fois que je vois une telle expression dans ton regard…

— Quelle expression ?

Il se concentra, les sourcils froncés.

— Comme si tu étais étendue sur le sol, en train de saigner, et que tu attendais désespérément que quelqu'un passe à proximité.

La sincérité absolue de cette déclaration la frappa plus encore que le coup de poing de Braxton.

— Tu répètes en vue du prochain concours de mélodrame ? lui demanda-t-elle, émettant un petit rire crispé.

Il planta son regard droit dans le sien.

— Non, j'essaye de garder ma partenaire en un seul morceau.

— Je sais ce que je fais.

— J'ai pu me tromper.

— Apparemment.

— Nous verrons bien, rétorqua-t-il entre ses dents, avant de lui tourner de dos et de s'éloigner à grands pas.

Elle resta un bon moment où elle était, à inspirer profondément l'air glacé de cette fin d'après-midi maussade, à essayer de faire le tri dans tout ce qui venait d'arriver. Mais elle eut beau essayer d'éprouver de la colère contre son collègue, elle n'y parvint pas. Et elle eut beau essayer d'accuser Liam de la mettre dans tous ses états, elle n'y parvint pas non plus.

Si elle devait se mettre en colère contre quelqu'un, si elle devait accuser quelqu'un, c'était elle-même.

Elle était pourtant une enquêtrice aguerrie, qui savait frôler les bornes sans jamais les dépasser, mais Kirby avait raison. Elle n'avait pas été à la hauteur, en l'occurrence, car elle était également femme.

Chaque fois qu'elle voyait William Armstrong, elle oubliait ses années de formation et tout ce que lui avait appris son père, car seul son instinct féminin prévalait, songea-t-elle en reportant son attention sur lui.

Il l'attendait près de sa voiture. Le soir tombait sur le champ que fouillaient encore les policiers.

— Vous n'êtes pas allé les rejoindre ? lui demanda-t-elle peu après en arrivant vers lui.

— Elle n'est pas ici.

Il avait l'air si certain qu'elle se posa des questions.

— Liam…

— Non, ne dites rien. Ne vous sentez pas tenue de me mettre en garde contre de faux espoirs, coupa-t-il en lui prenant la main et en la plaquant contre son cœur.

Sous le débardeur lâche, ses doigts effleurèrent sa poitrine.

— Elle est ici, inspecteur. Je la sens, ici. Ma fille n'est pas dans ce champ.

Le cœur serré, elle lui arracha sa main et tourna les yeux vers l'étendue herbeuse. Son père avait-il fait la même chose ? Avait-il été aussi certain que Liam ? Aussi consumé de chagrin ?

Une nouvelle poussée de culpabilité l'obligea à détourner le regard. Emily n'avait peut-être pas eu le choix, mais tel n'était pas son cas à elle. Elle avait volontairement fait traverser cette épreuve à son père, elle l'avait obligé à se demander si elle avait été enlevée ou si elle avait fugué.

— Vous pensez à votre propre père ? lui demanda Liam à voix basse. Vous vous demandez s'il a eu une réaction similaire, quand vous vous êtes enfuie ?

Cette question posée à mi-voix suffit à faire tomber toutes les barrières qu'elle s'efforçait d'ériger entre eux, et lui donna le sentiment de se retrouver nue sous les yeux de William Armstrong. Très lentement, elle pivota pour se retrouver face à lui, et s'aperçut qu'il la contemplait avec une rare intensité. Une intensité déstabilisante. Un peu comme s'il pouvait voir à travers elle.

— C'était il y a bien longtemps, répondit-elle en resserrant la ceinture de son manteau.

— Vous pensez que nos destins ont été scellés le jour où Heather s'est enfuie ? Vous pensez que nos chemins ont suivi des voies parallèles depuis lors, qu'ils ont attendu l'instant inévitable où ils se croiseraient ?

Presque une heure s'était écoulée depuis leur arrivée, et la température n'avait cessé de chuter, mais jusqu'à cet instant précis, jamais elle n'avait autant senti le froid.

— Que voulez-vous dire ?

Les yeux de Liam se mirent à scintiller, mais sa voix resta un chuchotement :

— Je veux parler de la raison pour laquelle votre père a cessé de rentrer le soir à la maison, pour laquelle il est devenu si distant, si obsédé par son travail... La raison pour laquelle il a cessé d'être un père pour la fille qui avait tant besoin de lui. Je parle de vous, et de votre fuite.

Il leva la main et lui passa un doigt léger sur la joue.

— Je parle de moi.

8.

L'impact de ces mots fit tituber Jessica.

— Je ne me suis pas enfuie à cause de vous. Je ne vous connaissais même pas.

— Mais vous aviez noté la métamorphose de votre père, n'est-ce pas ? reprit-il doucement. Vous saviez qu'il se mettait plus vite en colère, qu'il s'impatientait plus vite encore… Vous saviez qu'il ne rentrait pratiquement plus chez lui. Il n'avait même pas remarqué que sa petite fille renouait avec le voyou du lycée. Je me trompe ?

Dieu du ciel, c'était comme s'il avait découvert un journal intime qu'elle n'avait jamais tenu, et qu'il le lisait à voix haute… une page déchirante après l'autre.

— Vous me faites passer pour une sale gosse trop gâtée. Je n'étais plus une enfant, j'avais seize ans.

— Mais il n'y a pas de limite d'âge pour avoir soif de l'amour d'un père, objecta-t-il de cette voix toujours aussi douce.

Tout ce qui était autour d'eux s'effaça peu à peu — le champ, le bourdonnement des radios dans les voitures de police, les inspecteurs en train de passer les lieux au peigne fin. Les souvenirs remontèrent. Elle détestait se remémorer cette époque sombre, la solitude qui avait été la sienne, les risques qu'elle avait pris. Mais le fait d'être seule près de cet homme au regard pénétrant, cet homme qui occupait bien trop ses pensées, fit brutalement resurgir tout son passé.

La peur, la méfiance. Les regrets.

Elle ignorait pourquoi seul William Armstrong avait le pouvoir d'obliger ces souvenirs à remonter, malgré elle, à la surface, mais le fait est qu'ils refusaient de rester plus longtemps enfermés. Peut-être parce qu'il avait besoin de savoir ce qui lui était passé par la tête, à quoi elle avait pensé alors. Pour Emily.

Le barrage finit par céder, et les mots se déversèrent librement :

— Je n'avais jamais envisagé les événements de son point de vue. Je n'avais jamais songé à ce que je pourrais lui faire. Je voulais juste m'en aller. Respirer. Je voulais déployer mes ailes et m'envoler, sans me demander ce qu'en dirait papa. Si même il dirait quelque chose, s'il s'en rendrait seulement compte…

— Il s'en est rendu compte, déclara Liam en se rapprochant.

Il avait une telle certitude dans la voix qu'elle se demanda s'il parlait au nom de tous les pères, du sien ou de lui-même.

— Vous avez froid ? reprit-il.

Baissant les yeux, elle s'aperçut qu'elle avait serré les bras autour de sa taille. La lumière mourante s'accompagnait d'un froid polaire, mais il était si proche d'elle qu'elle percevait la chaleur qui irradiait de son corps à moitié dévêtu. Non, elle ne sentait pas le froid. Du moins pas celui de l'extérieur.

C'était à cause des souvenirs qu'elle se tenait ainsi, comme pour ne pas en laisser trop échapper.

— Je vous offrirais volontiers mon manteau, si j'en avais un.

A l'écoute de cette dernière phrase, elle leva les yeux vers lui afin de comprendre quelle était la part du sarcasme, et celle de la sincérité. Puis elle tourna la tête vers le champ, où brillaient maintenant des lampes torches.

— Je n'oublierai jamais ce que j'ai vu sur le visage de mon père quand il m'a trouvée dans ce vieil entrepôt désaffecté…

D'un doigt passé sous son menton, il la força à le regarder.

— Racontez-moi.

— Il faisait la même tête que vous tout à l'heure, quand vous m'avez vue devant chez vous. J'y ai lu de l'espoir, de l'horreur, de l'amour.

Elle pouvait encore les sentir quand elle fermait les yeux. Il fit glisser sa main vers sa joue.

— De la colère ?

Jessica se pétrifia. Elle voulut se dégager, mais la curiosité lui interdit le moindre mouvement. La chaleur de cette main sur sa joue lui donna envie de penser qu'il agitait un drapeau blanc, mais en même temps, elle savait que le froid reviendrait bientôt.

C'était toujours le cas, avec William Armstrong.

Debout dans la lumière déclinante, il avait l'air puissant, solide, éminemment viril. Il devait geler, même si elle n'en voyait rien. Toutes ses sensations, il les gardait cadenassées à l'intérieur de lui. Et il avait tellement cimenté la façade qu'il exposait au monde que rien n'aurait pu en venir à bout.

— Tant que ça ? demanda-t-il, et elle se rendit alors compte qu'il avait mal interprété son silence.

— Au contraire, répondit-elle. Papa ne se mettait jamais en colère, pas avec nous. Il ne criait jamais. Plus on le poussait à bout, plus il se taisait. Il partait travailler un peu plus tôt, il rentrait un peu plus tard.

— Est-ce que votre fugue a changé quelque chose ?

— Pas pour lui.

— Et pour vous ?

Elle laissa échapper un long soupir. Liam, tant méprisé par son père, semblait voir ce que personne ne voyait, il semblait la comprendre comme personne ne l'avait jamais comprise. Si elle avait été prudente, elle se serait détournée de lui et éloignée, mais elle n'en fit rien. Elle n'était pas du genre à fuir, même en sachant le nombre de ricochets que peut faire un minuscule caillou adroitement lancé dans une mare.

— J'ai passé trois mois dans la rue, lui dit-elle. Et puis j'ai réintégré notre petite maison paisible de la banlieue de Dallas. Rien n'avait changé, et pourtant tout était différent. J'étais différente. Ma vision de la vie l'était. Cela fait partie de ces paradoxes qui donnent le vertige. Ma fugue n'avait pas modifié le monde qui m'entourait, mais le fait d'en prendre conscience, de comprendre que fuir les problèmes ne les résout pas, cela m'a changée.

— Dure leçon, pour une gosse de seize ans, commenta Liam sans lâcher son regard.

Elle s'exhorta à ne rien conclure de la compassion perceptible dans sa voix.

— Je regrette le chagrin que j'ai causé à ma famille, mais je mourrai en restant persuadée que cette période de vagabondage m'a rendue meilleure. Meilleure fille, meilleure policière. Bizarre, non ?

Le coucher du soleil projeta le visage de Liam dans l'ombre.

— Pas plus bizarre que le champ où nous sommes en ce moment, répondit-il d'une voix étrangement calme. Je parie que votre père se régale, en ce moment.

— Pardon ?

Il se rapprocha encore.

— Il y a dix-sept ans, sa quête obsessionnelle pour me clouer au pilori a fait fuguer sa fille. Les rôles sont renversés, maintenant. C'est moi le père de la disparue, et sa fille constitue ma meilleure chance de revoir Emily. Si vous avez rêvé un jour de vengeance, ou de revanche, c'est le moment ou jamais…

Jessica tenta de dissimuler son tressaillement, mais ces mots firent douloureusement mouche. L'espace d'un instant fugace, ils avaient établi le contact. Du moins l'avait-elle pensé. Et il avait dû le sentir, lui aussi, puisqu'il rétablissait cette muraille entre eux. Infranchissable. Elle le vit dans le durcissement de ses yeux, et celui de sa voix.

Le businessman habitué à gagner repoussait sans ménagement le père menacé de tout perdre. Le besoin, la compréhension dont il avait commencé à faire preuve étaient pour lui totalement inacceptables.

— Je croyais que vous vouliez me faire décharger de l'enquête ? lui rappela-t-elle d'une voix basse.

Il lui posa encore une fois la main sur le visage, non plus en un geste compatissant, cette fois, mais provocant. Du bout des doigts, il effleura sa pommette, et, du pouce il frôla sa bouche.

— Vouloir est dangereux, inspecteur. C'est une chose que j'ai apprise il y a longtemps. Je veux qu'on me rende ma fille. Cela ne veut pas dire qu'elle est ici. Il faut savoir composer avec la réalité.

Elle allait lui écarter la main quand elle se rendit compte qu'elle n'avait aucune envie de lui faire ce plaisir. C'était lui qui ne croyait pas aux rapprochements, et même s'il avait pour intention manifeste de la déstabiliser, peu de choses dans l'existence étaient plus savoureusement intimes qu'un homme et une femme s'effleurant et se parlant à voix basse, debout si près l'un de l'autre, dans les ombres croissantes du crépuscule.

— La réalité ? répéta-t-elle de cette voix douce que Kirby appelait « le calme avant la tempête ». Je n'aurais jamais cru que ce mot faisait partie de votre vocabulaire. N'êtes-vous pas l'homme qui ne considère pas le non comme une réponse ? Qui trouve toujours le moyen d'obtenir ce qu'il désire ? Qui retourne les situations selon son bon vouloir ?

— Ah, Jessica, vous êtes vraiment la fille de votre père ! dit-il en souriant, et en faisant courir son pouce sur la commissure de ses lèvres. Le fait que j'affronte la réalité ne signifie pas que je l'accepte. Je dis simplement qu'il faut savoir précisément où l'on se trouve, avant de planifier le prochain déplacement. Quelles manipulations voyez-vous là-dedans ?

Jessica le fixa sans rien dire. Elle chercha une réplique cinglante, mais ne trouva dans son esprit qu'une compréhension inopportune. Elle ouvrit tout de même la bouche, et la referma brutalement quand il y glissa l'extrémité de son pouce.

— Attention, lui souffla-t-il d'une voix redoutablement douce. Prenez garde à ne pas vous blesser encore une fois.

Elle lui saisit le poignet et l'écarta d'elle.

— Trouvez quelqu'un d'autre pour jouer à vos petits jeux, répliqua-t-elle. Avec moi, ils ne prennent plus.

— Je ne joue pas. Tout cela est aussi réel qu'il le paraît. J'ai eu tort de vouloir vous faire décharger de l'enquête. J'ai cru que les frontières entre nous étaient trop floues. Je ne vous pensais pas capable d'objectivité.

— Je suis une professionnelle, rappela-t-elle.

— Vous êtes également la fille de votre père.

— Et vous, vous parlez par énigmes.

— Non. Je dis simplement que vous en êtes arrivée au même point que moi. Vous ne pouvez plus vous permettre de griffonner le mot « fugue » sur le dossier d'Emily, car s'il s'avère qu'elle a des ennuis et que vous n'avez rien fait pour l'aider, vous ne pourrez plus jamais vous regarder dans un miroir. Vous comprendrez alors que vous êtes exactement comme votre père.

La vérité contenue dans ces paroles la fit frissonner alors qu'il reprenait :

— Les frontières sont floues, mais vous semblez être le seul flic de cette ville étroite d'esprit à vouloir retourner chaque pierre afin de découvrir la vérité sur la disparition d'Emily.

Elle comprit alors le lien qui l'unissait à lui, alors même qu'ils ne rêvaient que de se tourner le dos et de partir chacun de son côté. Aucun des deux ne pouvait chasser l'autre de son existence. Pour l'instant, et pour des raisons qui appartenaient au présent comme au passé, ils avaient trop besoin l'un de l'autre. Et ils le savaient tous deux.

— Il n'est pas nécessaire que vous me menaciez pour que je fasse mon travail, dit-elle en le regardant. Je vous ai promis de tout faire pour vous ramener votre fille, et je n'ai qu'une parole. Nous voulons la même chose, vous et moi.

Une petite lueur étincela dans les yeux bleus.

— En ce cas, cessons de vouloir et faisons-le.

Les mots qu'il avait choisis, le ton de la confidence sur lequel il les avait murmurés, le sous-entendu implicite, tout cela provoqua en elle un frisson malvenu. Comme à l'ordinaire, il l'avait fait exprès.

— En employant tous les moyens possibles, répondit-elle de sa voix la plus professionnelle.

Elle ne devait pas se laisser émouvoir. Le prix était trop élevé. Elle avait grandi avec un homme de la carrure d'Armstrong, après tout. Elle l'avait aimé. Elle avait appris de lui. Elle l'avait perdu.

— Allons-y, en ce cas, ajouta-t-elle en désignant sa voiture de la main. Il n'y a plus rien pour nous ici.

— « Nouveau rebondissement dans l'affaire de la disparition de la fille Armstrong. La voiture de la jeune fille aurait été retrouvée près de l'aéroport… »

Sur l'écran de télévision apparut une image de William Armstrong debout devant la carcasse de la voiture de sa fille. On eût dit qu'il se tenait devant un cercueil ouvert.

Tout se déroulait conformément au plan.

Les policiers n'avaient pas la moindre piste. Armstrong non plus, d'ailleurs. Enlever sa gamine avait été d'une simplicité enfantine, puisqu'elle n'avait aucune raison de se méfier. Au début, elle avait écouté, et puis elle s'était précipitée vers la porte. Du gâteau.

— Vous regardez ? Vous m'entendez ?

Un bref coup d'œil sur le moniteur en circuit fermé installé de l'autre côté de la pièce révéla une Emily Armstrong furieuse. Debout dans un angle de la pièce spartiate qui lui avait été attribuée, elle levait les yeux vers la caméra installée au plafond. Avec ses longs cheveux bruns emmêlés, ses yeux étincelants de fureur et ses poings serrés, elle avait l'air prête à auditionner pour un épisode de *Xéna, princesse guerrière*. Là où la plupart des adolescentes auraient été terrifiées, elle n'était que furieuse.

C'était bien la fille de son père.

— Vous ne vous en tirerez pas comme ça, prévint-elle. Mon père vous retrouvera, il vous fera payer. Cher.

Pour une gamine de dix-sept ans, elle faisait preuve d'une férocité amusante. Et elle était vraiment persuadée que son père pouvait conquérir le monde.

Si seulement elle savait à quel point elle avait tort !

Liam projeta son poing contre le cuir dur. Puis il avança sur le sac qui reculait, et il frappa encore. Encore. Et encore. Plus fort, chaque fois.

« N'êtes-vous pas l'homme qui ne considère pas le non comme une réponse ? Qui trouve toujours le moyen d'obtenir ce qu'il désire ? Qui retourne les situations selon son bon vouloir ? »

Il poussa un rugissement de fauve, balança le pied et le projeta dans le sac pendu au bout de sa corde.

Maudite soit-elle ! Maudite soit l'inspecteur Jessica Clark, pour lui avoir jeté sa vie et ses choix à la figure, et avoir essayé de lui en faire éprouver de la honte ! Maudite soit-elle pour avoir essayé de lui faire endosser le mauvais rôle, alors qu'il ne faisait que ce qui était humainement possible pour retrouver sa fille !

Quel crime y avait-il là-dedans ?

« Trouvez quelqu'un d'autre pour jouer à vos petits jeux. Avec moi, ils ne prennent plus. »

Peu importait la violence avec laquelle il frappait le sac, ces paroles ne cessaient de le hanter. Cette femme était une énigme. Il ne savait pas comment elle s'y prenait, comment elle parvenait à abattre toutes les barrières, comment elle arrivait au cœur même de ce qu'il essayait tant de cacher. Alors, au lieu d'attaquer, elle rentrait les griffes. Et elle appliquait un baume plutôt que de donner le coup de grâce.

Son instinct lui disait de bannir la séduisante policière de sa vie, mais chaque fois qu'il voyait ce rare mélange d'intelligence et de compassion étinceler dans ses yeux d'ambre, il se retrouvait écartelé entre l'envie de la repousser et celle de la serrer dans ses bras.

Il lâcha un autre juron. La seule personne qu'il avait besoin de serrer contre lui, c'était sa fille.

La correction qu'il infligeait au sac devint plus frénétique, violente. Qu'il fût attiré par une femme en ce moment le consternait. Mais il n'y pouvait rien, et le côté déplacé de la situation le rongeait. Il ne pouvait laisser Jessica se rapprocher davantage. Il ne pouvait la laisser continuer à faire tomber ses barrières. Pas plus qu'il ne pouvait lui permettre de regarder à l'intérieur.

Mais il ne pouvait pas non plus lui faire retirer l'enquête. Elle était son meilleur atout.

Il sut alors ce qu'il devait faire.

Harassé, Liam attira le gros sac à lui et s'écroula contre le cuir.

Jessica arpentait inlassablement sa maison. La nuit était calme et silencieuse, noire jusqu'à l'étouffement. Pas de lune, pas d'étoiles, uniquement des nuages noirs et bas venus du nord. Comme d'habitude, seul son aquarium était éclairé. Un scalaire évoluait entre les herbes, pendant qu'un autre tournait autour du petit panneau « Pêche Interdite » qu'elle avait planté dans le sable au fond du bassin.

Après avoir pris une longue inspiration, elle fixa son regard sur le spectacle et s'efforça d'y trouver la sérénité. Elle avait déjà essayé la lecture, la méditation, mais trop d'énergies contradictoires tourbillonnaient en elle. Hélas, elle eut beau se rapprocher, se concentrer sur la vie aquatique, rien ne parvint à supplanter William Armstrong dans ses pensées. Quand elle ferma les yeux, les images se firent plus nettes encore, et elle vit Liam et Molly courir vers elle à longues foulées. Aussitôt, son cœur s'emballa, exprimant un désir qu'elle aurait préféré ignorer.

Un fracas de verre brisé déchira brutalement le silence. Elle plongea instinctivement au sol et roula jusqu'à la table basse, sur laquelle elle récupéra son 38.

Alors, elle tourna la tête en tous sens pour inspecter le rez-de-chaussée, seulement éclairé par la lueur bleutée de l'aquarium. La porte était toujours fermée. Aucun bruit de pas, aucun bruit à l'intérieur ou à l'extérieur. Aucun mouvement derrière la vitre fracassée. Elle se redressa à demi, elle s'approcha très lentement de la fenêtre, prenant garde à éviter les éclats de verre, puis elle se mit complètement debout, le dos au mur. Son cœur tambourinait à tel point dans sa poitrine que si quelqu'un la guettait depuis l'extérieur, il aurait presque pu l'entendre. Pistolet armé en main, elle fouilla les ténèbres du regard.

Ce ne fut qu'après avoir constaté l'absence de danger qu'elle prêta attention au trou dans la vitre, bien trop gros pour avoir été fait par une balle. Elle tourna donc les yeux vers le tapis et ne tarda pas à découvrir, au milieu des éclats de verre, un petit paquet enveloppé dans un chiffon.

« Ne jamais y toucher à mains nues », lui souffla son instinct de policière. Elle alla donc enfiler des gants, et revint déballer ce qui s'avéra être un gros caillou sans aucune signification particulière. Alors, elle baissa les yeux vers le chiffon qui l'avait entouré, et le cœur lui remonta dans la gorge. Ce n'était pas un chiffon, mais un foulard. Une image sous-marine y était imprimée : des poissons multicolores, et ce qui ressemblait à un banc de corail. Jessica revit en un éclair le dessus-de-lit dans la chambre d'Emily. Ainsi que le bandana qu'elle avait vu autour du cou de la chienne Molly.

La gorge nouée, elle s'aperçut qu'on y avait écrit quelque chose.

Liam sortit de la douche et se sécha en quelques coups de serviette brutaux. Dans le miroir embué de la salle de bains, il distingua les traits tendus de son visage pas rasé, l'éclat sauvage dans son regard. Il n'avait jamais été un homme tendre, mais l'implacable personnage qui lui faisait face n'avait vraiment rien d'engageant.

Il allait y retourner. Ce soir même. Trop de questions, trop de tourments tourbillonnaient en lui, mêlés à des fragments de rêves qu'il avait nourris pour sa fille. Impossible d'aller au lit, même à minuit passé, et d'espérer dormir.

Il se séchait vigoureusement les cheveux quand il se figea en croyant percevoir un bruit. L'oreille tendue, il lâcha le tissu-éponge. Cela revint. Un moteur. Ce n'était qu'une voiture qui passait dans la rue.

Le vrombissement s'interrompit devant la maison.

Emily.

Liam bondit hors de la salle de bains et se précipita vers la porte de la chambre. S'il ne s'était pas pris les pieds dans le jean qu'il avait abandonné en tas par terre, il aurait probablement oublié qu'il était nu comme un ver. Il s'en empara donc, passa les pieds dedans en sautillant, le remonta en essayant de courir dans le couloir, et le ferma en dévalant l'escalier quatre à quatre.

Au rez-de-chaussée, il courut pieds nus sur le marbre du sol, atteignit la porte d'entrée, la déverrouilla et sortit en trombe dans la nuit glacée.

Il sentit son cœur s'emballer, et son pouls s'affoler.

Le spectacle de l'inspecteur Clark avançant vers lui le frappa davantage qu'un uppercut au foie. Elle n'avait l'air ni fâchée ni inquiète comme elle l'était dans l'après-midi, mais plutôt furieuse. Un ange exterminateur aux longues mèches rousses balayées par le vent. Aux yeux qui reflétaient la lune.

Il eut envie de dévaler les trois marches pour courir la saisir aux épaules. Pour exiger qu'elle...

Mais comme il ignorait ce qu'il voulait exiger d'elle, il s'interdit de bouger. Il refusa de penser à ce qui pourrait arriver si jamais il la touchait. Apparemment, il n'avait pas réussi à l'intimider, cet après-midi.

Visiblement tracassée, elle gravit les trois marches, vint se planter devant lui et agita un sachet de plastique transparent sous ses yeux.

— Vous reconnaissez cet objet ?

Il prit le sac entre deux doigts et se tourna vers le vestibule éclairé pour l'examiner. Alors, tout en lui se pétrifia. Au prix d'un suprême effort de volonté, il empêcha ses mains de trembler.

— Où avez-vous trouvé ça ?

Jessica plissa les yeux et donna une pichenette au sachet, qui se retourna entre les doigts de Liam, et il vit les mots tracés à l'encre noire sur le tissu. L'horreur se referma alors sur lui. Le vent glacé ne fut plus rien, comparé au froid qui s'empara de ses poumons et de son cœur.

— Bon sang, d'où est-ce que ça vient ?

C'était donc sa voix, cette succession de sons rauques qui sortaient de sa gorge ?

Jessica planta ses yeux dans les siens. Il n'y avait dans son regard aucune compassion, aucun souvenir de la femme attentionnée qui avait posé une main sur son épaule, un peu plus tôt dans la journée. De celle qui avait mystérieusement compris, en cet instant, à quel point il avait besoin d'un contact humain. A présent, plus professionnelle que jamais, elle lui rappelait son père ou son collègue.

— C'est justement ce que je voudrais savoir, répondit-elle. En général, les messages comme celui-ci sont envoyés à la famille, pas à l'officier de police judiciaire chargé de l'enquête.

— Mais de quoi parlez-vous ?

— Pour une raison que je ne m'explique pas, ce qui ressemble bien à un premier message du kidnappeur de votre fille a atterri chez moi.

Une fois le choc passé, il comprit son erreur. Sous l'apparence de la femme capable de faire baisser sa garde à un homme se trouvait un esprit policier toujours en éveil. Elle n'était pas son alliée, elle n'était pas son amie. Elle était la fille de Wallace Clark.

— Vous m'en croyez l'auteur ? demanda-t-il.

— L'êtes-vous ?

Le besoin de la saisir aux épaules devint pressant, mais il y résista.

— Seriez-vous en train d'essayer de me pousser à bout, inspecteur ? s'enquit-il d'une voix bien trop calme. Ou alors prenez-vous plaisir à vous conduire aussi cruellement que votre père ?

— Répondez à ma question, rétorqua-t-elle après l'avoir foudroyé du regard.

— Vous me croyez vraiment capable d'agir de cette manière ?

— Vous ne comprenez donc rien ? explosa-t-elle soudain, montrant pour la première fois un peu d'émotion. J'essaye de vous rendre service, de vous empêcher de creuser vous-même votre tombe… Ne savez-vous pas ce que va penser l'inspecteur Long, quand je lui montrerai ça ?

— Je me fous de votre partenaire, gronda-t-il. Je ne m'intéresse qu'à…

Il se tut au dernier moment et ravala le mot qui avait tout fait pour lui échapper : *vous*.

— Dites-moi ce que vous en pensez, reprit-il.

Elle écarquilla les yeux. Puis elle émit un petit hoquet de surprise avant de s'exclamer :

— Vous avez bu.

Liam s'efforça de ne pas se laisser déstabiliser par la déception à peine voilée qu'il perçut dans sa voix. Ce verre de bourbon qu'il s'était servi un peu plus tôt, il en avait bu une seule gorgée avant de le vider dans l'évier.

— Dois-je déduire de vos efforts pour changer de sujet, s'enquit-il à voix basse, que vous êtes incapable de savoir si je suis un manipulateur assez fourbe pour vous avoir envoyé ce mot ? Que vous attendez que les autres vous donnent leur avis pour vous y plier ?

— Vous tenez vraiment à savoir ce que je pense ? gronda-t-elle en faisant un pas vers lui, des éclairs dans les yeux. Très bien, je vais vous le dire… Je pense que vous êtes un homme qui n'aura de cesse qu'il n'ait obtenu ce qu'il veut. Vous m'avez vous-même précisé que vous n'êtes pas homme à jouer selon les règles.

— Les règles ?

Ce mot lui laissa comme un goût de cendre dans la bouche, et il se surprit à être étrangement déçu. Tout en ne sachant pas pourquoi il continuait à espérer qu'elle croie en lui. Qu'elle le comprenne. Qu'elle le soutienne.

— Ma fille a disparu, et vous me parlez de règles ?

— Il faut bien que quelqu'un le fasse. De quelque côté que je me tourne, je me retrouve toujours face à un autre William Armstrong, avec qui je dois composer. Celui qui fouille dans mon passé, celui qui se met en tête de chercher seul Adam Braxton… Vous travaillez plus souvent contre moi qu'avec moi.

— Vous voudriez me voir attendre tranquillement que Mme Justice sauve la mise ?

Elle leva un menton batailleur.

— M'attaquer ne changera rien.

— Pas plus que de suivre les règles, rétorqua-t-il du tac au tac. Ne pensez-vous pas que je sois au courant ? Les règles, je les ai suivies à l'époque, quand Heather est partie, et regardez où elles m'ont emmené…

Il ne la lâcha pas du regard, et chercha sur son visage le moindre petit signe indiquant qu'elle battait en retraite. Mais à ce moment, la lumière du porche éclaira d'une telle manière ses pommettes et ses lèvres entrouvertes qu'elle n'en eut l'air que plus incroyablement douce.

— La moitié de cette satanée ville est persuadée que j'ai commis un crime en toute impunité, lui rappela-t-il en serrant les poings pour s'empêcher de poser les mains sur elle. Ça ne va pas recommencer ! Pas alors que la vie d'Emily est en jeu…

— Vous mélangez tout, objecta-t-elle d'une voix très douce. Ceci n'a rien à voir avec le passé. Cette affaire concerne le présent. Combien de fois va-t-il falloir que je vous le dise ?

Elle se tut, avançant d'un pas. La ferveur qu'il lut dans son regard surpassait l'éclat des étoiles dans un ciel nocturne.

— Nous voulons la même chose, Liam.

Un jour, il avait insisté pour qu'elle l'appelle par son prénom. Mais ce soir, l'entendre prononcé par cette voix rauque lui parut infiniment trop intime.

— Vous voulez des règles, corrigea-t-il en une tentative pour remonter la muraille qu'il avait laissée s'effondrer. Vous voulez suivre la procédure. Vous voulez faire la fierté de votre père. Mais vous savez quoi ? Il est trop tard. Tout ce que vous pourrez bien faire n'a plus aucune importance pour lui. Il est mort.

— Cela n'a rien à voir avec mon père.

— Vraiment ?

Elle secoua la tête, ce qui eut pour effet de faire voleter ses cheveux.

— Vous m'agressez parce que je suis là et qu'il n'y a personne d'autre, ajouta-t-elle.

La douleur qu'il perçut dans sa voix le fit tressaillir. Ce n'était pas ce qu'il avait voulu. Il avait simplement souhaité mettre un peu de distance entre eux. De l'espace. De l'objectivité.

— J'ai dans la maison un punching-ball pour les fois où j'ai envie d'agresser physiquement quelqu'un. Ce n'est pas de cela qu'il s'agit. Cela concerne le fait que ces règles auxquelles vous vous accrochez ne me ramèneront pas ma fille.

— La négligence non plus.

Il se sentit peu à peu envahi par la frustration. Elle ne comprenait pas, et il ne savait plus quoi lui dire pour qu'elle comprenne. Pas plus qu'il ne savait pourquoi il y tenait tant.

Le silence s'appesantit sur eux, accentuant le contraste entre l'air chaud venu du vestibule et la morsure du froid nocturne.

— Il y a une différence entre négligence et risque calculé, finit-il par dire, d'une voix aussi mesurée que possible. Croyez-vous que votre père ne le savait pas ? Croyez-vous qu'il ait toujours suivi les règles ?

Jessica écarta la mèche qui lui voletait dans la figure.

— Tout ce que je sais du bien et du mal, des règles, je l'ai appris de lui. Les structures, la procédure, les filets de sécurité. Sans eux, nous n'aurions que le chaos, et vous ne reverriez jamais votre fille.

— Vous êtes une femme intelligente... Ne me dites pas que vous croyez à cela.

— Je viens de vous le dire, non ?

— En effet, mais vous êtes également là, devant chez moi, en plein milieu de la nuit, avec une pièce à conviction dans votre sac. Que disent les règles à ce sujet ?

Elle parut frappée d'ahurissement.

— Ne…

— Je pense qu'on vous a appris des règlements, mais votre instinct et votre cœur vous chantent un refrain totalement différent. Vous prenez conscience du fait que les règles sont là pour nous refréner, nous imposer des paramètres absurdes et réprimer nos désirs, à l'image d'une camisole de force.

Un son étranglé s'échappa de la gorge de Jessica.

— Vous êtes en train de me dire que vous rejetez les règles parce qu'elles sont l'équivalent d'une camisole de force passée sur le *désir* ?

L'espace d'un instant, elle fit mine de vouloir poser ses mains à plat sur son torse pour le repousser, mais elle se ravisa. Et elle se contenta de le fusiller de ses yeux si expressifs, tandis que sa poitrine se soulevait au rythme de sa respiration précipitée.

Alors, l'instinct chez William prit le dessus. Il attrapa ses épaules et l'attira contre lui. Elle ouvrit grand les yeux, retint son souffle et le fixa comme s'il avait un couteau à cran d'arrêt entre les mains.

Il fut submergé par une satisfaction primitive à la pensée qu'il l'avait enfin ébranlée. Un sang victorieux tambourina dans ses oreilles. Sa vision se brouilla.

Puis sa bouche s'empara de celle de Jessica. Sans ménagement.

9.

L'effet de choc fit quasiment perdre l'équilibre à Jessica. Elle leva les mains pour repousser Liam et se retrouva en train de les refermer autour de ses bras. Enveloppée dans sa chaleur, elle ne trouva plus la nuit aussi glaciale.

Quelle imprudence d'être venue ici et de l'avoir provoqué ! Elle avait été assez folle pour laisser l'émotion prendre le pas sur la logique. Et elle aurait pu qualifier l'écrasement de sa bouche contre la sienne de punition s'il n'avait pas été aussi désespéré. Elle goûta l'urgence de son désir. Plus encore, elle goûta la retenue à peine dissimulée, et quelque chose en elle se tendit vers lui.

Un petit cri s'échappa de sa gorge, elle s'ouvrit à cette bouche exigeante et glissa les mains sur ses épaules. Puis elle les enfouit dans ses cheveux. Tout en refusant de penser qu'elle le serrait de toutes ses forces…

Qu'avait donc dit Kirby, cet après-midi ? Qu'elle gisait sur le sol, ensanglantée, et qu'elle attendait désespérément que quelqu'un passe à proximité ?

Il avait eu tort, comprit-elle alors que Liam l'imitait et glissait une main autour de son cou. Elle le sentit plonger les doigts dans sa chevelure, plaquer sa paume sur l'arrière de sa tête. Ce n'était pas elle qui saignait, c'était Liam. Il avait le cœur en sang, l'âme en sang. Pourtant, ce n'était pas son sang qu'il perdait, c'était son espoir. Et c'était elle qui lui tendait la main, elle qui arrêtait l'hémorragie.

Ce fut un baiser passionné, intense, presque désespéré. Il l'embrassa comme si sa vie en dépendait. Le policier en elle s'efforça de chasser cette notion ridicule, mais la femme qu'elle était refusa de laisser la raison prendre le pas sur l'émotion.

Car c'était bien plus que cela. Cela ne se limitait pas à la promesse physique de ces lèvres ou à la puissance de ce corps pressé contre le sien, mais un lien émotionnel se tissait également entre eux, celui-là même qui l'avait attirée vers cette maison en plein milieu de la nuit, alors que la prudence lui conseillait de s'en tenir éloignée. Ce lien que chaque minute passée en sa présence renforçait.

Sa bouche la dévorait littéralement. Sa barbe naissante irritait la peau délicate de son menton. Mais elle s'en délectait, elle tirait sa force des grondements sauvages qu'il laissait s'échapper de sa gorge. Il serait facile à une femme de se perdre dans les promesses de cette bouche, songea-t-elle dans un recoin encore sensé de son esprit. Facile de commencer à se croire indispensable… *Importante.*

Dieu du ciel, elle voulait avoir de l'importance aux yeux de cet homme !

Cette prise de conscience lui tomba dessus comme une avalanche, belle et trompeuse, séduisante et dangereuse. Elle savait qu'elle aurait dû se sauver en courant avant d'être submergée par l'émotion, mais elle comprit qu'elle ne voulait pas être ailleurs que là, dans les bras de Liam. Elle pourrait même…

Il arracha sa bouche à la sienne et lâcha un juron à mi-voix. Le bleu farouche de ses yeux étincela quand il la regarda.

— Juste pour vous prouver qu'il est facile de ne pas respecter les règles.

La douleur fut instantanée. *Une leçon*, pensa-t-elle, effondrée. C'était tout le sens qu'avait eu ce baiser pour lui... Une démonstration.

— Espèce de salaud ! cria-t-elle en le giflant de toutes ses forces.

Il lui prit la main et la tint contre sa joue.

— Un homme, Jessica, voilà ce que je suis. J'en suis parfaitement conscient, tout comme je sais, sans le moindre doute, que vous êtes une femme, répondit-il en laissant son regard plonger sur son corps contracté de fureur, puis remonter vers ses yeux. Aucun homme digne de ce nom ne pourrait passer une minute avec vous sans s'apercevoir que vous êtes une femme belle, intelligente et séduisante. Mais vous êtes également le flic qui est censé retrouver ma fille.

Il s'interrompit quelques instants, le temps d'instiller dans son regard une lueur désagréablement intime.

— L'homme le sait, Jessica, mais le père le sait également. Comment puis-je laisser l'homme voir en vous la femme, alors que le père voit en vous son seul espoir ?

Son seul espoir. L'inspecteur qu'elle était comprit exactement ce qu'il entendait par ces mots, mais la femme s'enflamma.

— Liam...

— Ma fille a disparu, reprit-il sur un ton sans appel. Elle est peut-être en danger, blessée, terrifiée. Pour l'instant, je n'ai pas de temps pour le désir. Je n'ai pas de temps pour prendre une main et murmurer des mots doux. Quel homme cela ferait-il de moi ? Quelle sorte de père ?

— Un humain, je pense.

Elle lui retira sa main et la pressa contre le coin encore douloureux de sa bouche, de nouveau meurtri par ce baiser dévastateur.

— Il n'y a pas de mal, ni de honte, dans l'acceptation du réconfort et de l'aide, dans le besoin des autres.

Une lueur sauvage éclaira son regard. Il lui prit les bras et l'attira à lui.

— D'accord, j'ai besoin de vous… J'ai même tant besoin de vous que ça me fait une peur du diable, dit-il avant de s'interrompre et d'inspirer à fond. C'est cela que vous vouliez entendre ? Cela vous rend-il heureuse ?

Son cœur se mit à battre follement tandis qu'elle s'exhortait à la prudence. Ce simple mot, *heureuse,* était loin de pouvoir définir le maelström d'émotions qui bouillonnait en elle. Les idéaux absurdes comme le bien et le mal rompaient comme de pauvres digues. La force prenait le pas sur la logique.

Poussée par le besoin, et seulement par lui, elle se haussa sur la pointe des pieds et effleura ses lèvres des siennes.

— Laissez-moi vous aider, Liam…

— Ne faites pas cela, dit-il en reculant brusquement, comme si elle avait voulu lui plonger une dague dans le cœur.

Cependant, il ne la lâcha pas et se contenta de la tenir à distance, les mains bien posées sur ses bras.

— Dans les rues. C'est là que j'ai besoin de vous. En train de chercher ma fille. Pas dans mon lit.

La douleur perça le voile de brume qui entourait Jessica et fit tinter une sonnette d'alarme. Des années durant, elle s'était entraînée à ne rien éprouver. A n'avoir besoin de rien, ni de personne. A être forte et indépendante, à se prémunir contre son entourage, et plus précisément au cours des enquêtes sur lesquelles elle travaillait. Mais à présent, alors qu'elle contemplait les yeux dévastés de Liam, elle perçut l'impact violent que ces paroles avaient sur elle.

Il avait raison. Elle voulait lui tendre la main, tant sur le plan professionnel que personnel, physique ou sentimental. Elle rêvait de faire tout son possible pour alléger sa douleur et, l'espace d'un instant, ce désir avait oblitéré son plus élémentaire instinct de survie.

Ne jamais désirer un homme persuadé qu'il n'a besoin de personne.

Là, debout devant cette maison au cœur de la nuit, dans les bourrasques d'un vent glacial, elle comprit la vérité. Cet homme ne s'autorisait aucun sentiment, aucun besoin, aucune indulgence. Seul un homme de pierre pouvait rester dehors par cette température, pieds et torse nus, sans grelotter. Et même si sa fille avait dormi en ce moment même à l'étage supérieur, rien n'aurait été différent. Cet homme n'avait que des instants volés à offrir, alors qu'elle s'était promis, longtemps auparavant, de ne jamais se contenter de miettes.

— Je suis ici pour retrouver votre fille, Liam, lui confirma-t-elle d'une voix éraillée par l'émotion. Je ne suis pas là pour des baisers volés ou pour sauver votre âme. Je suis de votre côté. Je ne suis pas votre ennemie.

Il laissa échapper un rire sans joie, leva les mains et les tourna, paumes vers le bas.

— Avez-vous terminé votre sermon, inspecteur, ou avez-vous également envie de me donner un coup de règle sur les doigts ?

— Dieu seul sait pourquoi j'ai pensé un jour pouvoir vous aider, répliqua-t-elle en resserrant sa ceinture de manteau, ou pourquoi je l'ai jamais voulu... Vous pourrez bien invoquer autant que vous le voulez le devoir de paternité, cela ne changera rien à ce qui est.

— Et qu'est-ce donc, « ce qui est » ?

Elle lui prit la main et l'entraîna vers la porte ouverte de sa maison. Il ne lui opposa aucune résistance, mais n'enroula pas non plus ses doigts autour des siens.

La chaleur qui régnait à l'intérieur l'enveloppa comme une étreinte, mais il aurait fallu bien plus que l'air conditionné pour réchauffer ce froid en elle, songea-t-elle en tirant Liam jusqu'à la commode placée devant le mur de l'entrée. Au-dessus du meuble, dans un cadre biseauté, un miroir était suspendu.

Sur la surface polie, son regard rencontra les yeux bleus, et elle s'efforça de se raccrocher au message qu'elle voulait délivrer. Mais il n'était pas facile de dévisager un homme comme lui tout en continuant à respirer et, plus encore, à rassembler ses pensées.

— Vous m'avez fait rentrer dans un but précis, ou c'est encore une de vos manigances ?

Elle eut beau battre le rappel de sa colère et de son objectivité professionnelle, la femme se délecta du spectacle qu'ils offraient, côté à côte devant ce miroir. Elle se regarda, et vit son expression : la détermination dans ses yeux, ses joues empourprées, ses cheveux emmêlés. Elle le regarda et vit qu'il était aussi à cran qu'elle, qu'il avait le visage fermé, les cheveux ébouriffés et une barbe de deux jours. Il avait aussi le torse nu, le jean à moitié boutonné.

— Regardez dans le miroir, Liam. Prenez votre temps, regardez bien.

Elle-même s'efforça de se concentrer sur ses traits durs au lieu du bleu de ses yeux. Cette couleur qui évoquait un océan menacé par une violente tempête, ces yeux qui l'étudiaient aussi attentivement qu'elle le détaillait… L'air parut épaissir autour d'eux, la chaleur augmenter, la main qu'elle avait refermée sur celle de Liam devenir moite.

Ou, du moins, en eut-elle l'impression.

— Vous venez juste de me dire que vous rejetez les règles, reprit-elle à voix basse. Vous dites qu'elles limitent les possibilités, qu'elles nous font stagner. Qu'elles nous retiennent. Mais vous-même vivez selon vos propres règles — tant en matière de paternité que d'utilisation productive du temps — et ces règles vous détruisent.

Au plus profond d'elle-même, quelque chose commença à se déchirer, mais elle n'en acheva pas moins ce qu'elle voulait dire :

— Vous êtes tellement absorbé par ces règles que vous ne pouvez même plus distinguer le canevas de votre existence, les fils qui relient les éléments entre eux, tout ce qui fait de nous des humains…

Elle laissa retomber sa main et s'écarta, trop consciente de son désir de le toucher.

Bizarrement, il ne répondit rien.

— La paternité, les relations, le temps, tout est lié, continua-t-elle. Plus vous en avez, plus le canevas est solide. Mais si vous les maintenez dans des casiers bien séparés, votre vie finit par ressembler à une couverture de laine abandonnée dans un placard plein de mites.

Dans le miroir, les yeux de Liam s'assombrirent. Elle attendit qu'il lui réponde, qu'il lui dise de se mêler de ses affaires, qu'elle ne savait pas de quoi elle parlait, ou bien qu'elle avait tort. Mais il n'en fit rien. Il posa juste sur elle un regard étrangement indéchiffrable.

Tout en tâchant de ravaler la boule qui lui obstruait la gorge, elle détourna les yeux et les posa sur le sol de marbre. Alors, elle prit conscience du précipice vers lequel elle s'était aventurée.

Elle reporta une dernière fois le regard sur celui de Liam — toujours muet —, puis redressa la tête et s'en fut vers la porte. En rêvant, quelque part au fond d'elle-même, de sentir sa grande main se poser sur son épaule, d'entendre sa voix lui demander de rester. Mais plus elle s'éloignait de lui, plus elle comprenait la nécessité de s'en aller.

— Jessica…

Son prénom fut comme une flèche dans son dos, qui lui coupa les jambes. Mais si elle mourait d'envie de se retourner vers lui, elle n'en continua pas moins à avancer vers l'extérieur et le froid qui l'y attendait.

Il la rattrapa à la porte. Là, il referma très doucement la main autour de son bras.

— Jessica…

Elle ignora le choc que lui fit cette voix rauque et épuisée, cet accent de supplication.

— Je suis désolé.

Tendue à l'extrême, elle sentit l'émotion submerger ses défenses déjà bien mises à mal, et voulut lui demander de quoi il était désolé : de l'avoir embrassée comme s'il était sincère ? De la repousser ? De refuser sa main tendue ? Mais en même temps, elle ne voulait rien entendre. A quoi bon des mots ? Son cœur connaissait déjà la vérité.

— Moi aussi.

Elle reprit la parole avant qu'il ne puisse ajouter quelque chose :

— Laissez-moi partir, Liam. Laissez-moi faire mon travail.

Une incroyable tension s'empara de l'instant, le monde ralentit — la brise qui malmenait les branches nues d'un cèdre un peu plus loin, les nuages de vapeur provoqués par son souffle. Même le silence s'intensifia, et n'en rendit que plus assourdissant le martèlement de son cœur.

Elle inspira, et attendit qu'il dise quelque chose, qu'il la fasse pivoter vers lui, qu'il pose une main sur son visage, l'attire à l'intérieur, et referme la porte sur la froidure de la nuit.

Il déplia lentement les doigts qu'il avait enroulés autour de son bras.

Sans dire un mot.

Les yeux noyés de larmes, tête haute, épaules droites, elle s'en fut dans la nuit, en sachant que le bruit de la porte se refermant derrière elle lui ferait l'effet d'un glas. Mais ce fut la chaleur du regard de Liam dans son dos qu'elle perçut alors qu'elle rejoignait sa voiture. Et ce ne fut que lorsqu'elle eut mis le moteur en route, démarré et parcouru suffisamment de distance qu'elle put de nouveau respirer.

Alors, elle fit une chose qu'elle n'avait plus faite depuis l'instant où elle avait tenu la main de son père et l'avait entendu expirer.

Elle pleura.

Elle se gara sur le bas-côté, moteur au ralenti, et laissa retomber sa tête sur le volant tandis que s'évacuaient des émotions trop longtemps contenues.

— Ce serait possible de savoir ce qui s'est passé entre Armstrong et toi, hier ?

Jessica posa le rapport qu'elle finissait de lire, remonta ses lunettes sur son nez et leva les yeux vers le capitaine Ben McKnight, debout devant son bureau. Il avait beau avoir posé cette question d'un ton cassant, ses yeux pétillaient. Cet homme qui l'avait fait sauter sur ses genoux, Jessica avait encore un mal fou à le considérer comme son supérieur hiérarchique. C'était le meilleur ami de son père et pourtant les deux hommes étaient aussi différents que le jour et la nuit.

— Bonjour, capitaine, dit-elle en usant de son grade plutôt que du « oncle Ben » habituel. Quoi de neuf ?

— Je viens juste de raccrocher le téléphone, lui dit-il en posant une fesse sur son bureau. William Armstrong.

Elle sentit aussitôt son cœur s'affoler.

— Il est fou d'angoisse à propos de sa fille, dit-elle pour essayer de se justifier, et je ne suis pas sûre qu'il ait les idées bien en place.

— Apparemment, non.

— Quoi qu'il ait pu vous dire…

— J'ignore ce que tu as fait ou dit à cet homme, mais il te veut à un point incroyable, fillette.

Pétrifiée, elle se mit à trembler intérieurement. Tout en conservant une expression évasive.

— Je te demande pardon ? s'enquit-elle en se levant.

— Je connais ce type depuis plus de quinze ans, répondit Ben en secouant la tête. Et je n'ai pas le souvenir de l'avoir jamais vu changer d'avis. Sur quelque sujet que ce soit. Hier, il a insisté pour que je te décharge de l'enquête, mais ce matin, voilà qu'il me promet de faire un foin de tous les diables si je t'enlève le dossier…

Elle dut agripper le bord de son bureau avant que ses jambes ne se dérobent. Ben n'avait certainement aucune idée de l'effet qu'avait sur elle ce qu'il venait de dire, mais elle avait néanmoins l'impression d'avoir reçu une décharge de chevrotine à bout portant. Toute la nuit, elle était restée assise sur son canapé, le regard fixé sur l'aquarium, en s'efforçant d'oublier le désir qu'elle avait goûté sur les lèvres de Liam et vu dans ses yeux. Leur proximité était néfaste, le choc inévitable.

— Je ne crois pas que ce soit une bonne idée…

Ben lui jeta un regard étrange. Jamais encore Jessica n'avait refusé une mission.

— Il y a un truc en cours dont je ne serais pas averti ? Est-ce qu'Armstrong a recommencé avec ses petits jeux ?

Elle ne fut pas loin de rire.

— Je n'appellerais pas ça des « jeux »… Ils sont partie intégrante de lui. Mais je ne suis pas certaine qu'il voie en moi autre chose que la fille de Wallace Clark.

— Et c'est précisément ce qui fait de toi la plus qualifiée pour travailler avec lui sur cette affaire. Tu es passée par les mêmes épreuves que sa fille. Tu sais ce que signifie le fait de grandir avec un père de son envergure. Tu sais comment elle fonctionne…

— Emily Armstrong n'a pas fait une fugue, le coupa-t-elle abruptement.

— Long en est persuadé.

— Parce que c'est ce qu'il veut croire. Parce que chaque fois qu'il regarde William Armstrong, il ne voit que l'homme qui a, selon lui, échappé à une condamnation pour meurtre. Il est incapable de voir le père, l'homme qui aime tant sa fille qu'il a tenu à lui offrir une enfance aussi heureuse que possible.

— Et toi, qui vois-tu ? s'enquit Ben à voix basse.

Une boule d'émotion menaça de lui obstruer la gorge.

— Je vois tous ces aspects.

Et c'était bien cela qui la déchirait.

— C'est pour cette raison que tu es si bonne policière, Jessie. Tu sais voir les deux faces d'une pièce. Tu ne te laisses pas aveugler par des idées préconçues.

— C'est dur, parfois, lui confia-t-elle dans un soupir.

— Bien sûr que c'est dur, surtout en ayant toujours entendu ton père calomnier l'homme que je te demande d'aider. Mais il n'y a eu aucune preuve contre lui à l'époque, et il n'y en a toujours pas aujourd'hui. Trop de gens — ton père était dans ce cas — laissent leurs sentiments obscurcir leur jugement. On ne saura peut-être jamais ce qui est arrivé à Heather Manning, mais en te confiant cette enquête, je suis bien certain que nous saurons ce qui est arrivé à sa fille.

Elle tressaillit et sentit les larmes lui monter aux yeux. Mais elle fit tout pour les refouler.

— Je veux qu'elle aille bien, je le souhaite de toutes mes forces…

— Tu ne peux rien à cela, répondit Ben en lui posant une main sur l'épaule.

Son regard s'adoucit, sa voix prit une intonation de sagesse.

— Il est temps d'enterrer le passé. Il est temps de boucler la boucle. Et toi aussi, tu peux le faire. Je sais que tu le peux. Retrouve la fille de William Armstrong. Mets fin aux hostilités.

Si Jessica se força à lui sourire, elle pleurait intérieurement. La tension ne se relâcherait jamais, même si elle retrouvait Emily vivante et en bonne santé. La dernière fois qu'un Clark avait croisé le chemin d'un Armstrong, les répercussions avaient duré plus de quinze ans, et même par-delà la tombe.

L'instinct l'avertissait que cette fois-ci, les retombées seraient beaucoup plus dramatiques.

— Bien sûr, dit-elle avec un petit sourire crispé. Je vais me consacrer entièrement à lui.

La maison était plongée dans l'obscurité, à l'exception d'une fenêtre éclairée à l'étage. Le vent agitait les branches dénudées d'un chêne devant celle-ci, mais l'arbre dépourvu de feuilles n'empêchait pas Liam de voir. Assis dans sa voiture, il attendait. Il regardait.

Quoi, il n'en savait rien.

Il aurait mieux fait de s'en aller, il en avait la conviction. Le voyeurisme n'avait jamais été son sport favori, mais cela ne l'avait pas empêché de prendre la voiture une demi-heure plus tôt.

Encore quelques minutes, se dit-il. Et puis, il s'en irait.

Sur le siège arrière, Molly geignit. Elle avait compris que quelque chose n'allait pas. Emily lui manquait, et Liam savait que sa tension ne faisait rien pour arranger les choses. Il n'aurait probablement pas dû l'obliger à participer à cette croisade nocturne, mais elle avait posé sur lui un tel regard qu'il n'avait pas eu le cœur de l'abandonner derrière lui. Et il était là, assis dans sa voiture obscure, en face de la maison de l'inspecteur chargé de l'enquête.

Oui, décidément, il avait perdu l'esprit.

— Oui, ma fifille, lança-t-il à la chienne, je vais tout arranger, tu vas voir…

En se tournant vers Molly, il faillit manquer le mouvement derrière la vitre. Ce ne fut qu'un aperçu fugitif de la gracieuse silhouette, mais suffisant.

L'inspecteur Jessica Clark était chez elle, et elle ne dormait pas.

Va-t'en ! s'ordonna-t-il. En vain. Au lieu de le faire, il ouvrit sa portière et descendit de voiture.

— Viens, ma fille, dit-il à Molly en attrapant sa laisse.

Elle avait trop souvent été abandonnée à elle-même, ces derniers jours, et il ne put se résoudre à la laisser dans la voiture pendant qu'il réglait deux ou trois petites choses avec Jessica Clark.

Cette dernière ne lui avait donné aucune nouvelle depuis la veille, pas même par téléphone. Et il avait bien le droit d'être tenu au courant, se répétait-il en se dirigeant vers sa porte.

Il crut lever la main vers la porte pour y frapper poliment, mais se retrouva en train de tambouriner comme un forcené contre le battant.

Une lumière fut allumée au rez-de-chaussée, puis une deuxième, et il dut se retenir pour ne pas aller coller son nez à la fenêtre. Mais il ne voulait pas qu'elle sache trop tôt de qui il s'agissait. Il voulait voir la tête qu'elle ferait en lui ouvrant. Il voulait savoir si elle demanderait qui était là avant d'ouvrir, entendre sa voix quand il s'annoncerait. La vérité, on la trouve souvent dans les premières réactions, et même un policier aguerri ne peut totalement dissimuler le fugitif éclat d'un regard ou une défaillance dans la voix.

La porte fut ouverte à la volée, et l'inspecteur Clark l'accueillit, en croisant les bras :

— Bonsoir, Liam.

Quelque chose s'éclaira en lui à la simple vue de cette femme, et il se sentit soudain infiniment mieux qu'il ne l'avait été durant toute la journée.

Elle n'avait pas l'air surprise de le voir, pas plus qu'elle n'était vêtue pour recevoir des visiteurs... Pas plus qu'elle ne ressemblait à un inspecteur de police. Les cheveux rassemblés derrière la tête par une énorme barrette, elle portait une robe de chambre de soie et avait les pieds nus. Une fragrance musquée l'accompagnait, véritable nuage de tentation.

Liam réprima un grognement de surprise.

Et ce fut alors que cela le frappa : l'inspecteur Clark était une femme splendide, désirable et chaleureuse. Une femme en tenue pour aller se coucher.

Et qui ne vivait peut-être pas seule.

10.

— Vous trouvez-vous sur mon seuil au milieu de la nuit pour une raison précise ? demanda-t-elle. Ou l'envie d'un nouveau petit jeu vous a-t-elle chatouillé l'esprit ? J'ai un faible pour les échecs, mais vous me paraissez plus proche d'un joueur de poker…

Et ce fut suffisant pour alléger le poids qu'il avait sur le cœur. Par quel miracle y arrivait-elle ? se demanda-t-il en la contemplant. Comment parvenait-elle à avoir l'air aussi douce qu'un pétale de rose perlé de rosée, elle qui cachait tant d'épines sous sa beauté ?

— Vous ne m'avez pas donné de nouvelles, aujourd'hui…, commença-t-il sur un ton bougon.

— Je vous ai dit que je vous appellerais s'il y avait du nouveau, répliqua-t-elle en le regardant droit dans les yeux. Rien n'a changé.

Tout comme la veille, quand il avait brouillé la frontière entre eux, il se trouvait pris entre deux températures extrêmes. Le froid dans son dos, la chaleur de la maison de Jessica devant lui.

Il laissa courir son regard sur ce corps qu'elle dissimulait généralement sous des tailleurs stricts, avant de le remonter sur son visage.

— Vous ouvrez toujours la porte à moitié nue ?

Elle leva le menton tandis qu'un petit sourire jouait sur ses lèvres.

— Quelle importance ?

— Aucune, sinon que ça ne me paraît pas très intelligent.

— J'appartiens à la police, Liam. Je savais qui j'allais trouver sur mon seuil, tout comme je savais que vous étiez venu voir l'inspecteur et non la femme. J'ai donc pensé que mes vêtements importaient peu.

Sa voix, grave et rauque, resta d'une indifférence exaspérante.

— Ont-ils de l'importance, Liam ? reprit-elle.

Comme il savait qu'il valait mieux se concentrer exclusivement sur son visage, il planta ses yeux dans les siens.

— Absolument pas.

Une lueur ressemblant affreusement à de la déception passa alors dans les prunelles d'ambre, qui se fixèrent sur Molly, sagement assise sur son derrière.

— C'est l'heure de la promenade du soir ? Mais vous n'êtes pas un peu loin de chez vous ?

Encore une fois, il dut combattre une envie de rire, et encore une fois, il se demanda comment diable elle parvenait à le dérider.

— Emily lui manque tant que ça n'aurait pas été très gentil de la laisser toute seule à la maison.

— Vous lui avez changé son bandana…, murmura Jessica, qui s'était accroupie pour lui caresser les oreilles, en tripotant le foulard rouge et or.

L'inspecteur Clark était bien trop observatrice, remarqua-t-il en fronçant les sourcils. Elle était également bien trop troublante, ainsi baissée, à lui donner un aperçu de son décolleté.

— J'ai trouvé celui-ci, qu'Emily avait sorti, et je me suis dit qu'elle avait dû le préparer pour Molly.

Jessica se remit sur pied, le visage soudain déterminé, et le regarda dans les yeux.

— Elle reviendra, Liam, je vous en fais le serment. Nous allons retrouver votre fille.

— Elle est tout ce que je possède, répondit-il en luttant contre un excès d'émotion.

— Je sais, lui dit-elle à voix basse en soutenant son regard. Je sais.

La compassion qu'il lut alors dans ses yeux provoqua en lui une bouffée de chaleur aussi surprenante qu'inattendue.

— Vous devez être gelée, reprit-il, en se reprochant soudain de l'immobiliser dehors, seulement vêtue de cette mince robe de chambre.

— Non, pas avec vous debout devant moi, répondit-elle en s'assombrissant, avant de jeter un coup d'œil par-dessus son épaule et de se retourner vers sa maison. Voulez-vous entrer quelques instants boire un chocolat chaud ?

— Très volontiers.

Elle recula d'un pas et fit signe à ses deux « visiteurs » d'entrer.

— Vous n'avez qu'à m'attendre là, poursuivit-elle en désignant le salon de la main. Je n'en ai pas pour longtemps.

Il examina le canapé couleur crème très accueillant, la table basse de verre, le vaste aquarium, un peu plus loin. L'ensemble de la pièce possédait un aspect très féminin, très douillet. Rien, dans cette salle de séjour plongée dans une demi-obscurité, ne rappelait la profession de sa propriétaire.

— C'est joli, chez vous, commenta-t-il.

— Merci.

Il tourna les yeux vers elle et la surprit en train de le détailler, l'air perplexe. Ainsi vêtue de cette robe de chambre de soie, avec ses cheveux défaits et ces mèches qui batifolaient sur sa joue, elle lui apparut périlleusement tentante.

— Vous n'allez pas vous habiller ?

Elle baissa les yeux sur le vêtement, puis les releva vers lui.

— Qu'est-ce qu'il a donc, l'homme de pierre ? s'enquit-elle en lui décochant un sourire ironique. Il ne sait pas comment se tenir en compagnie d'une femme à moitié vêtue ?

La pique fit naître un sourire paresseux sur les lèvres de Liam. Et comme il n'était pas du genre à se laisser démonter, il fit lentement et délibérément descendre son regard sur chacune des courbes du corps de Jessica, jusqu'aux ongles vernis des orteils. La bouffée de chaleur qui le traversa lui rappela qu'une éternité s'était écoulée depuis qu'il n'avait plus savouré un tel spectacle. Tout en elle respirait la douceur, tout dans son parfum évoquait la tentation. Il se raidit et voulut relever très vite les yeux, mais ne put les empêcher de s'arrêter sur ses seins. Ils étaient plus pleins qu'il ne l'avait présumé quelques instants plus tôt.

Avant qu'un gémissement ne lui échappe, il redressa brusquement la tête. Empourprée, Jessica paraissait interdite, comme si c'était avec ses mains, et non ses yeux, qu'il venait de parcourir son corps.

Le plaisir qu'il prit alors à sa réaction lui rendit tout son aplomb.

— Alors, inspecteur, on me défie encore une fois ?

— Et si c'était le cas ? rétorqua-t-elle, l'œil pétillant.

— Allez vous habiller. En ce moment, je n'ai pas franchement besoin d'une accusation pour harcèlement d'un officier de police.

Le sourire monta aux lèvres de Jessica, puis le rire. Et son rire fut un son provocant, qui lui fit complètement oublier la profession qu'elle exerçait.

— Non, en effet.

Sur ce, elle tourna les talons, disparut dans l'escalier menant à l'étage et le laissa où il était, à la regarder partir, à se demander ce qui venait de se passer entre eux.

« Va-t'en, se dit-il encore une fois. Franchis le seuil avant qu'elle ne redescende. »

Au lieu de quoi, il entraîna Molly vers la cuisine et ouvrit le réfrigérateur.

Quand Jessica refit son apparition, vêtue d'un sweat-shirt trop grand et d'un jean élimé, il l'attendait assis sur le canapé, et deux tasses fumaient sur la table basse. Molly s'était couchée devant l'aquarium.

L'imperturbable enquêtrice s'arrêta net, ouvrit des yeux comme des soucoupes et en laissa tomber sa mâchoire d'effarement.

Et Liam eut envie de sourire. Il avait pris plaisir à démonter sa façade calme, sereine et inébranlable à coups de railleries, mais il trouvait plus agréable, maintenant, de faire la même chose avec de la douceur, là où elle attendait de l'animosité.

— Je n'ai pas trouvé de rameau d'olivier, expliqua-t-il, alors j'ai bien peur qu'il faille se contenter de chocolat chaud…

— Un rameau d'olivier ?

— Vous aviez raison, hier soir, poursuivit-il. Nous sommes du même côté. Il est temps que je commence à vous traiter comme une partenaire, que je vous marque le respect qui vous est dû. Ce n'est pas un jeu que je vous propose, dit-il en lui tendant une tasse de cacao fumant, mais une honnête offrande de paix.

Elle fit quelques pas vers lui en regardant le breuvage.

— Vous êtes un homme courageux.

— Pardon ?

— Après ce qui s'est passé la nuit dernière, vous me tendez un liquide bouillant ? D'aucuns considéreraient cela comme une arme.

— D'aucuns, en effet.

— Pas vous ?

— Je suis disposé à tenter ma chance… A voir si, tout compte fait, Mme Justice croit en l'innocence jusqu'à preuve du contraire.

Un petit rire très doux s'échappa de la gorge de Jessica.

— Ah, enfin, je le retrouve !

— Qui donc ?

Elle vint s'asseoir près de lui et lui prit la tasse des mains, l'œil pétillant.

— Innocent jusqu'à preuve du contraire ? Ce sont peut-être d'honnêtes motivations qui vous ont poussé à concocter cet agréable breuvage, expliqua-t-elle en buvant une gorgée de chocolat, mais vous n'avez pas hésité à recourir à cette tactique, parce que je n'ai pas accepté votre proposition sur-le-champ.

Elle posa la tasse sur ses genoux et referma les mains autour.

— Vous pourrez bien enfiler toutes les peaux de mouton du monde, Liam, mais vous et moi saurons toujours que le loup s'est déguisé.

L'admiration qu'il avait pour elle monta encore d'un cran, car non seulement elle était belle, mais elle était intelligente, intrépide et déterminée. Le défi ne l'arrêtait pas : bien au contraire, il la stimulait.

— Je suis revenue sur mes notes aujourd'hui, lui dit-elle après avoir bu encore un peu de cacao et reposé la tasse sur la table. Sauriez-vous comment contacter la mère d'Emily ?

Liam comprit alors, trop tard, qu'il s'était laissé berner par une intimité fallacieuse, par l'heure tardive et le cadre douillet. C'était peut-être une femme qui lui avait ouvert la porte, mais il avait suffi d'un changement de vêtements pour faire revenir l'inspecteur.

— Si Heather vous intéresse tant que ça, répondit-il, demandez donc à ses parents.

— Ils la croient morte.

— Et vous ?

— On n'a jamais trouvé aucun cadavre. Moi, je ne peux pas m'empêcher de me demander si la disparition d'Emily n'a pas un rapport avec le passé. Croyez-vous qu'Heather aurait pu refaire surface et essayer de revoir sa fille ? Qu'elles pourraient être ensemble ?

— Emily n'est pas avec sa mère, affirma-t-il, catégorique.

— Comment le savez-vous ? Selon vos propres dires, sa mère vous a abandonnés, vous et son bébé, en laissant toutes ses affaires derrière elle et n'a jamais reparu. Elle pourrait se trouver n'importe où. Comment pouvez-vous être certain qu'elle n'a pas refait surface ?

Liam passa aussitôt en alerte rouge. Moins de cinq minutes auparavant, il louait l'intelligence de Jessica, mais à présent, cette série de questions lui glaçait le sang. Il détestait évoquer cette époque révolue, comme il n'aimait pas être acculé.

Autant pour le rameau d'olivier !

Il reposa lentement et délibérément la tasse sur la table basse, alors qu'il avait envie de la projeter contre le mur le plus proche, et planta son regard droit dans celui de l'inspecteur Clark.

— Nous n'étions que des gamins qui nous amusions. Nous n'étions pas amoureux. Ni l'un ni l'autre n'étions prêts pour un engagement ou un enfant, et surtout pas Heather, énonça-t-il d'une voix volontairement posée. Elle voulait faire adopter notre bébé. Par des étrangers. Et pour la vie.

Il réprima un frisson au souvenir de ces instants où il n'avait pas été loin de perdre Emily.

— Je lui ai offert le monde, reprit-il plus bas, je lui ai proposé le mariage. Mais non, elle a fait établir les papiers d'adoption sans me demander mon avis.

Jessica porta une main pâle aux lèvres qu'il avait embrassées la veille.

— Oh, Liam, murmura-t-elle.

— Heather était une âme en peine, désespérée par cette grossesse, poursuivit-il en évoquant l'époque la plus noire de son existence, et dont il n'avait encore jamais parlé à personne. Elle ne voulait ni avoir d'enfant ni abdiquer sa liberté…

Sa vieille rage, plus brûlante que jamais, revint le tarauder alors qu'il poursuivait :

— Elle a eu une enfance détestable. Son tyran de père avait planifié sa vie pour elle, et avait même décidé qui elle épouserait. Alors, elle a fini par se rebeller. Je n'ai été qu'une façon de provoquer son père. Mais l'amusement s'est arrêté quand elle a découvert qu'elle était enceinte. Elle était terrifiée à l'avance de la réaction de son père quand il apprendrait son état, et j'ai presque dû l'enfermer pour l'empêcher de commettre une folie.

Jessica posa une main sur la sienne.

— Je suis désolée, Liam. Je n'en avais aucune idée.

Elle avait la main si douce et si fraîche qu'il dut lutter pour ne pas retourner la sienne et entrelacer leurs doigts. Lui qui n'avait jamais été un homme de contact, il ne comprenait rien à cette brusque envie.

— Ne me dites pas que ce détail croustillant ne figurait pas dans les dossiers de votre père !

— Je savais que vous aviez une relation instable, et qu'on appelait souvent la police pour de retentissantes scènes de ménage…

La colère prit alors le dessus.

— Allez-y, inspecteur, posez-moi la question !

— Quelle question ?

— Comment je l'ai tuée ! Si elle s'est débattue… Comment un inconnu de dix-neuf ans sans le sou a bien pu emberlificoter un département entier de police. Où j'ai caché le corps.

— Arrêtez, Liam, dit-elle dans un soupir.

Il planta ses yeux dans les siens.

— Je ne l'ai pas tuée.

— Je n'ai jamais dit cela.

— Mais vous vous l'êtes demandé.

— Liam…

— Que croyez-vous que j'aie ressenti à l'époque, inspecteur ? J'avais dix-neuf ans, un nourrisson à soigner et, dans mon dos, une ville qui rêvait de me lyncher. Il était impensable que la fille de l'irréprochable Carson Manning ait pu tout abandonner, y compris son propre enfant… Alors pourquoi ne pas en rendre responsable le va-nu-pieds qui l'avait engrossée ? Et pendant qu'on y était, pourquoi ne pas lui enlever sa gosse dans le même temps ? Le saviez-vous, au moins ? Saviez-vous que cet estimable sénateur avait essayé de m'enlever Emily ? Qu'après avoir détruit sa propre fille, il a voulu me prendre la mienne ?

Le regard de Jessica s'assombrit, sa main se crispa, mais elle ne dit rien. Elle se contenta de le regarder, de l'étudier, comme si elle avait eu le pouvoir de discerner la vérité par-delà le discours.

— Excusez-moi, murmura-t-elle. Je me suis fait ma propre opinion, lui dit-elle en refermant sa main autour de la sienne. En étudiant les preuves, je tire mes propres conclusions.

— Et que disent vos conclusions, madame Justice ?

— Que vous aimez votre fille de tout votre cœur. Que même si vous n'étiez guère plus qu'un enfant quand elle est arrivée dans votre vie, vous avez fait passer ses besoins et ses désirs avant les vôtres.

— Et que dites-vous de sa mère ?

Sur le dos de sa main, il perçut la crispation de ses doigts.

— Elle a été folle de tourner le dos à un homme aussi remarquable et à une si belle enfant.

La conviction qu'il perçut dans ces mots lui alla droit au cœur.

— Vous ne pensez pas que je l'ai tuée ?

— Vous avez fait tout votre possible pour offrir une belle vie à Emily. Lui voler sa mère, quels que soient vos griefs envers elle, ne colle pas dans le tableau.

Il la regarda fixement. Depuis la brutalité du soir où il avait retrouvé sa fille hurlant de faim et de froid et constaté le départ d'Heather, il s'était mesuré à un service entier de police, avait enduré le mépris d'une ville entière, s'était hissé seul en haut de l'échelle, et avait remué ciel et terre pour qu'Emily n'ait jamais à souffrir. Mais personne n'avait jamais réussi à le désemparer comme venait de le faire Jessica.

— Votre fille a une chance incroyable, ajouta-t-elle.

Il entendit l'intonation douce-amère, le manque irrémédiable que traduisaient ces mots. L'animosité avait toujours grésillé entre Wallace Clark et lui, mais, ce soir, il sentit monter une colère plus intense encore.

— Et vous ? se surprit-il à demander. Est-ce que la fille de Wallace Clark s'estimait chanceuse, elle aussi ?

Il vit l'éclat se ternir dans son regard, et il entendit sa voix baisser d'un ton.

— Papa était… compliqué.

Il retourna sa main et entremêla ses doigts aux siens.

— Oh oui, c'est le moins qu'on puisse dire, je crois…

— Pour moi, il était plus important que tout, ajouta-t-elle avec un petit sourire triste. C'était plus un héros qu'un homme, à mes yeux. Il m'aimait, il nous aimait tous, mais vous avez touché juste, hier. Cet amour ne le ramenait pas à la maison pour dîner, ne le poussait pas à jouer avec moi. Il ne l'a même pas incité à venir à ma remise de diplôme.

Pour la deuxième fois en quelques jours, il rêva de s'être trompé. Le travail avait son importance, mais la famille, c'était sacré.

— Cet homme s'est conduit en imbécile.

Des larmes scintillèrent dans les yeux de Jessica, qu'elle tenta de repousser en cillant, puis en se détournant pour fixer l'aquarium.

— Il faisait du mieux qu'il le pouvait. On ne peut rien demander de plus à personne…

Il suivit la direction qu'avaient prise ses yeux, et regarda lui aussi l'aquarium faiblement éclairé dans lequel évoluaient des poissons exotiques.

— Vous passez souvent la soirée ainsi, n'est-ce pas, Jessica ? Seule dans le noir à contempler vos poissons ?

— Ils m'aident à me détendre, répondit-elle après avoir légèrement tressailli. Ils m'offrent une distraction.

— De quoi ?

— Du monde, je pense, répondit-elle en souriant et en lui jetant un coup d'œil.

Il eut l'attention attirée par cette mèche de cheveux échappée, qui lui caressa le coin de la bouche quand elle ajouta :

— Ils sont innocents, gracieux, hypnotiques. Quand on les contemple, il devient difficile de penser cupidité, meurtre, viol ou maltraitance…

Liam, qui tenait toujours sa main dans la sienne, ne put résister plus longtemps à l'envie de lui caresser la paume du pouce. Visiblement, elle avait besoin autant que lui d'un contact humain.

— Pourquoi faites-vous cela ? l'interrogea-t-il, en se surprenant encore une fois à se sentir concerné.

— Regarder les poissons ? Je viens de vous le dire.

— Non, dit-il en lui caressant aussi l'intérieur du poignet. Votre travail dans la police… Pourquoi faire une chose qui vous démolit quotidiennement ? Pourquoi vous exposer à tant de laideur ?

Elle blêmit.

— C'est ainsi que je suis.

— Non, Jessica. C'est ainsi qu'était votre père. Vous, vous êtes une femme intelligente et compatissante, qui mérite de ne pas voir uniquement les mauvais côtés de la nature humaine.

Il aperçut un éclat éloquent dans l'ambre de ses yeux avant qu'elle ne les reporte sur les poissons.

Et il n'allait pas la laisser s'en tirer ainsi. De son index passé sur sa joue, il l'obligea à lui faire face. Plongeant son regard dans le sien, il fut frappé par le besoin impérieux qui surgit brusquement en lui. Il se vit mourant de soif, il la vit en source miroitante. Mais elle n'était pas innocente, ni froide, elle ne ressemblait nullement à l'eau. Elle était un whisky ambré, enivrant — elle était une drogue, fort dangereuse pour un homme à bout de nerfs. La compassion perceptible dans sa voix rauque, l'intelligence et la vulnérabilité visibles dans ses yeux apaisants, tout l'attirait à un point inimaginable.

— J'ai passé les bornes, hier soir, lui confia-t-il, submergé de regret. Je sais que vous vouliez juste m'aider.

— En ce moment, vous n'êtes pas vous-même. Je le comprends.

Il ne put s'en empêcher plus longtemps, et se mit à rire.

— Mais justement, si ! Je suis moi-même, en ce moment. Dur, déterminé et, comme vous me l'avez dit, manipulateur.

Il s'était regardé dans le miroir chaque jour de sa vie, mais ce n'était que lorsqu'il avait vu leurs deux visages côte à côte, qu'il avait eu honte de l'homme qu'il s'était laissé devenir.

— Je suis un salaud, Jessica, et jamais je n'ai rêvé d'être autre chose…

Il dut combattre son envie de l'attirer dans ses bras pour la serrer contre lui.

— Jamais je n'ai rêvé d'être autre chose, répéta-t-il, jusqu'à ce que je vous rencontre. Mais quand je me vois par vos yeux, je n'aime pas ce que je vois.

— Liam…

Il posa deux doigts sur sa bouche, qu'il avait encore envie de goûter.

— Non, ne dites rien. Sachez simplement que je suis désolé de vous avoir traitée comme je l'ai fait. Chaque fois que je vous vois, je pense : voilà la fille de Wallace Clark. Mais chaque fois que vous partez, je comprends que vous êtes vous-même, et même que vous êtes… une sacrée femme !

Elle baissa les yeux vers son poignet, qu'il caressait toujours, et il eut envie de lui relever le menton encore une fois. Mais il se savait dangereusement proche de la noyade dans ce regard d'ambre.

— Vous vous demandez en ce moment même ce que vous pouvez croire dans tout ce que je viens de vous dire, reprit-il. Vous vous demandez si je suis sincère, ou si j'essaye de vous manipuler d'une manière ou d'une autre...

Elle releva brusquement les yeux.

— Pourriez-vous me le reprocher ?

— Pas le moins du monde. C'est l'un des traits que j'admire le plus chez vous. Vous ne prenez rien au pied de la lettre.

— Un policier qui a envie de rester en vie ne peut se le permettre.

— Pas plus qu'une femme qui ne veut pas avoir le cœur brisé, répondit-il avant même de s'en rendre compte.

— Liam, dit-elle, le regard soudain alarmé.

— Un autre que votre père vous l'a-t-il jamais brisé, Jessica ? Avez-vous jamais laissé quelqu'un devenir aussi intime ?

Elle retira sa main et lui adressa un sourire étrange.

— C'est moi le flic, Armstrong. C'est moi qui pose les questions.

Elle savait aussi élever des murs aussi vite qu'il pouvait les faire tomber.

— Ce n'est pas l'impression que j'ai eue.

— Il est tard, répondit-elle en se levant. Vous devriez peut-être ramener Molly à la maison.

Il tourna les yeux vers la chienne qui, allongée de tout son long sur la moquette, dormait du sommeil du juste.

— On y va, ma fille ! appela-t-il.

Elle ouvrit lentement les yeux, puis se remit debout à contrecœur et s'étira. Jessica alla la caresser entre les oreilles.

— Brave toutou, va... Prends bien soin de ton maître pour moi, veux-tu ?

Le simple fait de voir Jessica et sa chienne lui serra le cœur. Oui, il était l'heure de s'en aller.

— Zou ! lança-t-il en se dirigeant vers la porte.

Après s'être paresseusement étirée encore une fois, Molly finit par le rejoindre, suivie de Jessica. Cette dernière leur ouvrit la porte.

Il savait qu'elle voulait le voir partir, mais il lui posa néanmoins la main sur la joue. Comme il aimait sentir sa peau sous ses doigts, et comme il adorait voir ses yeux s'agrandir, quand il la touchait ainsi !

— Je n'ai jamais manqué la moindre compétition sportive d'Emily, murmura-t-il, parce qu'il avait le sentiment que cela avait de l'importance.

Elle voyait les analogies entre son père et lui, mais il fallait aussi qu'elle connaisse les différences.

— Pas une seule, répéta-t-il.

Elle reprit une expression plus douce, presque nostalgique. L'éclat revint un peu dans son regard.

— Nous la ramènerons, dit-elle, avant de se hausser sur la pointe des pieds et de lui effleurer les lèvres des siennes. Je vous le promets.

Il se figea. La veille, leurs bouches s'étaient rencontrées sous le coup de la colère, peut-être même du défi. Mais ce simple effleurement ne promettait rien d'aussi radical. Il ne parlait que de compassion, de promesses, d'honnêteté.

Liam voulut refermer ses bras autour de cette femme unique, s'immerger en elle, prendre tout ce qu'elle avait à lui offrir et lui rendre plus encore.

Il eut envie de la presser contre son cœur, de la serrer fort, de prendre sa bouche et d'absorber tout ce qu'elle lui donnerait. Il ne pouvait s'empêcher de penser qu'elle saurait tout arranger par miracle.

Tout.

Ce qui ne pouvait que le perturber. Il n'était pas homme à dépendre volontairement des autres.

Là était bien le danger. Dans les yeux insondables de Jessica, il voyait briller une promesse qui lui illuminait le cœur. S'il s'attardait encore dans sa jolie maison, si la conversation reprenait, il risquait de finir dans un endroit qui les engloutirait tous deux. Son lit.

— Il faut que j'y aille, dit-il en mettant un pied dehors.

— Oui, répondit-elle, résignée. Je sais qu'il le faut.

Et pourtant, il hésita encore.

— Cela vaut mieux, ajouta-t-elle. Nous le savons tous les deux.

Le besoin de la prendre dans ses bras faillit être le plus fort, mais il réussit à ne lui serrer que la main.

— J'ai eu tort, hier soir. Vous êtes une fille intelligente.

Il vit alors ses yeux s'agrandir, et laisser transparaître une expression bien trop proche du désir. Puis elle cilla et releva le menton.

— Je suis policier, Liam, et je vais vous rendre votre fille.

Et comme il avait trop envie de la soulever dans ses bras et de l'emporter à l'étage, il lui lâcha brusquement la main et s'en fut vers sa voiture. Tout en se répétant qu'il n'attendait d'elle que ce qu'elle lui avait promis.

Sa fille.

Pourtant, en se glissant dans sa voiture, en conduisant dans la nuit, il ne put éliminer cette sensation de vide au plus profond de lui — ce vide qui lui semblait s'étendre davantage chaque jour, ce vide dont il n'était soulagé qu'en présence de la fille de son ennemi et de ses yeux étonnamment rassurants.

Wallace Clark devait hurler de rire dans sa tombe…

Jessica referma la porte sur le froid de la nuit, les bras serrés autour de sa poitrine. Trop d'émotions se bousculaient en elle, trop de désirs. Jamais encore elle n'avait eu à ce point envie d'embrasser un homme. Jamais encore elle n'avait voulu sentir une bouche se poser avidement sur la sienne. Jamais encore elle n'avait autant voulu se presser contre un homme, se perdre dans ses caresses.

Autant dire qu'elle était en très mauvaise posture...

William Armstrong n'était pas seulement lié à l'une des affaires qu'elle devait résoudre, c'était aussi un homme qui avait construit sa vie en gardant le monde à distance, et qui s'était exercé à ne jamais donner davantage de lui-même que les miettes dont il pouvait se passer. Il était de ces hommes qui brisent, volontairement ou involontairement, les cœurs.

Elle retourna s'asseoir sur le canapé et reprit sa tasse. Si le cacao était bouillant quand elle l'avait goûté, ce n'était plus le cas. Elle le porta néanmoins à ses lèvres et but. Même froid, il avait un goût riche et savoureux, un peu comme celui qui l'avait préparé.

Les larmes menacèrent encore une fois, sans qu'elle y comprenne rien. Dire qu'elle n'avait pas été loin de pleurer devant William Armstrong, elle qui ne pleurait pratiquement jamais... « Sois forte, se gendarma-t-elle, concentre-toi sur la disparue, pas sur son père. »

Il n'y avait pas de place dans sa vie pour un homme aussi avare de ses sentiments, et elle refusait de suivre de nouveau cette route. Plus jamais elle ne s'exposerait volontairement à ces déceptions cuisantes, ces instants volés, cette conscience de n'avoir jamais la vedette et de devoir passer au second plan.

Allons, mieux valait se secouer... Cet homme éperdu d'angoisse consacrait sa vie à sa fille. Comment lui en faire le reproche ? Comment condamner un père désireux de soulever des montagnes pour retrouver son enfant ?

Cependant, elle ne pouvait s'impliquer personnellement, et devait seulement faire son travail, ce qui voulait dire explorer le passé, avec ou sans son accord.

Au terme d'une autre nuit blanche, Jessica sortit de la douche en frissonnant et se frictionna vigoureusement, tout en s'interdisant d'imaginer les mains de Liam à la place du tissu-éponge, et ce qu'elles lui feraient éprouver…

« Suffit ! » s'admonesta-t-elle, avant d'apercevoir un coin de son visage dans le miroir embué. Interdite, elle essuya la condensation et examina sa peau blême, ses yeux soulignés de cernes violets. Si elle avait souvent travaillé toute la nuit sur une enquête, jamais encore elle n'avait eu cette mine hagarde.

Elle entreprit de se démêler les cheveux quand retentit la sonnerie du téléphone.

Sous le coup d'une brusque poussée d'adrénaline, elle se rendit compte que 6 heures n'avaient pas encore sonné, et courut jusqu'au téléphone sans fil de sa table de chevet.

— Clark, j'écoute !

— Bonjour Jess ! Je ne te réveille pas, au moins ?

Son cœur manqua un battement tandis que tout commençait à tourner autour d'elle. Cette voix traînante, elle la connaissait. Elle n'avait même jamais compris comment son propriétaire pouvait afficher un tel flegme devant les horreurs qui étaient son lot quotidien.

— C'est toi, Phil ?

— J'en ai peur, cocotte. McKnight m'a demandé de t'appeler. On vient de réceptionner un corps découvert près de Trinity River.

Glacée jusqu'aux os, Jess se laissa choir sur son lit défait.

— Et ?

— C'était une jolie petite jeune fille, brunette aux yeux bleus, jeune, je dirais un peu moins de vingt ans. McKnight pense que c'est peut-être la tienne.

11.

La gorge serrée, l'estomac retourné, Jess s'aspergea le visage d'eau glacée.

Emily.

Une terrible appréhension la taraudait. En relevant les yeux, elle se vit dans le miroir et s'efforça de ne pas grincer des dents. Difficile d'aller chercher Liam comme ça, avec cette peau livide et ces yeux injectés de sang. Impossible de lui laisser voir cette peur immonde qui l'habitait. Elle allait devoir se reprendre, être forte pour lui, devenir un appui plus solide qu'un roc. Même si elle avait le cœur en mille morceaux…

— Mon Dieu, je vous en prie, dit-elle à voix haute, je vous en supplie, faites que ce ne soit pas cela !

Il fallait qu'elle le joigne avant que quelqu'un d'autre ne le fasse, il fallait que ce soit elle qui le lui apprenne, et non Kirby ou un quelconque reporter. Mais elle ne voulait pas lui téléphoner, car elle savait trop l'effet qu'aurait la nouvelle sur lui.

Le cœur battant, elle se vêtit rapidement et sortit de chez elle en courant. Tout en roulant dans les rues encore désertes, elle tenta de discipliner son souffle et chercha les mots justes, la meilleure manière d'informer un père que sa fille se trouvait peut-être à la morgue.

Mais les mots refusèrent de venir.

Comment auraient-ils pu, d'ailleurs ? Comment dire à un homme que la lumière de sa vie est peut-être définitivement éteinte ?

Au moment où elle arrêta sa voiture devant la maison de Liam, les premiers rais de soleil annonciateurs d'un jour nouveau firent leur apparition. Cette suprême ironie du sort la glaça encore plus.

Elle leva les yeux vers l'imposante forteresse de granit qu'avait édifiée Liam pour sa fille et rassembla ses forces. Il était là, peut-être endormi, peut-être en train de s'habiller pour la promenade matinale de Molly. L'homme qui avait regardé si tendrement ses yeux, la veille, n'avait aucune idée des épouvantables nouvelles qui l'attendait.

L'espace d'un instant, elle repensa à la nuit précédente, au lien fragile qu'ils avaient forgé. Mon Dieu, songea-t-elle, si les choses s'étaient passées autrement, s'ils n'avaient pas été aussi circonspects, il aurait aussi bien pu finir la nuit dans son lit… Ce qui voulait dire qu'il aurait été présent lors de l'appel de Phil. Peut-être même aurait-il été en train de lui faire l'amour.

Elle ouvrit sa portière pour sortir de la voiture. La morsure du blizzard lui rappela qu'elle avait oublié son manteau.

Plus elle avançait vers la maison, plus elle avait l'impression que la distance s'allongeait. Enfin, elle atteignit la porte et frappa. Rien. Quelques interminables secondes s'écoulèrent avant qu'elle ne frappe plus fort. Puis elle tendit la main vers la sonnette et l'entendit retentir.

« ourvu qu'il ne soit pas en train de dormir… », songea-t-elle, effrayée.

Finalement, un bruit de pas lui parvint, et elle rassembla son courage à deux mains. Dieu du ciel, jamais elle n'avait tant redouté une confrontation ! Alors qu'on ouvrait la porte, elle prit une profonde inspiration en prévision de ce qui allait suivre.

Marlena Dane lui jeta un regard affolé.

— Inspecteur Clark, Dieu merci, vous êtes là…

Jessica se figea, hébétée. Elle enregistra mentalement la présence de l'ex-maîtresse de Liam, en pyjama de soie rouge sous une robe de chambre noire, et craignit un instant d'avoir perdu la tête. De toutes les possibilités qu'elle avait envisagées, trouver Marlena ici était bien la dernière. Il ne lui était pas venu à l'esprit qu'il avait pu la quitter avec le goût de ses lèvres sur les siennes et faire appel à Marlena.

Mais après tout, elle n'était guère que l'enquêtrice chargée de retrouver sa fille. Pourtant, cette réalité reçue de plein fouet faisait mal.

— Marlena, réussit-elle à dire, il faut que je voie Liam…

— Il sera là dans une minute.

— C'est important.

— Laissez-moi aller voir ce qui le retient, jeta Marlena avant de tourner les talons et de disparaître.

Submergée par l'émotion, Jessica eut du mal à retrouver son souffle. Elle n'arrivait pas à croire qu'elle avait pu être aussi sotte, et laisser ses pensées suivre un cours aussi dangereux.

Engourdie, elle parcourut le vestibule du regard. Le miroir dans lequel elle avait obligé Liam à se regarder avait disparu du mur. Sur la commode se trouvait une pile de prospectus sur laquelle elle vit une photo d'Emily et la mention *DISPARUE* en gras.

— De quel droit as-tu ouvert la porte ? entendit-elle Liam tonner. Et d'abord, qu'est-ce que tu fous chez moi ?

— J'étais inquiète, tenta de se justifier Marlena. M. Saint Clair devait te parler, mais n'arrivait pas à te joindre. J'ignorais où tu étais, j'ai pensé que peut-être…

— J'avais perdu les pédales ? gronda Liam. Alors tu t'es précipitée ici afin de sauver les meubles ? J'étais sous la douche, bon sang ! J'ai dit cent fois à Saint Clair qu'il n'avait pas à t'appeler !

Un soulagement absolu s'empara alors de Jessica, qui en oublia presque la raison de sa présence. Ce n'était pas lui qui avait invité

Marlena. Il n'avait pas partagé son lit, alors que seule, dans le noir, elle-même faisait d'impossibles rêves.

— Ce n'est pas elle, bon sang !

Le sourd grondement de Liam la transperça, et la fit sursauter. Elle le vit venir vers elle à grands pas, immense et redoutable. Il avait le regard furieux, les traits durs, les cheveux mouillés, le menton pas rasé. Il semblait capable de déchiqueter quelqu'un à mains nues. Et la vérité lui apparut alors dans toute son horreur.

Il savait déjà.

Elle déglutit péniblement.

— Liam…

— Mon détective privé m'a informé de la découverte de cette fille près de Trinity River, et j'ai bien peur que vous ne perdiez votre temps, comme Marlena a perdu le sien en arrivant à bride abattue pour voir si tout allait bien. Cette fille n'est pas la mienne !

Elle sentit son cœur battre plus vite, plus fort.

— Avez-vous eu des nouvelles ? s'enquit-elle, folle d'espoir. Elle a appelé ? Elle est revenue ?

Liam s'immobilisa à quelques centimètres d'elle.

— Elle n'est pas ici, mais elle n'est pas là-bas non plus.

Elle se reprit, et se rendit compte que ses dénégations avaient pour unique base la foi, l'espoir et l'indéfectible amour d'un parent pour son enfant. Alors elle leva les yeux vers l'homme qui se tenait si près d'elle : sa mâchoire était contractée, des rides d'inquiétude lui soulignaient les yeux, et elle se rendit compte qu'il était si près du point de rupture qu'il en chancelait. Il savait, pour l'adolescente retrouvée dans la nuit… Il savait que c'était peut-être sa fille, même s'il refusait de traduire en mots cette éventualité.

Jamais encore, de toute sa vie, elle n'avait à ce point voulu entourer de ses bras un être humain et le serrer contre elle. Mais elle savait aussi qu'il n'accepterait d'elle aucune marque de compassion.

Il voulait seulement qu'elle fasse son travail.

— Liam, dit-elle sur un ton aussi neutre que possible, je sais combien tout ceci est dur pour vous, mais il faut que vous veniez avec moi, pour voir…

— Non. Je n'ai aucune raison d'aller à la morgue. Ma fille est vivante.

— Je veux le croire, moi aussi. Mais tant que nous n'aurons pas…

Il lui prit la main, la porta à son torse et la plaqua contre sa chemise.

— Elle est là, je vous dis. Je peux la sentir. Elle n'est pas sur une table d'autopsie.

Elle ravala un sanglot, mais ne put rien contre son déchirement intérieur. Sous ses doigts, elle perçut le battement régulier du cœur de Liam, bien différent du rythme erratique de son propre cœur. Mais le sien était en train de se briser, et elle n'y pouvait rien.

— Il faut s'en assurer, reprit-elle.

— Je suis parfaitement sûr.

— Liam…

— Pourquoi faites-vous cela ? lui demanda-t-il d'une voix sourde et éraillée. Je ne vous aurais jamais prise pour une de ces femmes qui adorent mettre les hommes à genoux. Avez-vous envie de mesurer tout ce que je peux supporter avant de m'effondrer ?

La douleur qui vibrait dans ces paroles cinglantes était insupportable. Elle frappa Jessica mieux qu'une volée de coups de bâton, elle lui coupa littéralement le souffle. Et elle comprit qu'elle ne pourrait rien dire, rien faire pour apaiser son angoisse.

— Il ne s'agit pas de vous et moi, Liam, reprit-elle néanmoins, il s'agit de votre fille. Venir ici ce matin est la chose la plus épouvantable que j'aie jamais faite…

A peine quelques heures plus tôt, cet homme et elle avaient partagé de tendres instants — des instants volés —, et le souvenir de ces instants la poussait à lui parler en toute honnêteté, comme une femme à un homme, et non comme un policier à un…

Aucun terme ne lui parut pouvoir décrire sa relation à William Armstrong.

— Etre ici devant vous, voir la douleur dans vos yeux…, commença-t-elle en luttant pour arriver à parler malgré sa gorge serrée, et en s'efforçant de ne pas lever une main caressante vers son visage. Je veux vous aider ! Je veux retrouver Emily vivante. Mais ce que je veux ne change rien au fait qu'il y a en ce moment une jeune fille à la morgue, qui pourrait être…

— Non.

Eperdue de frustration, elle comprit que cet homme gardait tout pour lui, enfoui au plus profond, et que la possibilité de la mort de sa fille était trop insupportable pour qu'il puisse accepter de l'envisager. Après avoir jeté un coup d'œil à Marlena, appuyée au chambranle de la salle de séjour, elle posa une main sur le bras de Liam.

— Nous irons ensemble, lui déclara-t-elle doucement, mais fermement. Je suivrai chaque étape avec vous.

Il baissa les yeux vers cette main.

— Non.

— Liam, s'il vous plaît.

Il s'écarta alors d'elle et s'en fut empoigner la pile de prospectus.

— Nous perdons du temps, répondit-il d'une voix sans timbre avant de s'en aller. J'ai des prospectus à poster, vous avez ma fille à retrouver.

Jessica le suivit dans le couloir et lui attrapa le bras.

— Ignorer la situation ne la modifiera pas. Je sais que vous souffrez…

— Je n'ignore rien, rétorqua-t-il en se retournant brusquement vers elle.

— Je souhaite de tout cœur que vous ayez raison, lui dit-elle, alertée par ce refus obstiné de la réalité. Venez avec moi. C'est le seul moyen que nous ayons pour dissiper ce hideux nuage.

— Allez-y si vous voulez, inspecteur, mais laissez-moi en dehors de tout cela, répondit-il en arrachant son bras et en saisissant un jeu de clés, avant de marquer une hésitation. La nuit dernière a été une erreur... Je n'aurais jamais dû venir vous voir. Je ne sais d'ailleurs pas pourquoi je l'ai fait. Les frontières sont déjà bien assez embrouillées comme ça. Et vous, vous ne devriez pas revenir ici, à moins que vous n'ayez retrouvé ma fille et me la rameniez.

Jessica vit la porte se refermer en claquant derrière lui, puis les larmes jaillirent, irrépressibles. Elle ne tenta même pas de les refouler, car jamais elle n'avait vu un être humain souffrir à ce point. Et que cet humain fût Liam rendait les choses pires encore. Elle ne comprenait rien à cette impulsion qui la poussait vers lui, qui la poussait à lui tendre la main.

— Il ne mérite pas vos larmes, inspecteur.

Elle tourna la tête, et découvrit Marlena dans le couloir.

— Il souffre, objecta-t-elle.

— Si c'est le cas, alors c'est la première fois de sa vie, ce qui le rend probablement plus dangereux encore. Qu'est-ce qu'on dit, déjà, d'un animal sauvage blessé ? ajouta Marlena, la voix triste et les yeux humides. J'ai eu la peur de ma vie quand ce détective m'a appelée pour me dire qu'il n'arrivait pas à joindre Liam, et vous avez vu la manière dont il m'a traitée ? Il s'est moqué éperdument que j'aie accouru séance tenante.

Jessica se rendit alors compte que cette femme éprouvait toujours des sentiments pour Liam, et refusa de penser à la douleur qu'elle devait endurer. Elle-même avait beau n'avoir partagé avec lui que quelques étreintes et un baiser, elle n'en avait pas moins passé une nuit blanche seule dans son lit.

Des instants volés. C'était tout ce qu'il avait à offrir.

— Je suis navrée.

Marlena resserra les pans de sa robe de chambre et sortit un jeu de clés de son sac.

— C'est à vous qu'il tourne le dos, maintenant. Je vous mettrais bien en garde contre ses pièges, mais je vois bien qu'il est déjà trop tard. Moi aussi, je suis navrée. Je sais ce que ça fait, d'être rejetée par William Armstrong. Faites attention à vous, inspecteur, sinon vous risquez de vouloir en reprendre une petite gorgée, et de tomber d'encore plus haut. Et croyez-moi, la chute est déjà assez dure comme ça.

— Selon les premières constatations, la cause de la mort serait la strangulation. La gosse s'est débattue, on a des traces de peau sous ses ongles.

Le regard de Jessica passa de Kirby à la montagne de dossiers empilé sur son bureau. Au sommet trônait une photo de Liam et Emily en train de faire une randonnée quelque part dans les montagnes Rocheuses. Ils avaient l'air si heureux. Vivants.

Planté au milieu de la salle de travail compartimentée des inspecteurs, une salle déjà bruissante d'activité malgré l'heure matinale, Kirby poursuivit :

— Je vais envoyer une voiture chercher Armstrong. On a besoin de lui pour l'identification, puisqu'on n'a rien trouvé sur la fille ni à côté.

Jessica lutta contre l'émotion qui lui serrait la poitrine. Elle avait un travail à accomplir, elle devait conserver son objectivité. Mais le seul fait d'envisager qu'une voiture de patrouille emmène Liam à la morgue, qu'un employé anonyme l'oblige à regarder ce cadavre, la déchirait. Dans son équipe, trop de gens lui en voulaient encore. Trop de gens prendraient plaisir à le voir s'effondrer.

Kirby, entre autres.

— S'il faut aller chercher Armstrong, j'irai.

— Tu as déjà essayé.

Pour une fois, il eut l'air compatissant. Les meurtres d'enfants avaient le pouvoir d'attendrir les policiers les plus endurcis.

— Cette fois-ci, il va falloir un peu plus que ta baguette magique, Jessie.

— Qu'en est-il des vêtements de la fille ? De son sac ?

N'importe quoi, d'ailleurs... qui épargnerait à Liam l'horreur de contempler un cadavre sur une table de métal glacé.

— Rien.

— Ce n'était pas censé se passer comme ça, dit-elle, plus pour elle-même que pour son collègue, car elle avait toujours du mal à admettre cet aspect de son travail. Elle était si jeune, elle avait un avenir si brillant devant elle...

— Ce n'est peut-être pas la fille Armstrong, dit Kirby en lui posant une main sur l'épaule.

— Non, mais c'est la fille de quelqu'un.

— Tu m'inquiètes, Jessie, dit-il, soucieux. On a déjà travaillé ensemble sur des affaires similaires, mais c'est la première fois que je te vois dans un tel état de nerfs. Il faut que tu prennes plus de recul.

Elle ne sut comment lui dire que c'était impossible, ni comment lui avouer que cette affaire-ci était différente. Et surtout, elle ne sut comment lui révéler qu'elle était tombée amoureuse du père de l'adolescente disparue.

— Je n'y arrive pas...

Kirby enleva sa main de son épaule, et son regard se fit inquisiteur.

— C'est Armstrong, n'est-ce pas ? Il a réussi à t'embobiner.

— Ce n'est pas le monstre que tu crois. Il n'a pas tué la mère d'Emily.

— S'il ne l'a pas tuée, alors il l'a fait fuir. A cause de lui, sa famille et ses amis ne l'ont jamais revue. En quoi est-ce différent d'un meurtre ? Dans un cas comme dans l'autre, une vie a été perdue.

— La rupture d'un couple n'est pas un crime, rétorqua-t-elle en lui offrant un sourire crispé, le seul qu'elle eût en réserve.

— Va raconter ça à ceux qui ont dû ramasser les morceaux.

Alors, son instinct l'avertit que l'amertume de Kirby vis-à-vis d'Armstrong n'avait aucun rapport avec l'affaire qui les occupait. Elle n'était qu'une manifestation de ses déceptions. De ses blessures.

— Il adore sa fille, Kirb. Elle est son univers.

Et même si elle n'avait jamais rencontré la pétulante Emily, elle sentait se tisser un lien entre elles, une alliance qui ne pouvait exister qu'entre deux femmes ayant grandi avec un père omnipotent.

A cette différence près que Wallace Clark n'avait qu'une obsession, alors que William Armstrong y incluait sa fille.

— Hé ! Jess, Kirby ! appela le lieutenant Jason Ander. Phil vient juste d'appeler. Il a dit qu'il devrait pouvoir nous transmettre bientôt une identification de la gamine.

— Ont-ils trouvé quelque chose sur les lieux ? s'enquit Jess, en se figeant.

— Non. Le père vient d'arriver.

Liam ne sut pas comment il réussit à sortir de la pièce où reposait le corps sur la table métallique. Elle était si belle, même dans la mort. Jeune, innocente, elle ne sourirait plus jamais. Elle ne rirait plus jamais.

Un goût de bile lui monta à la bouche, ses jambes se mirent à trembler, son cœur fit une embardée. Il tourna les yeux vers le long couloir, aperçut la porte des toilettes pour hommes et s'y rendit d'une démarche chancelante.

Sol blanc, murs blancs. Porte blanche. Tout était blanc, d'un blanc choquant, stérile. Un blanc de mort. L'odeur du désinfectant imprégnait tout, elle lui brûlait à ce point les poumons qu'il douta de retrouver un jour son odorat.

En poussant la porte, il tomba sur une autre symphonie de blanc. L'urinoir, les lavabos, les murs, le sol. Jamais, au cours de toute sa vie, il n'avait eu aussi froid. Un froid mortel.

La pièce commença à tourner. Un manège, comme ceux qu'Emily aimait tant quand elle était enfant. Mais celui-ci s'était emballé, il tournait vite, trop vite. Il sortait de son axe. Il projetait tout le monde dans les airs. Il les écrasait.

Un son rauque de pure angoisse s'échappa de sa gorge alors qu'il titubait vers un lavabo, ouvrait l'eau à fond et s'aspergeait le visage d'eau glacée. Encore. Et encore. Reprenant son souffle, il releva la tête, se vit dans le miroir et se rendit compte qu'il était, lui aussi, blanc comme un linge. Sauf ses yeux. Sombres, dévastés, révélateurs. La douleur revint, plus violente. Il les ferma, en refusant de voir quoi que ce soit autour de lui, et laissa pendre sa tête. Jamais il n'avait été plus écœuré.

— Liam...

Etait-ce son prénom, qu'il venait d'entendre ? Mais la voix qui l'avait prononcé était douce et chaleureuse, et il n'y avait rien de doux ni de chaleureux dans cet endroit.

— Liam...

Il releva la tête et la vit se refléter dans le miroir, telle une vision. Pâle, tremblante, elle ouvrait d'immenses yeux d'ambre. Un fanal dans le brouillard. Plus brillant que la plus brillante des étoiles dans le ciel.

Jamais il n'avait eu autant besoin de lumière.

Un gémissement déchirant s'échappa de sa gorge, et il se tourna vers elle. Il ne fut pas sûr de savoir, ensuite, qui s'était déplacé le premier, mais il sut que, de l'autre côté de la pièce, elle était arrivée dans ses bras. « Serre-la fort » fut tout ce qui lui vint à l'esprit. « Serre-la fort. Absorbe-la. Ne la laisse jamais s'en aller. »

— Oh, Liam ! s'écria-t-elle en faisant courir des mains apaisantes sur son dos et ses bras.

Il enfouit son visage dans ses cheveux et s'imprégna de leur parfum de pomme. Puis il émit un grognement sourd et, la serrant plus fort contre lui, il se perdit dans la sensation de ses bras jetés autour de lui, dans le son des paroles de réconfort qu'elle lui prodiguait.

Dieu lui vienne en aide, jamais il n'avait eu à ce point besoin de quelqu'un ! Non, pas simplement de « quelqu'un ». *D'elle.* Jessica. Cette femme de courage et de conviction, cette femme qui le soutenait malgré tous les obstacles en travers de son chemin.

— Liam ?

Il n'avait qu'une envie : la garder comme ça ainsi contre lui, mais quelque chose dans sa voix, une appréhension, le força à se reculer pour plonger dans son regard.

— Elle était si belle, réussit-il à dire, si jeune, si innocente… C'est fini. Juste comme ça.

— Non ! s'écria-t-elle, d'une voix qui était à peine un murmure. Non…

Il leva les mains, les referma sur son visage et repoussa les mèches de cheveux échappées de la barrette. Elle avait les yeux immenses et humides, dénués de toute défense, et là, dans les profondeurs ambrées, il trouva l'élément vital dont il avait besoin.

— Je voulais être là pour vous, murmura-t-elle. Je ne voulais pas que vous soyez seul en cet instant. Je regrette tant…

Il pressa le pouce contre ses lèvres.

— Cette fille magnifique est l'enfant d'un autre, Jessie, et cet autre ne la verra plus jamais sourire, il ne l'entendra plus jamais rire.

— Que dites-vous ? demanda-t-elle, une étincelle d'espoir dans le regard.

— Ce n'est pas Emily. Pas ma petite fille.

L'espace d'un instant, il crut qu'elle ne l'avait pas entendu, tant elle le contemplait fixement. Puis il vit le plus pur des sourires illuminer son visage.

— Dieu merci ! dit-elle dans un souffle, avant de se hausser sur la pointe des pieds et de lui passer les bras autour du cou.

Elle était si bien ainsi, pressée contre lui. Tellement à sa place. Il ne savait pas pourquoi, mais elle lui donnait l'impression de ne plus être seul. Et le soulagement commença, enfin, à surpasser l'horreur qu'avait été le spectacle de cette adolescente étendue sans vie sur du métal.

— J'étais si certain que cela ne pouvait pas être elle, balbutia-t-il en lui caressant le dos, que je suis venu pour qu'on me laisse enfin en paix. Mais quand j'ai vu cette table, ce drap jeté sur un cadavre, tout est devenu si réel…

Il s'était senti plus seul que jamais.

Et sa première pensée avait été pour Jessica. Son besoin de Jessica.

Elle se pencha en arrière pour le dévisager.

— Ce n'était pas elle, Liam. Ce n'était pas elle.

Il s'était tellement raccroché à l'espoir qu'Emily allait bien, qu'elle allait bien finir par passer la porte en riant, et que la vie reprendrait.

— Ça aurait pu être elle. Il est possible que je ne revoie jamais ma petite fille.

Pour la première fois de sa vie, il se rendait compte qu'il ne pouvait rien faire pour arranger les choses. Toutes les exigences, toutes les menaces, tout l'argent du monde ne suffiraient peut-être pas à lui ramener sa fille vivante. Et lui, il ne parvenait qu'à penser à Jessica, à son besoin d'elle. Pas l'inspecteur de police, mais la femme aux yeux apaisants, aux mains douces. Elle s'adressait à lui comme personne ne l'avait jamais fait, elle savait l'atteindre comme personne ne savait le faire, elle lui donnait envie de croire. Elle lui donnait envie d'être vivant.

Elle lui donnait envie de la faire sienne de toutes les manières possibles, de ne jamais la laisser s'en aller.

Et cela l'ébranlait au-delà de l'imaginable. Quelle sorte d'homme pouvait rêver au sourire d'une femme et à ses baisers, alors que sa fille avait disparu ?

Le voile de brume se déchira, et il comprit à quel point il s'était égaré. Il recula, épouvanté.

— Il faut que j'y aille.

— Je vais avec vous. On va pouvoir…

— Non. Seul.

Elle devint presque aussi immobile que ce corps, là-bas, sur cette table.

— Vous n'êtes pas obligé de gravir chaque montagne tout seul.

Si, il l'était. Il l'avait toujours été. Il ne connaissait pas d'autre manière d'être.

— Votre prévenance me touche, mais je pensais vraiment ce que j'ai dit ce matin. Entre nous, les choses n'iront jamais plus loin. Il faut que je me concentre sur Emily.

— Ne faites pas cela, Liam. Ne vous fermez pas au monde.

Pas au monde, songea-t-il. Juste à elle. Parce que s'il gardait une seconde de plus les yeux fixés sur elle, sur son regard suppliant, il savait qu'il la reprendrait dans ses bras. Et qu'il ne serait plus jamais capable de la lâcher.

— Il le faut, conclut-il avant de tourner les talons et de quitter les toilettes.

Elle ne le suivit pas.

« Les actions de la multinationale Armstrong atteignent des records… »

« Armstrong dépose de nouvelles demandes de licences... »

« William Armstrong : coqueluche du cybermonde... »

Comme toujours, ces gros titres firent monter sa tension en flèche. Bon sang, ces journalistes ne savaient donc pas ce qu'avait fait ce type ? Ils étaient donc incapables de voir l'âme perverse tapie derrière ces sourires de maître du monde ? Cet homme qui avait ruiné des vies sans états d'âme, sans jamais regarder derrière lui ni aider à réparer les dégâts ?

Mais cela n'avait pas d'importance. Et, malgré tout ce qu'avait accompli William Armstrong, il lui restait trois expériences à faire.

Il n'avait pas souffert.

Il n'avait pas payé.

Et il n'avait pas expié ses péchés.

Mais il le ferait. Sans l'ombre d'un doute.

Sur le mur, le moniteur montrait Emily Armstrong en train d'arpenter sa chambre. Vraiment étonnante, cette gamine... D'une loyauté qui aurait pu forcer l'admiration. Comment une telle fleur avait-elle pu naître de la semence d'Armstrong ? Peut-être tenait-elle plus de sa mère qu'on ne l'aurait cru.

Une brève pression sur le bouton de l'Interphone suffit à établir la communication.

— Emily, tu devrais prendre un peu de repos.

Elle s'arrêta net et jeta un regard torve à la caméra.

— Je veux parler à mon père.

— Tu sais bien que c'est contre les règles.

— Je me fous de vos stupides règles, et je m'inquiète pour mon père. Laissez-moi au moins lui passer un coup de fil. Rien qu'une minute.

Impossible. On avait fait tout ce qu'il fallait pour que la fille se sente autant que possible chez elle, pour ne pas l'affoler, mais un coup de téléphone, c'était hors de question. Armstrong serait bien trop soulagé, et ce type avait besoin de souffrir. Il avait besoin de savoir ce que cela faisait d'être en proie à l'angoisse et à la détresse. D'être dans le camp des perdants.

Et il le saurait. Mais Emily, elle, n'avait rien fait.

Il était temps de lui offrir un peu de compagnie.

Cinq scalaires se suivaient parmi les fougères. Assise sur son canapé, Jessica contemplait leur gracieux ballet. Depuis combien de temps, elle n'en avait aucune idée, sinon que la nuit était tombée depuis un bon moment. L'éclairage bleuté de l'aquarium était la seule source de lumière dans sa maison.

Elle avait si mal, en dedans, et si froid... En rentrant, elle avait pris une douche brûlante et revêtu son pyjama de flanelle préféré, mais rien ne pouvait chasser cette impression de froid intérieur. Quoi qu'elle fasse, elle ne pouvait bannir l'image de Liam dans ces toilettes, les mains agrippées au lavabo et la tête enfoncée dans les épaules. Son cœur avait cessé de battre à l'instant même où elle l'avait vu.

Elle avait cru, alors, que le pire était arrivé.

Même à présent, ce souvenir la faisait encore trembler.

Les recherches se poursuivraient. Puisqu'il y avait eu un premier message, un autre devrait logiquement suivre. De toute évidence, « quelqu'un » voulait « quelque chose ». Le tout était de découvrir qui et quoi.

William Armstrong était un homme puissant et énigmatique. Et si beaucoup de gens le croyaient encore coupable d'avoir tué la mère de sa fille, elle le connaissait suffisamment, aujourd'hui, pour savoir qu'il ne méritait pas plus cet opprobre qu'il ne méritait de perdre sa fille. Il avait réagi face à la pire des adversités et offert à Emily la plus belle enfance possible.

Mais un homme n'accomplissait pas ce qu'il avait accompli sans se faire des ennemis. Ses recherches l'avaient confirmé, mais elle n'avait jusqu'à présent rencontré personne qui lui veuille vraiment du mal. Enlever un enfant avait un caractère de vendetta personnelle. Et que diable un kidnappeur voulait-il de Liam ?

De l'argent ? Une vengeance ?

Mais plus elle réfléchissait à ce qu'on pouvait bien réclamer de lui, plus elle savait bien ce qu'elle-même voulait de William Armstrong. Simplement lui. Avec elle. Les bras refermés autour d'elle.

Elle avait déjà été attirée par des hommes, elle avait eu des relations, mais jamais un seul regard dans les yeux d'un homme ne lui avait donné l'impression de deux pièces de puzzle parfaitement assorties. Jamais un seul contact n'avait provoqué en elle une telle décharge électrique. Jamais le simple fait d'étreindre quelqu'un ne lui avait ainsi coupé le souffle.

Son cœur n'aurait pas pu choisir heure moins appropriée pour rappeler ses exigences. Il s'agissait d'un père au désespoir, qui ne pouvait songer à autre chose que récupérer sa fille vivante, et voilà qu'elle se mettait à fantasmer, à rêver de promenades main dans la main, de dimanches passés au lit !

D'instants volés, elle le savait. Comme elle savait qu'elle aurait dû faire preuve de plus d'objectivité, et déployer plus d'activité. Elle aurait dû être en train d'enquêter, d'étudier les dossiers de cas similaires, de *faire* quelque chose. Alors qu'elle ne pouvait s'empêcher de faire la seule chose qui lui était interdite…

Aimer Liam.

Si elle voulait vraiment l'aider, elle allait devoir renoncer à rêver de ses bras autour d'elle, de la chaleur de son corps pressé contre le sien. Elle allait devoir comprendre qu'elle n'était pas la potion magique dont il avait besoin, ni une allumette pour éclairer ses ténèbres.

Elle allait devoir abandonner ces stupides fantasmes et faire ce qu'elle lui avait promis de faire : trouver sa fille. Alors, son instinct lui souffla que le passé avait tout de même fini par les rattraper.

Demain, elle irait voir Carson Manning et lui demanderait une liste des amis d'Heather.

Et elle ressortirait également les vieux dossiers de son père.

Elle se leva brusquement et s'en fut dans la cuisine afin de se préparer une tasse de chocolat chaud. Tout en pensant qu'ils avaient laissé échapper un élément primordial…

Un bruit soudain la tira de son intense concentration. Elle commença par sursauter, avant de se rendre compte qu'on frappait à sa porte. Qu'on tambourinait dessus.

— C'est moi, Jessica. Ouvrez cette foutue porte.

12.

Sur le seuil se tenait William en jean et veste de cuir patiné, si grand, si fort… Et si seul. A sa vue, elle sentit son corps renaître à la vie, son esprit s'embrouiller.

Après la manière dont ils s'étaient séparés cet après-midi, il était bien la dernière personne qu'elle se serait attendue à trouver à sa porte. Etant donné son cœur à vif, il était bien la dernière personne qu'elle *devait* voir. Mais avec ce besoin qui rugissait en elle, il était bien la seule personne qu'elle *voulait* voir.

Impossible de le repousser.

Debout dans la flaque de lumière provenant de la porte ouverte, il avait les traits tirés, l'air perdu. Et une telle détresse dans le regard qu'elle en perdit le souffle. En voyant cette douleur rougeoyer, brûler, supplier, elle comprit qu'un feu aussi intense ne pouvait venir que du cœur. De l'âme. Il lui fit penser à ce magnifique séquoia qu'elle avait vu un jour, dont on avait peu à peu arraché toute l'écorce. Toujours debout, mais diminué. Torturé.

Un vent assez violent aurait suffi à l'abattre.

La méfiance le disputa au besoin impérieux. L'instinct lui commandait d'ouvrir les bras et de le laisser entrer, de lui offrir l'étreinte dont il avait si visiblement besoin. La prudence l'obligeait à rester où elle était, là où il faisait chaud, et à le regarder, debout de l'autre côté de la porte entrouverte.

— Liam ?

Un moment s'écoula avant qu'il ne lui réponde. Un moment durant lequel il la regarda comme s'il espérait trouver la solution d'une énigme sur son visage. Puis il laissa échapper un souffle inégal.

— Suis-je encore bienvenu ?

Elle perçut l'appel dans sa voix, et sentit un appel similaire la traverser. Tout ce qui était femme en elle se tendit vers lui, vers cet homme qui ne savait pas comment accepter le réconfort. Son cœur lutta contre ce qu'il savait être une erreur.

Il finit par s'incliner.

— Toujours, répondit-elle en ouvrant grand la porte et en faisant un pas vers lui. Toujours.

Il lui tendit les bras. Elle lui tendit les siens.

Il referma ses bras sur elle et l'écrasa contre lui. Son parfum de santal et l'odeur de cuir de sa veste se conjuguèrent pour mieux l'enivrer. Elle n'avait plus conscience que de sa joue pressée contre le cuir, de ses jambes collées aux siennes. Mais si elle voulait continuer à le serrer ainsi, elle avait encore plus besoin de le regarder.

Elle pencha la tête en arrière pour le contempler, et le baiser de Liam fut brûlant, torride, dévastateur. Il s'empara de sa bouche en un tourbillon éperdu de désir. Alors, elle comprit qu'on ne peut endiguer très longtemps une rivière en crue.

Le besoin qu'il avait d'elle la confondit. Pourtant, elle n'était pas une faible femme, elle avait affronté des fous furieux, de froids assassins, elle n'avait jamais tergiversé avant de faire irruption dans une planque de dealers, mais jamais encore elle n'avait vu ses défenses aussi mises à mal. Elle savait comment manipuler ce grand corps. Ce bouclier de colère ne l'impressionnait pas le moins du monde. Mais ce besoin, son intensité, son côté primitif lui donnaient l'impression d'être une débutante en train de faire son premier numéro de funambule sur un filin tendu entre deux gratte-ciel. Elle se sentit exaltée et terrifiée à la fois.

— Je croyais vous avoir entendu dire : « plus de visites nocturnes », réussit-elle à articuler contre sa bouche exigeante.

Elle regrettait d'énoncer ces mots, certaine qu'ils le ramèneraient à la réalité et mettraient un terme à leur baiser passionné, mais elle refusait de laisser son désir masquer ce qui lui apparaissait inéluctable : un homme comme William Armstrong ne se contenterait pas d'abattre ses défenses, il lui briserait le cœur.

Il redressa la tête et referma les mains autour de son visage.

— Ce n'est pas une visite.

— Qu'est-ce que c'est, alors ?

— Du diable si je le sais ! répondit-il, presque furieux. J'ai essayé de rester loin de vous. Dieu sait que j'ai essayé ! Mais la maison était bien trop silencieuse. Trop sombre. Je n'arrêtais pas de me demander où vous étiez.

— Vous m'aviez dit de ne plus m'approcher de vous, lui rappela-t-elle après s'être éclairci la gorge.

Les yeux cobalt prirent un éclat fiévreux.

— J'ai fait un tas de bêtises dans ma vie, et le fait de le savoir ne m'a jamais empêché de les faire. Cette fois-ci, j'ai essayé. De toutes les manières. Mais…

— Tout va bien, assura-t-elle en posant ses mains sur les siennes. C'est normal de tendre la main, d'avoir besoin des autres.

— Je n'ai jamais voulu cela.

— Alors, il est grand temps de commencer.

Cette dernière phrase parut le stupéfier. Il garda le silence un moment, et parut presque ne plus regarder qu'en lui. Puis ses yeux pénétrants revinrent sur les siens, ses mains glissèrent lentement de son visage en entraînant ses cheveux. De ses pouces, il lui caressa les pommettes.

— De quoi as-tu besoin, *toi* ? lui demanda-t-il.

Elle envisagea de mentir, mais se rendit compte que l'heure n'était plus aux faux-semblants.

— De la même chose que toi.

— Ce n'est pas une réponse.

— Non, n'est-ce pas ?

Alors, la vérité la frappa de plein fouet. Elle voulait donner tout ce qu'elle avait à cet homme. Il fut un temps où cette seule perspective l'eût fait grincer des dents, se sentir dépouillée. Mais dans les bras de Liam, elle découvrait que si elle lui faisait don d'elle-même, il lui rendrait plus encore.

— Alors, peut-être que ceci en est une.

Elle reprit sa bouche en un baiser qui était le sien, enivrée par un sentiment de pouvoir et d'inéluctabilité. Elle fit courir ses mains sur les contours rugueux de sa mâchoire, dans sa chevelure épaisse. Comme elle aimait le toucher, le humer, le goûter... Il la serra contre lui avec un mélange de force et de délicatesse, comme si elle était à la fois vitale et inestimable.

Comme s'il refusait de jamais la laisser s'en aller.

Elle recula la tête et tenta de retrouver une respiration normale. En vain.

— Jessie...

— Oui, Liam, oui.

Elle lui prit la main et l'attira dans la chaleur de sa maison, puis referma la porte d'un coup de pied.

— Il fait froid, dehors, murmura-t-elle, aiguillonnée par l'intonation rauque qu'avait prise sa voix. Tu as besoin de chaleur.

Elle vit dans son regard qu'il avait compris.

— Il fait encore meilleur à l'étage.

Seule la lune projetait sa lumière dans la pièce obscure, mais Liam put la voir ouvrir un tiroir près du grand lit. Un instant plus tard, il entendit un grattement, puis vit une flamme s'élever.

Des bougies, comprit-il alors. Elle allumait des bougies. Pour lui.

« Sauve-toi d'ici », s'ordonna-t-il. Mais avant qu'il ait pu le faire, elle se retourna en souriant vers lui. Elle portait un vieux pyjama vert et bleu. Les poètes avaient peut-être magnifié la femme en déshabillé de soie, mais rien n'égalerait jamais Jessica en flanelle. L'encolure en V découvrait sa gorge et lui donna furieusement envie de caresser la peau ivoire de son décolleté. Sa chevelure indomptable lui faisait une auréole de feu. La lumière des bougies se refléta dans ses yeux sans fond.

Ce spectacle l'anéantit.

Elle était si courageuse, si limpide. Il se surprit à rêver de son sourire, de ses caresses, il se surprit à avoir besoin d'elle autant que de lumière.

Il savait qu'il aurait dû s'en aller : tous ses signaux d'alerte clignotaient à l'unisson. Partir d'ici quand il était encore temps.

— Liam…, dit-elle en lui tendant la main, comme elle l'avait fait lorsqu'elle l'avait précédé dans l'escalier.

Son corps se raidit. Il voulut effacer la distance entre eux et prendre ce qu'elle lui offrait, mais ne le fit pas, tant il avait peur de se trouver face à un mirage. Un homme sensé aurait tourné les talons et fui avant de se brûler définitivement les ailes.

Mais il ne pouvait pas faire cela non plus.

Il était si fatigué de n'être qu'un spectateur. Il avait passé sa vie entière sur le bas-côté, dans le noir et dans le froid. Il avait vu la lumière briller à l'intérieur, il avait perçu la chaleur, mais jamais il n'avait eu envie de passer le seuil. Jamais il n'avait su comment s'y prendre. Jusqu'à ce qu'il rencontre Jessica.

Pour la première fois, il eut envie d'entrer.

Il pouvait encore la voir par cette nuit sans lune, devant la maison de Braxton, quand elle lui avait tenu tête. Il n'avait vu aucune peur dans ses yeux, il n'y avait lu que de la détermination, et un sens du devoir.

— Pourquoi fais-tu cela, Jessica ? Tu es intelligente, tu sais que tu mérites mieux.

Elle releva le menton.

— Mieux que qui ? Qu'un homme capable d'émotions intenses et d'une loyauté inébranlable ? Qu'un homme qui essaye de faire au mieux, même quand cela implique de refuser ce dont il a le plus envie ?

Elle n'était peut-être vêtue que d'un pyjama défraîchi, mais dans la lumière tremblotante des bougies, elle paraissait aussi sûre d'elle-même que si elle avait eu un revolver dans les mains. Elle aurait tout aussi bien pu en avoir un, d'ailleurs. Ses paroles avaient le même impact que des balles.

Il se sentit le devoir de briser ses illusions, même s'il n'aimait pas cela.

— Cet homme-là n'existe que dans les contes de fées, mon cœur.

— Faux. Il est debout en face de moi. Et il est bien le seul homme qui puisse me faire agir ainsi.

Elle leva la main vers le haut de son pyjama et en défit le premier bouton. Puis le deuxième. Le troisième.

— Bon sang, Jessica, gémit-il en la rejoignant à grands pas.

— Qu'est-ce qu'il y a, homme de pierre ? lança-t-elle avec un sourire de défi. On a peur ?

Il s'arrêta net. Et, pour la première fois de sa vie, il comprit ce que devait éprouver un rocher qu'on attaque au marteau-piqueur et dont les éclats volent de tous côtés. Jessica le regardait toujours, continuant à déboutonner sa veste, posément.

Puis, d'un coup d'épaule, elle se débarrassa du vêtement, qui tomba en flaque à ses pieds.

Liam sentit ses genoux se dérober, son corps se tendre.

Cette fameuse nuit dans la discothèque, quand elle avait reçu un coup de poing qui lui était destiné et s'était retrouvée démunie, étendue sur ses genoux, il avait compris qu'elle dissimulait plus qu'il ne l'avait cru, sous ses tailleurs stricts. Mais même cette prémonition ne l'avait pas préparé au spectacle de Jessica Clark, debout dans la lumière dansante, nue jusqu'à la taille.

Il laissa son regard descendre des splendides épaules aux clavicules, puis plus bas. Ses seins lui coupèrent le souffle. Pleins, lourds, aux aréoles sombres. Des mamelons durs et érigés. Des mamelons qu'il eut envie de goûter.

Il poussa un grognement étouffé et fit descendre ses yeux encore plus bas, sur le ventre plat, là où commençait le pantalon de flanelle. Il lui suffirait d'un geste pour le faire glisser le long de ses jambes et la voir enfin en entier.

Il savait que Jessica Clark nue serait une vision semblable à nulle autre.

La femme à la langue directe mais au cœur immense.

Elle vint à lui dans la lueur éthérée du clair de lune, véritable déesse sortie de ses fantasmes les plus débridés. Elle avait le menton levé, les cheveux ruisselants sur les épaules, le geste sûr.

Elle s'immobilisa devant lui, assez près pour qu'il la touche, pour qu'il entende chacune de ses inspirations, pour qu'il hume le parfum de pomme si caractéristique.

Il soutint son regard un moment, puis baissa les yeux sur ses seins, pris du désir de les caresser délicatement. De refermer sa bouche sur eux, de les téter, de les agacer de la langue et de la sentir frémir de plaisir. D'entendre ses gémissements de volupté. Il fut pris du désir de la goûter jusqu'à ce que ni l'un ni l'autre ne puissent plus tenir debout.

Cette envie ne fit qu'accroître son immobilisme.

Elle joua avec les revers de la veste de cuir, et glissa les mains sur le T-shirt qu'il portait au-dessous. Leur tiédeur pénétra le coton, elle acheva d'attiser le feu qui couvait en lui.

L'expression « point de non-retour » prit alors tout son sens.

— Bon sang, Jessica, gronda-t-il, sans savoir d'où lui venait cet accès de vertu. Tu n'as pas à faire ça. Tu n'as pas besoin de payer de ta personne comme une vierge sacrifiée sur l'autel.

Une étrange lueur joua alors dans les prunelles ambrées.

— Le sacrifice de ma virginité ? C'est ce que je fais, à ton avis ?

— Je me trompe ?

Elle le fixa dans les yeux l'espace d'un instant, avant qu'un langoureux sourire ne lui éclaire le visage.

— Qui essayes-tu d'arrêter, Liam ? Qui essayes-tu de protéger ? Moi ? Ou toi ?

En la contemplant, là, debout devant lui, il comprit qu'il ne reverrait jamais plus magnifique spectacle.

— Tu es une des personnes les plus naturellement douées de bonté que j'aie jamais connues.

— Et tu penses que les filles naturellement bonnes ne font pas ce que tu rêves de faire en ce moment même ?

— Je n'en ai jamais fréquenté, répondit-il sans pouvoir s'empêcher de rire.

— Tu n'as jamais fréquenté les femmes qui te convenaient, ou alors je n'ai aucune bonté en moi, conclut-elle en se pressant contre lui et en faisant glisser ses mains à l'endroit où son érection tendait le jean. Je veux, Liam, ajouta-t-elle d'une voix rauque, le regard toujours planté dans le sien, que tu tiennes la promesse que me font tes yeux.

Son intrépide Jessica ne reculait décidément devant rien…

Il eut alors la tentation de l'attraper par les épaules et de la secouer une bonne fois. Car il avait beau s'efforcer de garder une contenance, elle n'en continuait pas moins à le tenter en se frottant contre lui, en le provoquant ouvertement.

— Arrête, grommela-t-il en lui repoussant les cheveux sur les tempes pour mieux voir l'éclat de son regard. Tu es la seule qui ait jamais pu me rendre les choses un peu plus faciles, lui dit-il sans trop savoir d'où lui venaient ces mots, mais sûr qu'il devait les prononcer.

Il fallait qu'elle sache qu'il n'était pas venu pour le sexe.

Il était venu pour elle.

— Ton courage, ta conviction, ajouta-t-il en regardant ses yeux s'agrandir. Ta compassion. Ta loyauté. Tu es la seule qui me donne l'impression de ne plus être aussi seul, et je ne veux plus refuser ce cadeau.

Une larme, une seule, perla sur les cils de Jess.

— Alors, accepte-le.

— Je n'ai pas de préservatifs.

— Pas grave. J'en ai.

En lâchant un grondement sourd, il l'écrasa contre lui et prit sa bouche. Elle s'ouvrit à lui, le laissa entrer, lui donna l'impression qu'il était là où il devait être. Chez lui. Tout en la serrant fort contre lui et en l'embrassant passionnément, il la sentit avec bonheur se presser contre son torse et enrouler ses bras autour de sa nuque. Elle ramena une des mains qu'il avait plaquées dans son dos sur la rondeur de son sein. Il referma délicatement sa paume dessus.

Submergée par des sensations plus brûlantes, plus enivrantes les unes que les autres, Jessica comprit ce que voulait dire être possédée. La bouche experte de Liam réclamait la sienne, et sa langue lui faisait des promesses qu'elle voulait le voir tenir avec son corps. L'une de ses mains s'enfonçait dans ses cheveux, l'autre flirtait avec ses seins. Plus bas, elle sentit son sexe en érection palpiter contre son abdomen. Jamais elle ne s'était sentie plus vivante qu'en cet instant.

Dans la lueur chatoyante des bougies, elle leva les yeux vers les ombres qui jouaient sur son visage. Et elle fut prise de l'envie de pleurer au spectacle de sa pure beauté mâle. Le désir scintillait dans ses prunelles. Elle y vit également de la retenue, et peut-être même une certaine confusion. De la puissance. De la solitude.

Et c'était cela qu'elle rêvait de changer.

Cet homme avait traversé plus de tempêtes qu'il n'était humainement supportable. Et même s'il avait survécu à toutes, toutes avaient prélevé leur dû, toutes l'avaient peu à peu grignoté jusqu'à ce qu'il ait appris à se préserver. A ne plus rien éprouver. A ne plus rien désirer.

Il éprouvait, maintenant. Il désirait.

Elle le voyait dans ses yeux, elle le percevait dans son corps.

Elle le sentait aussi.

— Liam, murmura-t-elle en lui tendant la main.

Avec un sourire très doux, elle s'empara des revers de sa veste et la lui enleva très lentement, tout en s'enivrant de son parfum de santal.

Alors il fut là, dans le clair de lune, cet homme en T-shirt et jean noirs.

Elle le voulait nu.

Et il paraissait vouloir la même chose qu'elle. Quelque chose qui s'apparentait à un grognement s'échappa de sa gorge alors qu'il empoignait son T-shirt et le sortait de sa ceinture.

— Laisse-moi faire.

Elle fit passer le vêtement de coton par-dessus sa tête et admira les épaules larges, les pectoraux bien dessinés, la toison sombre qui lui recouvrait le torse et tourbillonnait autour des tétons. Elle eut alors envie d'en prendre un dans sa bouche et de le taquiner avec sa langue pour voir si elle parvenait à le faire gémir.

Mais, d'abord, elle voulait voir le reste de son corps.

— Ça te plaît de prendre les commandes ? lui demanda-t-il.

Elle leva les yeux et lui décocha son sourire le plus coquin.

— Oui, mais je te laisse carte blanche sur mon corps…

Elle vit d'abord un éclat choqué étinceler dans son regard, puis le plaisir. Alors elle entreprit de baisser la fermeture Eclair de son jean.

Elle ne l'avait pas plus tôt fait qu'il joignit ses mains aux siennes pour repousser plus vite le tissu le long de ses cuisses. Un éclair de désir brut parcourut Jessica quand elle se rendit compte qu'il avait enlevé son slip en même temps. Et qu'il était nu devant elle. Magnifique et nu.

Il l'attira alors contre lui et réclama sa bouche tout en la faisant adroitement reculer vers le lit. Heureusement qu'il la serrait contre lui, qu'il la maintenait, sinon elle se serait tout bonnement écroulée, tant elle avait les jambes en coton.

Quand ses mollets entrèrent en contact avec le montant du lit, il la fit s'allonger et la suivit en s'appuyant sur un genou. Puis il la recouvrit de son corps en se maintenant appuyé sur les coudes. Seul le pantalon de pyjama les séparait encore.

— Viens, murmura-t-elle en lui caressant délicatement le menton et en attirant sa tête vers elle.

Tout en se laissant faire de bonne grâce, il saisit un oreiller et le lui glissa sous la tête.

De doux et lascif, son baiser ne tarda pas à devenir explosif. Elle se lamenta quand il abandonna ses lèvres mais se réjouit quand il fit descendre sa bouche vers ses seins gonflés. Le déluge de sensations devint presque insupportable quand il fit lentement tourner une langue taquine et sensuelle autour d'un mamelon. Le désir se fit intolérable.

— S'il te plaît, souffla-t-elle en s'arquant vers sa bouche.

Elle aurait pu jurer l'avoir entendu grogner de satisfaction quand il referma sa bouche et entreprit de la téter. Mais elle n'aurait pas pu dire duquel des deux était venu ce bruit. Cela n'avait aucune importance.

Il avait un corps immense, fort, puissant. Alors que sa bouche prenait soin de ses seins, il glissa une main le long de son ventre, puis sous le pantalon, et ne tarda pas à découvrir l'intensité de son désir. Encore une fois, elle entendit un grondement satisfait, et cette fois elle sut qu'il venait de lui. Il insinua un doigt en elle, le retira lentement.

Cette fois, le cri vint d'elle.

Elle lui empoigna les cheveux à pleines mains et l'obligea à relever la tête vers elle. Les yeux cobalt étincelaient de malice.

— Tu es un homme cruel, William Armstrong, bredouilla-t-elle avant de soulever les hanches quand il introduisit un deuxième doigt en elle.

— Est-ce une récrimination ?

— Pas encore, répondit-elle d'une voix rauque, en s'efforçant de ne pas céder aux exigences de ces doigts habiles. Mais si tu ne te dépêches pas, il se pourrait bien que je reprenne les commandes.

— Mais ma parole, c'est un défi, ou je me trompe ?

L'étonnement qui s'empara alors d'elle ne fit qu'accroître son désir. Elle n'avait encore jamais vu Liam ainsi, si sombrement séduisant et presque joueur. Elle ne l'aurait jamais cru capable de baisser aussi complètement sa garde. Et elle n'avait jamais eu à ce point envie d'étirer éternellement l'instant.

— Ne me provoque pas, répondit-elle en enroulant les doigts autour de son sexe érigé. Je pourrais bien prendre des otages.

Un éclair de surprise lui traversa le regard, juste avant qu'un gémissement de plaisir ne lui échappe. Elle resserra les doigts, laissant son pouce lui caresser l'extrémité du pénis.

— Tu es une femme courageuse, lui confia-t-il en intensifiant le rythme et la pression de ses doigts. Mais je ne suis pas certain que tu aies vraiment compris ce qui t'attend…

— Montre-moi, en ce cas.

Un son inintelligible sortit alors du gosier de Liam, il empoigna le pantalon de pyjama et le lui enleva en un tournemain. Le corps en feu, elle comprit qu'elle était sur le point de vivre une expérience étourdissante. Leurs yeux se rencontrèrent, et elle en perdit le souffle.

— Jessica, dit-il d'une voix étrangement voilée, avant de poser une main sur sa joue.

Elle glissa les siennes sur son dos, puis les referma sur ses fesses dures.

— Viens.

Et, pour la première fois depuis qu'elle le connaissait, Liam obéit. Il se glissa lentement en elle. Submergée par l'émotion, elle cria et sentit sa tête retomber en arrière.

Elle avait eu deux partenaires sexuels dans sa vie d'adulte. Mais elle comprit qu'auparavant, elle n'avait jamais fait l'amour.

Elle sentait à présent la différence.

L'amour que lui faisait Liam ne se contentait pas d'éveiller son corps à la vie : la sensation de leurs deux corps unis lui était perceptible tant physiquement qu'émotionnellement et spirituellement. Cette connexion lui fit connaître des émotions nouvelles. Jamais encore l'émotionnel n'avait infiltré avec une telle force le physique.

— Liam…, tenta-t-elle de murmurer.

Mais elle n'émit qu'un faible gémissement.

Ce ne fut qu'à cet instant qu'elle comprit que les larmes avaient noyé ses yeux comme l'émotion noyait son corps. Liam commença à se mouvoir en elle à grands mouvements réguliers, auxquels elle accorda avidement le balancement de ses hanches. Le besoin devenait insupportable, elle voulait tout de lui. Elle le voulait tout entier en elle, elle ne voulait pas voir se terminer ce rêve.

Mais elle fut obligée d'ouvrir les yeux. Elle voulait le voir, le contempler en détail. La lumière des bougies jouait sur les méplats de son visage en un jeu d'ombres et de lumière. Il avait la mâchoire contractée, la bouche entrouverte, les yeux noyés de passion.

Puissance et plaisir, sous leur forme la plus élémentaire.

— Tu aimes ? demanda-t-il malicieusement, et elle comprit qu'il avait surpris son examen.

— Beaucoup.

Ses yeux étincelèrent.

— C'est encore meilleur après, lui promit-il en reprenant sa bouche.

Il replia un bras derrière son genou, lui fit remonter la jambe contre le ventre et s'enfonça plus intimement en elle. Elle se cambra et s'offrit.

Pour toujours.

Chaque nouveau coup de reins vit s'intensifier la tempête imminente. Des éclairs frappaient sa peau, le tonnerre grondait dans ses veines. Elle lutta le plus possible contre l'intensité croissante et délicieuse, mais les sensations se firent impérieuses, de plus en plus exigeantes.

— Liam ! cria-t-elle en le sentant se contracter, lui aussi. S'il te plaît !

Et il n'en fallut pas davantage. Il poussa un rugissement en s'enfonçant une ultime fois en elle, et ils atteignirent ensemble l'apogée du plaisir. Tout se mélangea en un tourbillon d'exquises sensations, contre lesquelles Jessica ne chercha pas à lutter. Elle se laissa irrévocablement emporter, se donnant à Liam de la façon la plus intime qui soit.

« Des instants volés », songea-t-elle dans un recoin embrumé de son esprit. Mais, pour la toute première fois, elle s'en moqua.

Le froid la réveilla. Un soleil très matinal projetait ses rayons par la fenêtre et un édredon douillet l'enveloppait complètement, mais ni l'un ni l'autre ne procuraient de chaleur à son corps nu. Elle remonta les genoux sous son menton, refusant d'ouvrir les yeux, mais la réalité la pénétra néanmoins. Pas besoin de descendre au rez-de-chaussée pour savoir que Liam était parti.

La déception vint ternir l'éclat persistant de leur nuit d'amour, brisant le cocon rose dans lequel elle s'était enfouie. Elle avait pris William Armstrong dans ses bras, dans son lit, puis dans son corps en se disant que ces instants ne seraient que des instants volés, mais en rêvant au fond de son cœur qu'elle pourrait lui faire appréhender une autre façon de vivre, lui faire un cadeau qu'il n'avait jamais reçu. Lui montrer la beauté du partage.

Elle finit par ouvrir les yeux et regarder le soleil illuminer son lit dévasté. Les draps étaient chiffonnés, l'oreiller gardait la marque de la tête qu'il y avait posée. Elle passa un doigt léger sur le coton et s'imagina qu'ils étaient encore tièdes de son corps.

Dieu du ciel, elle avait définitivement passé les bornes ! Le travail des policiers se faisait dans la rue, pas au lit. Mais quand il s'était présenté devant chez elle, au milieu de la nuit, il était en pleine déprime, éperdu d'angoisse. Et au lieu de laisser l'efficace inspecteur Jessica Clark prendre les choses en main, elle était devenue une femme, éperdument amoureuse d'un homme qui n'était pas pour elle… Elle lui avait laissé entière liberté sur son corps, heure après heure, elle l'avait laissé la posséder et l'utiliser, tout en cédant à ses rêves et ses fantasmes d'amour, d'arcs-en-ciel et de maison blanche. Et en omettant une vérité élémentaire.

L'homme de pierre s'en allait toujours.

13.

— Lâche, Molly, lâche.

Le labrador desserra les mâchoires, laissa tomber le Frisbee sur l'herbe roussie, puis fixa Liam en remuant la queue.

— Brave chienne, dit-il en ramassant le disque rouge fluo et en l'envoyant vers le fond du jardin.

L'animal se lança aussitôt à sa poursuite et le rattrapa à mi-course.

— Bien, ma fille, l'encouragea Liam. Rapporte !

Debout près de la grille en fer forgé qui marquait la séparation entre l'allée et le jardin, Jessica les observait. Bien sûr, elle aurait dû s'annoncer, mais, auparavant, il lui fallait s'assurer de la solidité du mur qu'elle avait érigé autour de son cœur, déjà bien mis à mal par les événements de la nuit.

Regarder Liam jouer avec son chien n'arrangeait rien, et en voyant Molly lever un regard adorateur sur son maître, elle se prit encore une fois à rêver de ce qui ne pouvait être. Au cours de cette longue nuit, elle avait cru qu'ils créaient une sorte d'intimité bien à eux, mais après le départ de Liam, elle avait dû faire face à la réalité. Ce qui pour elle avait représenté tant de choses n'avait été pour lui qu'un simple assouvissement sexuel.

— Lâche !

Molly obéit, avide de voir Liam ramasser et lancer le jouet. Et elle se précipita à sa suite.

Une soudaine vague d'empathie s'empara de Jessica, l'obligeant à détourner les yeux vers les arbres dénudés au fond du jardin. Elle ne voulait pas voir Liam ainsi, aussi seul. Elle ne voulait pas le voir jouer avec le chien de sa fille.

— Mon Dieu, Jessica...

Elle retourna les yeux vers lui et le vit arriver vers elle à grandes enjambées, Molly sur les talons. A la fois farouche et alarmé. Ses jambes immenses ne mirent pas longtemps à couvrir la distance qui les séparait.

— Qu'y a-t-il ? lança-t-il en s'escrimant sur le loquet de la grille, en l'ouvrant et en prenant Jessica aux épaules. Dis-moi...

La brutalité de son geste la pétrifia. Aucune tendresse, aucune sensualité ne vinrent rappeler la nuit précédente.

— Te dire quoi ?

— C'est dans tes yeux. Il s'est passé quelque chose. Emily ?

Ce fut alors qu'elle en prit conscience. Oui, il s'était passé quelque chose, une chose aussi dangereuse qu'irrévocable.

— Non, pas Emily. Nous.

La déception ternit son regard.

— Bon sang, maugréa-t-il avant de la lâcher comme si elle avait été une poupée de chiffon, et non le corps qu'il avait si avidement exploré quelques heures plus tôt. Je t'avais demandé de ne pas revenir tant que tu n'aurais pas de nouvelles de ma fille...

Elle s'interdit toute réaction, et refusa de lui laisser voir à quel point ces paroles la blessaient.

— Je ne suis pas lâche, Liam. Je n'ai pas l'habitude de fuir.

— Quoi qu'il en soit, je ne suis pas adepte du sado-masochisme.

— Qu'est-ce que c'est censé vouloir dire ?

Son regard prit une expression sauvage.

— Toi, bon sang ! Toi ! Je parle de toi ! s'écria-t-il en levant une main vers son visage, puis en la laissant retomber.

Pour la première fois depuis qu'elle le connaissait, il eut l'air complètement perdu.

— Chaque fois que je te vois… mon cœur s'arrête tout bonnement de battre, finit-il par avouer.

Et ces mots, l'intonation torturée avec laquelle il les avait dits, tout cela eut un effet épouvantablement cruel sur son cœur. Fantasmes, rêves, réalité… tout s'écroula, se mélangea. Elle eut envie d'interpréter ses paroles, d'y voir une résurgence de leur nuit d'amour.

— Ce qui s'est passé la nuit dernière n'aurait jamais dû se produire, reprit-il d'une voix dénuée de toute émotion. J'étais épuisé, je n'avais plus les idées…

— Arrête, l'interrompit-elle en avançant d'un pas, menton levé. Ne t'avise pas de me raconter que tu n'as pas voulu ce qui s'est passé hier soir autant que je l'ai voulu. Ne t'excuse surtout pas ! s'écria-t-elle sous le coup de la douleur et de la colère, avant de se surprendre à lui décocher un sourire amer. Tu ne peux tout simplement pas le supporter, n'est-ce pas ? Tu ne peux pas supporter qu'une fois dans ta vie, tu te sois laissé aller à avoir besoin de quelqu'un d'autre, que tu aies baissé ta garde… Que tu aies laissé entrer quelqu'un. Et que tu aies aimé ça !

Son visage s'assombrit encore.

— Tu ne sais pas de quoi tu parles.

— Oh, mais si, je le sais, rétorqua-t-elle. Tu n'as pas l'habitude d'être laissé sur le perron, à regarder ce qui se passe à l'intérieur. Tu as l'habitude de te battre, de tout diriger à ta manière. Mais hier soir, tout a basculé, et, l'espace de quelques heures inoubliables, tu as été librc. Libre d'être l'homme chaleureux et attentionné que tu es vraiment, et pas l'homme de pierre qui te sert de façade. Et ça t'a ébranlé. Ça t'a déconcerté autant que ça m'a déconcertée, alors maintenant, ne va surtout pas prétendre que rien n'est arrivé !

Il se raidit, comme sous l'effet d'une gifle.

— Laisse tomber, Jessica.

Comment l'aurait-elle pu ? Elle était policière, elle savait comment remonter une piste, comment interroger un suspect quand on se sait à deux doigts de la vérité. Et là, face à elle sous le pâle soleil d'hiver, Liam avait le visage d'un homme face à son destin. Il avait les traits durs, tendus, l'œil sombre.

— Tu ne peux pas l'admettre, n'est-ce pas ? Tu ne peux pas admettre que tu as peur…

— Foutaises.

— Peur de tenter une nouvelle fois ta chance, peur de ne plus être aussi solide que le roc, peur de…

Il lui saisit les bras, l'attira à lui et la fit taire au moyen de sa bouche. Ce fut un baiser violent, désespéré. Ses lèvres prirent possession des siennes avec autant de force que de douceur. Puis il lui lâcha les bras, glissa une main sur sa nuque, plaqua l'autre sur son dos et l'attira à lui.

D'abord stupéfaite, elle sentit peu à peu l'espoir renaître en elle, et jeta ses bras autour de lui. Elle lui rendit son baiser avec une ferveur peu commune, avec le désir d'abattre tous les obstacles entre eux, de faire comprendre à Liam à quel point cela pouvait être bon, à quel point sa peur était irraisonnée… L'amour ne pouvait avoir qu'un effet : rendre plus fort.

Il releva brusquement la tête, une étrange lueur dans le regard.

— Est-ce que ça te paraît ressembler à de la peur ?

Elle le dévisagea, haletante, tandis que la vérité se faisait jour en elle et lui donnait envie de pleurer.

— Une terreur absolue.

Ses traits se durcirent encore et, l'espace d'un instant, elle crut qu'il allait lui dire qu'elle était folle, tourner les talons et rentrer chez lui en fulminant. Mais au contraire, il lâcha un juron à voix basse, la serra contre lui et reprit sa bouche. Le baiser qu'il lui donna alors fut plus intense, plus vorace que jamais.

Celui qu'elle lui rendit le fut également.

Elle ignorait totalement ce qu'il y avait en cet homme pour lui faire tout oublier de son bon sens, mais rien ne lui importait davantage qu'être là, dans ses bras. Il luttait contre ce besoin qu'ils avaient l'un de l'autre, c'était évident. Comme il était évident à ses yeux, qu'avoir besoin d'elle était synonyme d'échec.

Il allait falloir lui démontrer que c'était faux.

Les mains de Liam couraient partout sur elle, fortes et chaudes, elles lui caressaient le dos, les fesses, le visage, elles s'enfonçaient dans ses cheveux. Elles la firent se sentir unique et précieuse.

— Tout va bien, Liam, murmura-t-elle contre sa bouche.

Il posa les mains sur sa joue puis les enleva, et elle crut un instant qu'il allait s'écarter, mais il enroula les bras autour de sa taille et la souleva de terre. Traversée de frissons, elle noua les jambes autour de sa taille et se laissa emporter dans le jardin, sur la terrasse et vers la maison.

Sans que leurs bouches se séparent une seule seconde.

Ils eurent à peine le temps d'entrer dans le salon avant que leur désir ne prenne le dessus. Il lui arracha son sweater et son pantalon, elle lui arracha sa chemise et son jean, se rendit compte qu'il déchirait son slip, puis qu'il libérait ses seins et refermait ses grandes mains exigeantes dessus. Ils n'auraient jamais le temps d'arriver jusqu'à son lit.

— Jessica…, murmura-t-il en la couchant sur le canapé.

Elle lui ouvrit son âme et son corps et l'invita dans ce lieu particulier où s'effacent les ténèbres et où rayonne l'avenir. Il n'y eut pas de préliminaires, ils n'en prirent pas le temps. Il n'y avait qu'un seul moyen de combler ce vide entre eux, songea-t-elle en lui ouvrant grand les jambes et en le sentant se glisser en elle.

Alanguie entre ses bras, belle et abandonnée, elle avait appuyé sa joue contre son torse, tandis que sa somptueuse chevelure auburn lui recouvrait le ventre. Ils avaient les jambes emmêlées. Il aurait pu croire qu'elle dormait s'il n'avait pas vu et senti ses longs doigts jouer tendrement avec sa toison pectorale.

Un ravissement accablant monta alors en lui. Il aimait la sensation de sa peau soyeuse, le battement régulier de son cœur, il aimait son parfum si typiquement féminin, son goût enivrant. Il aimait sa façon de ne jamais battre en retraite, comme celle de lever le menton pour le défier de son regard perspicace.

Ce besoin qu'il avait d'elle allait pourtant à l'encontre de tout ce que lui avait appris l'instinct de survie. Elle était la femme la plus étonnante qu'il ait jamais rencontrée, et c'était précisément cela qui la rendait si dangereuse. Elle lui faisait oublier ce qu'il avait besoin de garder à l'esprit, elle le faisait rêver d'un futur auquel il avait depuis longtemps renoncé.

Mais elle le faisait également se sentir vivant.

De nouveau, la culpabilité revint. Il n'aurait pas dû se rendre chez elle la veille, ni céder au besoin de revoir ses yeux lumineux, de sentir ses mains sur lui. Il aurait dû rester seul, comme il le faisait depuis si longtemps. Mais il ne l'avait pas fait, et à présent, il fallait bien composer avec les conséquences.

Jusqu'à présent, le sexe ne lui avait jamais paru compliqué. Le sexe, c'était deux adultes consentants qui se donnaient mutuellement du plaisir. Le sexe avait été un soulagement. Le sexe, on pouvait s'en passer.

Mais il ne s'agissait plus de sexe, et il ne le savait que trop.

Tel était bien le problème.

Ce matin, en se réveillant dans les bras de Jessica, il s'était senti plus entier qu'il n'en avait le droit. Et c'était pour cela qu'il était parti. Stupide plénitude procurée par la relation sexuelle ! avait-il songé en rentrant chez lui. Mais quand il l'avait vue derrière la grille, si courageuse, avec le soleil qui se reflétait sur ses cheveux de cuivre, il n'avait plus voulu qu'une chose : effacer la distance qui les séparait, et la laisser entrer. Même quand elle avait avoué ne pas avoir de nouvelles d'Emily, il avait voulu la prendre dans ses bras. Il avait souhaité sentir son cœur tambouriner contre son torse. S'emplir les narines de son parfum.

Sans plus jamais la laisser s'en aller.

A ce moment, la sonnerie du téléphone brisa net le fil de ses pensées.

— Tu devrais probablement répondre, murmura Jessica en se soulevant légèrement afin qu'il puisse atteindre l'appareil, près du canapé.

Il dégagea son bras à contrecœur et agrippa le combiné :

— Allô !

— Quand vas-tu apprendre ? lui demanda une voix déformée.

Liam bondit sur ses pieds.

— Qui est à l'appareil ?

Jessica se leva également, se colla contre lui et lui posa une main sur le bras.

— Ça y est, tu m'écoutes ? reprit la voix. C'est pas si agréable que ça, de perdre, pas vrai ?

— Que voulez-vous de moi ? Où est ma fille ?

— Tu ferais mieux de te demander où est son chien.

La communication fut interrompue.

Pétrifié, Liam se retrouva incapable de bouger, incapable de respirer. Son cœur tambourinait impitoyablement dans sa poitrine, son sang rugissait à ses oreilles.

— Seigneur, Molly ! s'écria-t-il en enfilant son jean à la hâte avant de courir vers la porte-fenêtre.

L'esprit traversé d'épouvantables pressentiments, il s'enfonça dans le jardin au pas de course, ses pieds nus écrasant l'herbe jaunie.

— Molly ? Où es-tu, ma fille ?

Rien. Aucun aboiement. Aucun chien ne se précipita joyeusement vers lui. Il jouait avec elle quand Jessica était arrivée. Le labrador l'avait suivi jusqu'à la grille…

Il pivota vers l'entrée du jardin, mais ne vit que la grille close.

Il ne se souvenait pas l'avoir refermée.

Jessica le rejoignit. Elle avait enfilé son sweater et son pantalon, mais avait toujours les cheveux ébouriffés, l'œil enfiévré.

— Elle doit bien être quelque part, lui dit-elle alors qu'il appelait la chienne et fouillait le jardin.

Mais il connaissait la chienne de sa fille. Elle venait toujours quand on l'appelait. Il courut en direction d'un bosquet de chênes, situé tout près du belvédère qu'il avait construit pour Emily. Parfois, celle-ci allait y prendre le soleil avec sa chienne, et…

Ce fut alors qu'il vit le tas noir sur le sol, et que son cœur cessa de battre. Il ne comprit même pas comment ses jambes continuaient à le porter.

— Molly !

— Seigneur ! s'écria Jessica derrière lui.

— Molly ! hurla-t-il encore en se précipitant vers la forme inerte.

Il pouvait distinguer les pattes, une queue… Aucun mouvement. Au travers du voile de brume qui lui obscurcissait la vision, il perçut un éclat rouge — le bandana qu'il lui avait noué, le matin même, autour du cou.

Il s'arrêta net. C'était trop. Trop insupportable.

Jessica gravit les quelques marches à sa place, se mit sur un genou, avança la main. Et elle laissa échapper un son étrange. Liam dut ciller plusieurs fois afin de se convaincre qu'il voyait vraiment ce qu'il voyait… Jessica en train de soulever un animal en peluche aussi gros qu'un labrador.

Elle pivota vers lui, et leva un regard aussi incrédule que plein d'espoir. Il tituba, révulsé et malade. Ce n'était pas Molly, sur le sol du belvédère, mais on avait tout mis en œuvre pour le lui faire croire.

— Le bandana ?

Jessica rabattit ses manches par-dessus ses mains avant de dénouer le foulard, puis elle déroula lentement le tissu. Et, comme celui qui avait atterri chez elle, il portait une inscription.

D'abord la mère. Ensuite la fille. Maintenant le chien. Qui, ensuite ?

— Je vais le tuer ! s'écria Liam. Je vais massacrer ce salaud qui pense avoir le droit de bousiller ma vie !

Jessica se remit debout, déchirée entre son besoin de réconforter Liam et celui d'inventorier les indices. Son amant avait le visage livide, les traits durs, un éclat menaçant et presque surnaturel dans le regard.

Ce fut l'inspecteur de police, en elle, qui prit finalement le dessus. Quelqu'un s'amusait à jouer avec cet homme, et si le kidnapping relevait par nature d'une vindicte personnelle, son instinct lui criait que tout cela allait bien plus loin que les motivations habituelles. On entrait dans le royaume du châtiment. De la torture.

L'entraînement prit alors définitivement le pas sur l'émotion, l'objectivité eut raison de son estomac révulsé.

— Liam, j'ai besoin que tu reviennes sur…

— Il était là, bon sang ! hurla-t-il en abattant son poing serré contre le treillis du belvédère. Le fumier qui a enlevé Emily était là, assez près pour enlever aussi Molly, et je ne le savais pas ! Si j'avais été… si j'avais fait un peu plus attention…

— Ne fais pas cela, Liam, le prévint-elle en lui prenant le bras. Tu te fais du mal.

— J'ai eu tort de te laisser t'occuper de cela, lui assena-t-il, glacial, en lui retirant son poignet. J'ai eu tort de penser que ce truc entre nous ne nous exploserait pas à la figure…

Elle tressaillit en le voyant s'éloigner d'elle et regagner les profondeurs insondables de son océan de solitude.

— Non, tu n'as pas eu tort, dit-elle en tendant une main vers lui.

Il lui attrapa le poignet.

— J'ai su depuis le début que tu étais dangereuse, que cette attirance entre nous était une bombe à retardement… Mais pour je ne sais quelle raison ridicule, je me suis persuadé de te laisser sur l'affaire. J'ai inventé des prétextes, je me suis dit que tu pourrais tout arranger. Mais c'est faux, et nous le savons tous les deux !

— Liam…

— On était en train de baiser, bon sang ! s'écria-t-il, désespéré.

Torturé, anéanti, il lui lâcha le poignet et se passa la main dans les cheveux.

— On s'envoyait en l'air alors qu'on aurait dû faire attention… Qu'est-ce qu'on a manqué d'autre ? Ce n'est pas une règle primordiale, ça, chez les flics ? Ne jamais s'impliquer sur un plan personnel ?

La véracité de ce qu'il disait la fit grincer des dents. Sauf ces deux termes qu'il avait employés, et qui enlaidissaient tant ce qu'ils avaient vécu au cours de cette longue nuit.

— On ne peut systématiquement tout contrôler, répondit-elle à voix basse, autant pour lui que pour elle. Parfois, les meilleurs plans, les plus belles intentions du monde ne suffisent pas à inverser le cours du destin, poursuivit-elle en resserrant ses bras autour d'elle, soudain frigorifiée. Ce n'est pas non plus ce que j'avais en tête, mais ce qui est fait est fait, et on ne peut rien y changer. Il ne reste plus qu'à aller de l'avant. Tous les deux, on pourrait…

— Pas tous les deux, la coupa-t-il sèchement. Ce truc entre nous est comme un poison, rien de bon ne peut en sortir… Je vais appeler McKnight, lui dire que ma première idée était la bonne et que j'aurais dû te faire retirer l'affaire après cette fameuse nuit au Deep Ellum.

Autant ces paroles furent douloureusement tranchantes, autant elle refusa de battre en retraite. Trop de choses étaient en jeu.

— Ne nous insulte pas tous les deux en inventant des excuses à la noix, Liam. Pas maintenant.

Les prunelles cobalt prirent un éclat dur.

— De quoi parles-tu ?

— Tu as raison. J'ai dépassé les bornes. Faire l'amour avec toi alors que je m'occupais de ton affaire a été une erreur, répondit-elle, le menton levé, en plantant ses yeux dans les siens. Mais nous savons parfaitement, tous les deux, que ce n'est pas pour cette raison que tu me rejettes. Tu m'as toi-même dit que tu n'avais jamais hésité à bousculer les règles.

— Il s'agit de la vie de ma fille.

— De la tienne aussi.

Elle eut envie de passer les bras autour de ce grand corps viril et de le serrer fort contre elle. Mais le temps du réconfort était venu, et il était passé.

— Ce n'est pas parce que nous avons couché ensemble que tu ne veux plus de moi, reprit-elle, ayant besoin de mettre les choses à nu. Tu m'as laissée entrer hier soir, tu m'as laissée me rapprocher, et cela t'a fait une peur bleue. Tu as consacré ta vie à Emily, comme si, en sacrifiant tout, tu pouvais réparer ce qui s'est passé avec sa mère… Mais un jour viendra où elle ne sera plus ta petite fille à toi. Un jour, elle te demandera de pouvoir partir avec un autre. Qu'est-ce qui se passera, ce jour-là ? Quelles excuses inventeras-tu ?

On aurait dit qu'elle l'avait giflé en pleine face.

— Ce n'est pas de moi qu'il s'agit, s'obstina-t-il à répondre, mais d'une enfant dont la vie est menacée.

— Il s'agit également du père de cette enfant, un homme qui s'est fermé au monde, un homme qui se refuse tout sentiment. Tout désir. Tout besoin. Même si Emily était bien au chaud dans sa chambre en ce moment, nous aurions cette discussion.

Elle était d'abord venue sous le coup de la colère, de la douleur, persuadée qu'elle s'était trompée la veille au soir, mais elle venait de comprendre la vérité. Par un inexplicable miracle, elle avait peu à peu grignoté jusqu'au cœur les défenses de Liam et le voyait tel qu'il était. Non pas le père, ni le protecteur, ni le survivant. Pas non plus le magnat de l'Internet, ni le suspect, encore moins le paria. Mais simplement l'homme avec ses besoins. Sans plus de barrières, ni de défenses.

Ce qui, aux yeux de William Armstrong, était un crime inexpiable.

— Nous avons fait l'amour, Liam, lui dit-elle, soudain mélancolique au souvenir de leur intimité trop éphémère. Tu as besoin de moi et tu ne peux pas le supporter, et c'est pour cela que tu me rejettes.

— Bon sang, Jessica…, commença-t-il en faisant un pas vers elle.

Elle l'arrêta d'un geste.

— Tu prétends que tu n'as pas de temps pour l'amour parce que ta fille a disparu, mais même avant son enlèvement, tu ne t'es jamais autorisé à avoir une vie personnelle.

Il avait passé trop de temps à apprendre l'engourdissement, à tenir les sentiments à distance, à ne rien vouloir de personne. Et une nuit d'amour, aussi époustouflante fût-elle, ne pouvait effacer une vie entière de réflexes de survie.

— Tu ne t'es jamais permis le réconfort d'autrui. L'amour. En faisant tous ces efforts pour gagner du temps, tu n'as fait que le gâcher, et il est trop tard, maintenant.

— Tu ne sais pas de quoi tu parles, inspecteur, lança-t-il sur un ton acerbe.

— Je ne te parle pas en ma qualité d'inspecteur. C'est la femme qui s'adresse à toi, celle qui sait à quel point les instants volés peuvent être destructeurs, lui répondit-elle en refusant de laisser paraître sa détresse. Tu as raison. Ils ne sont pas suffisants pour retrouver ta fille, et ils ne sont pas suffisants pour moi.

Elle tourna les talons et quitta le belvédère sans rien ajouter.

— Jessica !

Cette voix qui prononçait son prénom lui donna un coup au cœur. Elle serra les poings très fort et continua son chemin.

— Bon sang, ne t'en va pas !

La douleur qu'elle perçut dans ces mots la fit s'arrêter. Elle s'immobilisa, redressa les épaules et lui fit face. Et tant pis pour lui s'il voyait ses larmes. Il était temps qu'il assume les conséquences de ses actes.

— Où vas-tu ? lui demanda-t-il.

Elle contempla cet homme seulement vêtu d'un jean, celui-là même qui lui faisait l'amour moins d'une demi-heure auparavant. Le petit belvédère le faisait paraître inexplicablement plus grand, plus solitaire. Dans ses yeux cobalt étincelaient une émotion, un appel qui lui firent mal. Et elle eut encore une fois envie de courir à lui, de le réconforter et de l'aimer, mais elle refusa de se torturer davantage.

Un homme de pierre, se rappela-t-elle. Un homme dur et tenace.

Irrémédiablement solitaire.

— Je fais la seule chose qu'il me reste à faire, Liam. Je vais oublier de t'aimer. Je vais essayer de faire comme si je n'avais jamais cru à un avenir possible pour nous. Je suis l'un des deux inspecteurs désignés pour rechercher ta fille, et je vais le faire.

« En commençant par les dossiers de mon père », ajouta-t-elle mentalement.

— Je ne reviendrai pas tant que je ne l'aurai pas retrouvée, et puis nous reprendrons chacun le cours de nos vies respectives.

Même si ce geste lui coûta, elle fit volte-face et s'en fut vers la grille.

Liam la regarda s'en aller, le dos raide, la démarche déterminée, et pourtant si gracieuse... La brise malmenait ses cheveux, ces mèches au parfum de pomme dans lesquelles il avait enfoui son visage moins d'une demi-heure auparavant.

Presque pris de panique, il voulut traverser le jardin au pas de course et l'intercepter, la prendre dans ses bras et effacer cette douleur qu'il avait vue dans son regard. Cette douleur dont il était responsable. Il voulut lui dire qu'elle avait tort, qu'il avait vraiment besoin d'elle.

Mais il ne le fit pas. Et il se contenta de la regarder partir.

Bien sûr, elle était blessée, furieuse, mais elle s'en remettrait. Et elle irait même mieux qu'avant de le connaître.

C'était préférable, il le savait. Il n'y avait pas de place dans son existence pour la forme d'amour qu'inspirait une femme comme Jessica Clark. Elle méritait mieux, elle méritait un homme qui saurait la faire sourire et qui ne passerait pas son temps à la provoquer d'une manière stérile. Elle méritait un homme au passé limpide, un homme près duquel elle pourrait marcher sans sentir le poids de l'opprobre et du mépris. Un homme dont elle serait fière.

Il n'était pas cet homme-là. Son passé ne s'effacerait jamais. Il y aurait toujours des gens désireux de lui nuire, de l'accuser, de le punir en s'en prenant à ce qu'il aimait par-dessus tout.

Emily, par exemple.

Il ne pouvait laisser Jessica subir le même sort. Il ne le ferait pas.

Jessica jeta quelques pièces dans le panier du poste de péage, puis pesa du pied sur l'accélérateur et, moteur hurlant, dépassa en trombe une camionnette. Trop d'adrénaline courait dans ses veines pour qu'elle ralentisse. Elle avait besoin de vitesse, d'oubli.

Elle ne sentait même plus la fatigue.

Elle avait juste besoin de conduire, conduire, vite, de plus en plus vite. De fuir Liam. Mais, plus encore, de retrouver sa fille. La solution la narguait, elle le savait.

Quand les larmes jaillirent, elle les essuya d'un revers de main rageur tout en lâchant un grognement sourd. Ce n'était pas le moment de se lamenter sur des rêves imbéciles. Elle avait un travail à accomplir, un seul cadeau à offrir à Liam. Son cœur, son corps, son âme étaient pour l'homme, qui n'existerait pas tant que le père souffrait.

L'homme n'existait pas, point à la ligne, se corrigea-t-elle. Liam ne le voudrait pas.

Elle repoussa ses réflexions moroses et se concentra sur les dernières pièces du puzzle, l'appel téléphonique que Liam avait reçu.

« Ça y est, tu m'écoutes ? C'est pas si agréable que ça, de perdre, pas vrai ? »

Nulle mention d'argent. Juste de souffrance. Le kidnappeur n'exigeait rien d'autre que l'attention de Liam.

D'abord la mère. Puis la fille. Maintenant le chien.

Qui, ensuite ?

Son cœur battit un peu plus fort, une sueur froide lui coula dans le dos. Le soupçon qui l'avait effleurée devint plus crispant. Bon sang, il lui fallait les dossiers de son père…

Tout a un rapport avec le passé, avait dit Kirby… Mais en se concentrant sur un seul arbre, elle n'avait pas vu la forêt. *Tout. Il nous fait tels que nous sommes.*

Elle inspira et songea au nombre d'affaires qu'elle avait traitées et à son perpétuel étonnement devant la simplicité de l'explication.

Jusqu'à présent, Carson Manning avait toujours tenu Liam pour responsable de la disparition de sa fille, et voulait le voir souffrir.

— Seigneur, souffla-t-elle.

Sous le coup d'une nouvelle poussée d'adrénaline, elle passa en trombe devant sa bretelle de sortie habituelle et s'en fut vers sa nouvelle destination.

Ils avaient cherché au mauvais endroit. Ils n'avaient pensé qu'au présent, et avaient totalement oblitéré ce qui s'était passé dix-sept ans plus tôt.

Le tintement de la sonnette lui fit l'effet d'un coup de canon. Il referma la lourde porte, se précipita vers l'entrée principale et jeta un coup d'œil dans le judas. Le soleil de l'après-midi étincelant dans l'or de ses cheveux lui donnait l'apparence d'une princesse guerrière.

Bon sang ! jura-t-il.

Que faisait-elle ici ?

Il envisagea un instant de ne pas ouvrir, mais l'éclat farouche de son regard l'avertit qu'elle reviendrait. L'inspecteur Clark avait de la suite dans les idées, et mieux valait ouvrir tout de suite.

La prochaine fois, elle ne serait peut-être pas seule.

Il ouvrit donc en affichant un sourire de commande.

— Quelle surprise ! Je ne m'attendais…

— Je sais que j'aurais dû prévenir, mais j'ai pensé qu'il valait mieux faire un saut. Il faut que nous parlions.

— Tu as l'air contrariée… Il s'est passé quelque chose ? Emily ?

— Oui et non, répondit-elle, sibylline, en regardant par-delà son épaule, dans les profondeurs de cette maison qu'il avait transformée en prison. Je peux entrer ? Il y a un ou deux détails qui me turlupinent. Le passé. Heather.

Il se sentit soudain mal à l'aise.

— Le moment n'est pas très bien choisi. J'ai des rendez-vous en ville.

— Cinq minutes, lui dit-elle en passant devant lui. C'est important.

— Cinq minutes, alors, dit-il en poussant un soupir.

Elle avança jusqu'au canapé de cuir, puis pivota vers lui, l'œil étincelant.

— Les dossiers de mon père sur la disparition d'Heather sont introuvables.

Il sentit son cœur se mettre à battre si vite qu'il en devint douloureux. Elle ne pouvait pas savoir. Personne n'était assez futé. A part, peut-être, Armstrong.

— Quoi ?

— Partis. Envolés. Comme si quelqu'un les avait pris.

Il lâcha une bordée de jurons, très convaincante. Deux précautions valent mieux qu'une.

— Tu es sûre ?

— Certaine, affirma-t-elle, avant de sourire brusquement. Ce qui me fait dire que je suis sur la bonne voie en cherchant la réponse dans le passé… Qui étaient les amis d'Heather ? Quel était son état d'esprit ? Quelle a été la dernière fois qu'elle a appelé chez elle ? Ce genre de choses…

— Qu'est-ce que tu as en tête ? Il s'est passé quelque chose.

Elle se passa une main dans les cheveux, visiblement agitée.

— Quelle est la plus courte distance entre deux points ?

— La ligne droite.

— Bingo, répondit-elle avec un sourire rusé.

Il sentit un froid glacial s'infiltrer en lui.

— Navré, mais je ne te suis pas, là. Et il faut vraiment que j'aille en ville, dit-il en jetant un coup d'œil dans le couloir, ravi d'avoir baissé les stores. On pourrait en parler plus tard, si tu veux.

— Pourquoi pas ce soir ? répondit-elle en regardant sa montre. D'ici là, je devrais savoir ce qu'il y a dans les dossiers de papa.

— Je croyais qu'ils avaient disparu ?

— Les officiels, oui, mais pas ses carnets. Pour autant que je me souvienne, ils sont au grenier.

Tout, en lui, se pétrifia.

— Quels carnets ?

— Il en ouvrait un chaque fois qu'il travaillait sur une affaire importante. « Au cas où », comme il disait. S'il existe un lien entre le passé et le présent, je le trouverai et…

Elle s'interrompit brusquement.

— C'est un chien, que j'entends ?

Il crut que son cœur allait s'arrêter. Lui aussi avait entendu.

— Oui, je l'ai trouvé, improvisa-t-il en se déplaçant vers la porte toujours grande ouverte, pressé de la voir partir. Ecoute, je suis vraiment pressé et…

— Quel genre ?

— Quel genre de quoi ? s'efforça-t-il de demander le plus naturellement du monde, même si son taux d'adrénaline n'avait plus rien de naturel.

— Le chien, insista-t-elle. Quelle race ?

— Un corniaud, répondit-il en ouvrant plus grand la porte.

Cet éclat qu'elle avait dans les yeux ne lui plaisait pas du tout. Il ne lui inspirait aucune confiance.

— Allons, Jessie, on reparlera de tout ça quand…

— Je peux le voir ?

— Le chien ?

— Je songe justement à en adopter un.

— Pas maintenant, je n'ai pas le temps.

L'aboiement se fit plus sonore, plus frénétique. Il aurait dû museler cette satanée bestiole. Il avait juste voulu faire plaisir à la gamine, lui montrer qu'il n'était pas un monstre. Et, bien sûr, faire croire à Armstrong qu'il en était un.

— Juste un coup d'œil, insista-t-elle.

Alors, il comprit dans quel pétrin il était. Elle était bien trop futée pour son propre bien, et si jamais elle voyait le chien ou les carnets de son père, elle comprendrait tout.

— J'ai bien peur, lui répondit-il en souriant, de ne pas pouvoir te laisser faire cela.

14.

Elle savait. Il le vit dans l'éclair de stupéfaction qui traversa son regard, dans sa soudaine raideur. La fille de Wallace Clark n'avait pas été longue à faire le lien.

— Je crois que, tout compte fait, tu n'auras pas besoin de ces carnets.

Heureusement qu'elle était d'abord passée le voir…

— Je suis navré, poursuivit-il, sincère. Cela n'avait pas été prévu dans le plan.

— Quel plan ? s'enquit-elle, sans même un battement de paupières.

Il comprit qu'elle faisait ce qu'aurait fait tout bon flic. Gagner du temps. Elaborer son propre plan.

— Qu'est-ce qu'ils disent, déjà, dans les films ? « Je pourrais te le dire, mais il faudrait que je te tue ensuite » ? C'est ça que tu veux ?

— Nous ne sommes pas dans un film, répondit-elle en plissant les yeux.

— Non, en effet. Nous sommes dans ma vie.

Et à cause d'elle, malgré tous ses efforts pour la fourvoyer, son plan pour rendre la monnaie de sa pièce à Armstrong était sérieusement menacé.

— Tu sais que je ne peux plus te laisser t'en aller, maintenant.

Si elle continua à le fixer sans ciller, il la vit du coin de l'œil déplacer lentement la main vers son pistolet. Elle avait vraiment du cran. Et il fut presque navré pour elle quand elle prit conscience de son erreur.

— Il n'est pas là, Jessie. Tu te souviens que tu as posé ton sac près de la porte, en entrant ?

Tout comme Emily, elle n'avait eu aucune raison de se méfier de lui.

— Il n'existe pas un seul moyen de t'en sortir libre, déclara-t-elle, furibonde.

— Non ? Et comment comptes-tu m'arrêter ?

En un éclair, elle plongea sur son sac.

Mais ne l'atteignit pas.

Il était plus grand, plus fort, et lui fit un plaquage alors qu'elle se précipitait. Elle lutta, mais ne fit pas le poids. Et quand elle l'agonit d'insultes, il la bâillonna avec son T-shirt, avant de la ligoter.

Quelque admiration qu'il eût pour elle, il ne pouvait la laisser ruiner son plan. Pas maintenant. Pas après avoir attendu si longtemps.

Mais son cœur se mit à tambouriner quand il comprit que le temps lui était désormais compté. Il fallait trouver ces carnets. Il ne pourrait plus jouer bien longtemps avec Armstrong. Ni prolonger l'agonie. Quand un officier de police venait à disparaître, une vaste chasse à l'homme se déclenchait.

Bon sang, mais pourquoi avait-il fallu qu'elle soit si futée ? Il avait pourtant fait extrêmement attention, et n'avait pas voulu lui nuire. Il n'avait d'ailleurs voulu nuire à personne. A personne, sauf à William Armstrong.

Il voulait le voir souffrir. C'était l'ultime prix à payer pour la vie qu'il avait volée dix-sept ans plus tôt. Il voulait le dépouiller de tout. Tout prendre.

Ne rien laisser.

*
* *

— Jessica ? Ouvre, c'est moi, cria Liam en tambourinant contre le battant.

Peut-être ne l'avait-elle pas entendu, les deux premières fois où il était venu. Peut-être qu'elle n'avait pas non plus entendu le téléphone.

Ou peut-être encore l'ignorait-elle délibérément.

Il le méritait, après la manière dont ils s'étaient séparés. Et c'était pour cette raison qu'il avait d'abord téléphoné. Et qu'il était venu jusque chez elle. La douleur qu'il avait vue dans son regard était trop forte, et il ne pouvait laisser les choses en l'état.

Il fallait qu'il lui fasse comprendre.

« Je ne suis pas lâche, Liam. Je n'ai pas l'habitude de fuir. » Si les paroles qu'elle avait prononcées le matin même le harcelaient tant, c'était parce qu'il savait qu'elles étaient vraies. Elle n'était pas du genre à esquiver un problème. Elle ne jouait pas, ne se cachait pas, elle abordait chaque nouveau défi de front.

Et ce n'était qu'un des traits qu'il aimait le plus chez elle.

Une sourde inquiétude naquit en lui. Paranoïa, se gourmanda-t-il aussitôt. Pas la peine de laisser le passé lui faire imaginer le pire… Et ce n'était pas parce que tout avait commencé par des coups de téléphone sans réponse, pour Heather comme pour Emily, qu'il y avait de quoi s'affoler. Des milliers de gens ne répondaient pas au téléphone tous les jours sans pour autant disparaître. Vu sa profession, elle pouvait se trouver n'importe où.

Mais un quart d'heure plus tard, il apprit qu'elle n'était pas non plus au commissariat. Elle était passée un peu plus tôt, avait réclamé certains dossiers et s'en était allée. Personne ne l'avait revue depuis.

Il jeta un coup d'œil sur son bureau encombré et s'attarda sur une photo de Jessica et Wallace Clark, tous deux en grand uniforme, lors de ce qui ressemblait à une cérémonie officielle. Il vit de l'amour dans le regard du père, ainsi que de la fierté.

« Bon sang. Où est-elle ? »

En tendant la main vers un stylo pour lui laisser un mot, il remarqua un dossier ouvert contenant plusieurs pages de notes et de transcriptions. Ainsi qu'une photo d'Emily.

La curiosité l'emportant sur la discrétion, il parcourut les feuillets, et il en était à l'audition de Carson Manning quand quelques mots griffonnés dans la marge attirèrent son attention.

— Bonté divine…, marmonna-t-il, assailli par un flot brutal de souvenirs.

Il égrena une bordée de jurons en comprenant ce qui lui avait échappé jusque-là. Jessica avait vu juste.

— Armstrong ? Qu'est-ce que vous foutez là ?

Debout sur le perron d'une maison décrépite de la banlieue sud de la ville, Liam s'exhorta au calme. Il ne pouvait laisser son animosité envers ce gandin de Kirby Long mettre en péril la sécurité de Jessica. C'était la dernière étape. A la suite de plusieurs appels téléphoniques, il avait enfin assemblé les pièces.

Plusieurs vies dépendaient de la coopération de Long.

— Je n'arrive pas à mettre la main sur l'inspecteur Clark, déclara-t-il.

— Vous avez fait tout ce chemin jusque chez moi pour me raconter que vous avez perdu une autre femme ? demanda un Long maussade. Ça devient une manie, chez vous.

Par-dessus son épaule, Liam jeta un coup d'œil vers le salon obscur.

— Quelque chose est arrivé… Il faut absolument que je lui parle.

— Eh ben, si elle est aussi intelligente que je le pense, elle a décidé de ne plus gober vos bobards, rétorqua Long, avec un éclair de malveillance dans le regard. En tout cas, elle n'est pas ici.

Tout espoir de la trouver en train de réviser ses notes dans la cuisine de Long s'évanouit.

— Il l'a enlevée, dit Liam.

Une rage pure bouillonnait en lui, car il avait encore du mal à croire ce qu'il venait d'apprendre. Même McKnight en avait été horrifié.

— Il l'a enlevée, comme il a pris Emily.

Long le fixa, bouchée béc.

— Mais de quoi parlez-vous ?

— Il n'a jamais cessé de me reprocher la disparition d'Heather. C'est pour ça qu'il a enlevé Emily. Elle a presque l'âge qu'avait sa mère à l'époque. Il veut me faire souffrir, il veut me faire comprendre ce que ça fait de perdre quelqu'un…

La moue habituellement suffisante de Long se mua en grimace.

— Qui ? Mais de qui parlez-vous, à la fin ?

— Carson Manning. Le grand-père d'Emily.

Une lueur passa dans le regard glacial de Long, puis il s'esclaffa :

— L'ex-sénateur ? Vous avez perdu la tête !

— Exactement ! grommela Liam, lassé de se montrer poli pendant que s'écoulaient inexorablement les minutes. Les deux personnes qui ont le plus d'importance pour moi ont disparu, et vous voudriez que j'aie toute ma tête ?

— Comment savez-vous que Jessie a disparu ? interrogea Long, après avoir marmonné un juron.

— Je le sais. Et maintenant, en route, inspecteur. Il faut qu'on y aille avant qu'il ne soit trop tard.

— Ceci est du ressort de la police, Armstrong.

— C'est ça ! C'est à cause de moi qu'elles ont des ennuis, bon sang ! Et vous voudriez que j'attende sans rien faire alors que leurs vies sont en danger ? lança-t-il en tournant les talons.

Il ne négocierait pas une seconde de plus avec Long. Il avait déjà perdu assez de temps ainsi.

— Où vous allez comme ça ?

— Chez Manning.

— Eh, une minute ! gronda Long derrière lui. Vous n'avez pas le droit de jouer les justiciers…

Liam poursuivit son chemin le long de l'allée, certain que Long le suivrait.

— Espèce de sale…

— On ne bouge plus, Kirby, lança alors une voix autoritaire.

Liam fit volte-face et vit le collègue de Jessie fixer un regard interdit sur son officier supérieur. Il avait plissé les yeux, tordu la bouche en rictus.

— Que faites-vous ici, mon capitaine ?

— J'ai un truc à te dire, fiston, répondit McKnight en faisant un pas vers son subordonné.

Liam sentit grimper la tension, et l'impatience le dévorer.

— Jessie a peut-être des ennuis, lança Long en regardant successivement son capitaine et Liam, la main non loin de son arme. Armstrong pense qu'elle a été enlevée.

— Je suis au courant de ce que pense Armstrong, répondit McKnight alors que deux autres inspecteurs surgissaient dans l'allée. Maintenant, si nous allions faire un tour pendant que ces garçons jettent un coup d'œil à l'intérieur ?

Long devint plus immobile qu'une statue. A l'exception de ses yeux qui prirent un éclat sauvage et jetèrent des éclairs.

— Mais de quoi parlez-vous, à la fin ?

— Juste cinq minutes, Kirby, pas plus.

— Qu'est-ce que c'est que ces conneries ? rugit l'inspecteur avant de regarder Liam. Tu m'as tendu un piège, espèce d'enfant de salaud !

— Tout doux, l'ami, le tança son capitaine en lui posant une main sur l'épaule. Tous les deux, on sait qu'il faut respecter la procédure. Alors fais-moi plaisir et laisse-nous en finir avec ça, qu'on puisse passer à autre chose.

Long fusilla Armstrong du regard.

— Minable salopard, tu ne t'en tireras pas comme ça ! D'abord Jessie, et maintenant McKnight. Je ne comprends toujours pas comment tu as réussi à leur faire avaler tes salades.

Dès qu'il vit McKnight faire signe aux deux inspecteurs, Liam partit en courant vers la maison. Suivi par le regard brûlant de haine du coéquipier de Jessica. Il fut pratiquement aveuglé par le contraste entre le grand soleil et la pénombre de l'intérieur, mais n'en continua pas moins à courir en criant :

— Emily ! Jessica !

Les deux inspecteurs le précédèrent en direction du couloir obscur. Toutes les portes étaient fermées.

— Emily ! Réponds-moi, chérie !

Rien.

Le cœur de Liam cognait encore plus fort dans sa poitrine que ses pieds sur le sol.

— Jessica !

Les deux policiers poussèrent chacun une porte et pénétrèrent dans les pièces au pas de charge, pistolet en main, parés à toutes les éventualités. Liam courut vers les deux autres portes closes. Pratiquement mort de peur.

— Jessica !

Alors, il l'entendit. Comme un bruit sourd, derrière la quatrième porte.

— Emily ?

Il secoua la poignée. Verrouillée.

— J'ai quelque chose, ici, hurla-t-il à l'intention des policiers, qui le rejoignirent aussitôt.

Ils tournèrent eux aussi la poignée. En vain. Alors, faute d'autre possibilité, ils reculèrent et se jetèrent de tout leur poids contre le battant. Encore. Et encore.

Le martèlement crût en intensité. Il devint insistant.

Liam sentit son cœur s'affoler. Elles étaient là-dedans, il le sentait. Il voulait fracasser cette porte, les trouver ensemble et en bonne santé, les serrer toutes les deux dans ses bras et ne plus jamais les lâcher.

Les deux hommes se jetèrent une dernière fois contre la porte, qui céda enfin. Pistolet braqué devant lui, le premier pénétra dans la pièce, puis il lâcha un immonde juron.

Liam laissa échapper un cri animal et le repoussa. Alors ses yeux tombèrent sur le lit. Et ses genoux ne furent pas loin de se dérober.

Jessica.

Une rage brutale s'empara de lui. Un besoin de châtier.

Mais il courut vers la femme à qui il avait fait l'amour le matin même. Elle était couchée sur le lit, un T-shirt enfoncé dans la bouche, mains et pieds ligotés aux montants du lit. Ses immenses yeux d'ambre étaient écarquillés de fureur.

— Nom d'un petit bonhomme ! s'exclama le deuxième inspecteur.

— Passez-moi un couteau, cria Liam, pris du besoin de la toucher, de la libérer, de la serrer contre lui. Tout va bien, lui dit-il en tombant à genoux près du lit et en faisant courir ses mains sur son corps. Tout va bien. Je t'ai retrouvée.

Elle cilla à plusieurs reprises et voulut dire quelque chose.

— Attends, reprit-il en attrapant le vêtement qu'on lui avait fourré dans la bouche et attaché dans la nuque. Je t'ai retrouvée ! répéta-t-il encore et encore, tout en sentant la rage croître en lui. Je t'ai retrouvée.

Il éprouvait un besoin irrésistible de la serrer contre lui, mais il lui fallait d'abord la détacher. L'un des deux policiers revint avec deux couteaux de cuisine et tous deux entreprirent de couper ses liens.

Il finit de dégager le bâillon.

— Liam ! s'écria-t-elle, d'une voix rauque et presque inaudible.

— Je suis là, tout va bien, chantonna-t-il en lui caressant le visage, et en grinçant des dents au spectacle de sa bouche ensanglantée et meurtrie.

La dernière corde enfin sectionnée, il put la soulever dans ses bras et l'asseoir sur ses genoux. Il lui caressa le dos quand elle se mit à trembler. En tremblant lui aussi.

— Tout va bien, ne cessait-il de répéter, tant il craignait qu'elle ne soit en état de choc.

Et s'il voulait la serrer éternellement contre lui et ne plus la lâcher, jamais, il fallait tout de même qu'elle lui dise ce qui s'était passé. Pourquoi son collègue s'en était pris à elle.

— Qu'est-il arrivé ? lui demanda-t-il aussi gentiment que possible. As-tu retrouvé Emily ?

Jamais encore il n'avait plus redouté la réponse à une question.

— Aboiements…, souffla-t-elle avec le filet de voix qui lui restait. Molly… Ent… endu aboyer.

Il jeta un regard aux policiers.

— Où ?

— Au… tre côté de la maison.

Les inspecteurs se précipitèrent hors de la pièce.

— V… vas-y, l'encouragea-t-elle de sa voix râpeuse en lui caressant la joue. Trouve ta fille.

— Je…

Il fut interrompu par des hurlements rageurs.

— Pas un pas de plus ! lança la voix de Kirby Long. Un geste, et je vous jure, je crève la gosse !

Liam se retrouva en train de courir dans le couloir avant même d'avoir pris le temps de réfléchir. Le spectacle qui l'attendait au bout le figea sur place.

Emily.

Debout dans l'embrasure de la cuisine, Long maintenait sa fille fermement plaquée contre lui, un revolver braqué sur sa tempe. Elle avait ses longs cheveux bruns complètement emmêlés, ses magnifiques yeux bleus agrandis de fureur, mais ne semblait pas avoir trop souffert. Une Molly muselée bondissait derrière Long. McKnight paraissait avoir disparu.

— Lâche-la, jeta-t-il entre ses dents serrées.

— Allez, Long, renchérit l'un des deux inspecteurs, arrête tes conneries, mon pote... Tu sais bien que c'est pas une solution.

— Il est trop tard, gronda Long. On sait tous que c'est la seule.

Avec ses cheveux en bataille, ses yeux d'animal sauvage acculé, il n'avait plus rien du dandy pommadé qu'il était encore dix minutes plus tôt.

— C'est moi que tu veux, intervint Liam en se rapprochant centimètre par centimètre sans jamais lâcher sa fille du regard. Laisse partir Emmie et prends-moi à la place.

— Papa ! Non ! s'écria-t-elle.

— Kirby...

La voix cassée de Jessica le fit sursauter. Il tourna la tête, la vit venir se planter à son côté et songea qu'il n'avait encore jamais rencontré femme plus courageuse. Elle avait les commissures des lèvres meurtries et sanguinolentes, le visage livide, les poignets écorchés et contusionnés, mais une lueur guerrière étincelait dans ses yeux d'ambre. Il n'aurait pu l'aimer davantage.

— N'aggrave pas la situation, Kirby, poursuivit-elle. Laisse partir Emily.

— L'aggraver ? rugit Long en faisant de grands moulinets avec son arme. Ce fils de pute a pris tout ce que j'ai jamais voulu. Que le diable m'emporte si je le laisse aussi me prendre ma liberté !

— Heather nous a quittés tous les deux, déclara Liam en faisant un autre pas vers Emily.

Long tordit la bouche en un rictus et recula d'un pas dans la cuisine.

— C'est moi qui l'ai aimée en premier. Je l'ai toujours aimée. Tu me l'as volée, tu lui as fait l'enfant que j'aurais dû lui faire, tu as tout eu, et moi rien !

— Mon Dieu, souffla Jessica, atterrée. C'était donc elle, la femme que tu aimais ? Celle que tu avais perdue ?

— Je ne l'ai pas tuée, reprit Liam. Jamais je n'aurais fait de mal à la mère de mon enfant, *Kale.*

Kirby Long blêmit en entendant son diminutif.

C'était celui qu'utilisait Carson Manning pour désigner le garçon qu'il avait choisi pour épouser sa fille. William l'avait lu dans les notes de Jessica, et il lui avait suffi de voir ses initiales pour faire le rapprochement : Kale, K.L., Kirby Long.

— T'en as mis du temps à piger, mon gars…, ricana Kirby qui avait repris sa superbe. Mais voilà, je suis patient. Je savais que le jour viendrait. Je savais que si j'attendais assez longtemps pour avoir les bonnes cartes en main, tu souffrirais comme j'ai souffert quand j'ai tout perdu.

Les larmes jaillirent des yeux d'Emily quand elle sentit que Long l'entraînait avec lui, car elle savait que jamais son père ne le laisserait l'emmener ailleurs. Il y laisserait d'abord la vie.

Jessica avança d'un pas, main tendue.

— Kirby…

— Non !

Tout arriva alors très vite. Long s'écroula au sol avant même que Liam ait pu comprendre ce qui se passait. Il courut aussitôt vers sa fille et referma ses bras sur elle. Appuyée de tout son long contre son père, elle le serra aussi fort qu'il la serrait, et il fut submergé par une joie sans mélange.

Sa fille solidement nichée contre lui, il tourna alors les yeux vers l'intérieur de la cuisine et y découvrit une femme. Celle qui avait assommé Long avec un pied de lampe. Celle qui braquait à présent sur lui un regard agrandi par la peur.

Cette femme-là avait disparu de sa vie dix-sept années auparavant.

Heather.

15.

La femme aux cheveux blonds blêmit.

— Liam…

La stupéfaction, l'incrédulité le frappèrent de plein fouet. Dix-sept ans qu'il essayait de la retrouver, et voilà qu'elle réapparaissait en braquant sur lui des yeux effrayés. Un inspecteur passa les menottes à Long, toujours écroulé à ses pieds.

— C'était donc toi ! s'écria-t-il, ahuri, et malade de n'avoir pas cru Jessica quand elle avait envisagé cette hypothèse. C'est toi qui as embringué Long là-dedans. Toi qui as enlevé ma fille…

— Non ! se défendit-elle. Non…

Il resserra encore les bras autour de sa fille en pleurs et lui caressa les cheveux, sans jamais lâcher sa mère du regard.

— Après tout ce temps, tu t'es dit que tu pourrais revenir comme si de rien n'était et m'enlever ma fille ? Celle que tu as abandonnée sans aucun remords ?

— Bon sang, que se passe-t-il, ici ?

Le capitaine McKnight pénétra dans la maison sur des jambes mal assurées, la tempe maculée de sang.

— Commandant ! s'écrièrent en chœur Jessica et les deux inspecteurs.

Un peu étourdi à la suite du coup de crosse qu'il avait visiblement reçu, il s'appuya sur celui des deux qui l'avait rejoint.

— Que se passe-t-il ?

— Je vais vous le dire, moi, gronda Liam sans cesser de fusiller Heather du regard. Voici celle qui a entraîné Long dans cette histoire.

— Non, protesta-t-elle. Cela ne s'est pas passé ainsi.

— Elle s'est servi de son ancien petit ami et lui a donné le sale boulot à faire. Elle…

— Non ! cria Emily en relevant ses yeux rougis vers lui. Ça ne s'est pas passé comme ça, papa. Elle n'a rien à voir là-dedans. Elle a pris soin de moi.

— Ma chérie, tu viens de vivre une épreuve particulièrement pénible, et…

— Mais elle aussi ! Il s'en est pris à elle…

— Je ne lui aurais jamais fait de mal ! s'écria en même temps Heather, les bras resserrés autour de sa taille maigre. Jamais.

Il la regarda de nouveau, mais au lieu de voir l'âme en peine qui l'avait attiré si longtemps auparavant, il vit une femme à qui le temps n'avait pas fait de cadeau. Elle n'avait jamais été pétulante et lui avait toujours fait penser à une délicate fleur de serre. A présent, c'était une fleur de serre desséchée.

— Alors comment appelles-tu l'abandon, toi ? siffla-t-il entre ses dents. Ce n'est pas une manière de faire mal, peut-être ?

Elle secoua la tête.

— J'ai fait ce que je pensais être le mieux. Pour tout le monde, mais surtout pour elle.

— T'enfuir, tu qualifies ça de « mieux » ?

— J'ai voulu éviter un désastre avant qu'il ne soit trop tard, se défendit-elle tristement. Nous n'étions pas amoureux l'un de l'autre. Rappelle-toi, nous nous supportions à peine. Quand tu me regardais, je lisais dans tes yeux que tu avais lié ta vie à quelqu'un que tu n'aimais pas et dont tu n'avais pas besoin.

— Ce n'est pas de moi qu'il s'agit, mais de ta fille, corrigea-t-il.

— Ça m'a brisé le cœur de devoir la quitter ! s'écria-t-elle, les yeux pleins de larmes. Mais tu sais aussi bien que moi que je n'étais pas en position de faire une bonne mère. Je ne savais même pas qui j'étais, je… je n'étais pas prête. Je ne pouvais pas être la mère dont elle avait besoin, expliqua-t-elle en tendant des mains suppliantes vers lui. Mais toi, tu étais né pour être père. Je savais que tu déplacerais des montagnes pour elle, je savais que vous seriez bien mieux sans moi. Je savais que tu trouverais quelqu'un d'autre, une femme capable de devenir la mère que méritait Emily, et que tu vivrais heureux le reste de ta vie.

— J'ai failli vivre le reste de ma vie en prison, bon sang ! hurla-t-il.

— Mais je ne l'ai jamais su ! Je n'ai jamais imaginé qu'on t'accuserait de m'avoir fait du mal…

— Tu connaissais ton père, tu savais qu'il était fou de toi et qu'il voulait diriger ta vie. Et tu t'es imaginé qu'il se contenterait d'une énigme ?

Heather repoussa ses cheveux en arrière.

— Je… je n'ai jamais pensé qu'il s'en prendrait à toi.

— Tu n'as jamais pensé, point à la ligne ! Tu n'as même pas passé un coup de fil à qui que ce soit, tu n'as même jamais dit à personne que tu allais bien !

— Mais si je l'avais fait, mon père m'aurait retrouvée, et tout aurait été pire pour tout le monde. Il nous aurait forcés au mariage, et nous savons tous les deux quel désastre ça aurait été. Nous nous serions détruits, et Emily avec nous.

— Il y a eu une véritable chasse pour vous retrouver, intervint Jessica, qui était revenue se placer au côté de Liam.

— Je l'ignorais, lui répondit Heather. Au Mexique, dans le village où j'avais atterri, aucun avis de disparition n'est jamais arrivé. J'ai finalement épousé un Mexicain. Je voulais repartir de zéro, tout recommencer.

Bonté divine, il en arrivait à la croire ! Elle n'avait jamais eu la force d'une Jessica. Après une enfance étouffante, elle commençait à peine à déployer ses ailes quand ils s'étaient laissés tomber sur un lit et avaient fait l'amour.

— Alors, tu t'es enfuie…

— Je pourrais répéter mille fois que je suis désolée, mais cela ne serait largement pas suffisant. Je ne puis défaire ce qui a été fait. Dieu sait que j'ai lutté pour prétendre que le passé n'avait jamais existé. Je savais que je n'avais pas le droit de revenir. Pas le droit de faire irruption dans la vie de ma fille. Mais tout au fond de mon cœur, je n'ai jamais pu l'oublier.

Il contempla celle pour qui il avait eu jadis de l'affection, mais jamais d'amour.

— Pourquoi maintenant ? l'interrogea-t-il, pressé d'assembler toutes les pièces du puzzle. Pourquoi revenir maintenant ? Emily est presque adulte.

— Je… j'ai failli mourir. J'ai eu un accident de voiture, dans lequel mon mari a trouvé la mort. J'ai alors compris à quel point la vie est fugace, combien elle est précieuse. Et je me suis trouvée dans l'incapacité de vivre encore selon les choix — les erreurs plutôt — que j'avais faits. Il fallait que je sache si ma fille avait un peu de place pour moi dans sa vie. Alors, j'ai téléphoné à Kale.

— Bon sang, quel rapport entre Long et Emily ? C'est moi, son père !

Elle baissa les yeux vers le personnage toujours inconscient à ses pieds, celui qui avait enlevé sa fille et ligoté Jessica.

— Il m'aimait, répondit Heather d'une voix hachée. Il m'aimait depuis l'enfance, et même quand j'ai commencé à sortir avec toi, il m'aimait encore. Il m'avait promis de toujours être là pour moi.

— Alors tu l'as convaincu de kidnapper ma fille ?

— Non !

— Ça ne s'est pas passé comme ça, papa ! protesta Emily.

Etonné, il la dévisagea.

— Il l'avait enfermée, elle aussi, lui expliqua-t-elle. Il disait qu'il ne pouvait pas risquer de se laisser attendrir par elle ni lui laisser la liberté de te téléphoner.

— Je l'ai appelé pour savoir si je pouvais revenir et quelles seraient tes réactions, précisa Heather. Il a été si chaleureux quand il m'a répondu, il m'a même payé le voyage jusqu'à Dallas. Il m'a dit que tu étais devenu vindicatif et dangereux, mais qu'il allait tout arranger pour que je puisse rencontrer Emily. C'est tout. J'ignorais ce qu'il avait en tête jusqu'au jour où il est arrivé avec elle. J'étais complètement sous le choc. Je lui ai dit qu'il n'avait pas le droit de faire ça, que ce n'était pas cela que je voulais, mais il m'a répondu que je n'aurais jamais d'autre moyen de te reprendre ma fille.

— Seigneur, murmura Jessica.

— Je ne savais pas, Liam, je te le jure. Je n'avais pas idée de l'intensité de sa haine. Je ne savais pas qu'il avait passé dix-sept ans à te croire mon assassin. J'ignorais qu'il était entré dans la police dans le seul but de te faire payer.

— Qu'espérait-il gagner avec le kidnapping d'Emily ? s'enquit Jessica.

Liam ne put qu'imaginer le sentiment de trahison qu'elle devait ressentir vis-à-vis de son collègue. Heather regarda Kirby, puis Jessica, avec une infinie tristesse.

— Moi, en m'offrant le seul cadeau que me refuserait toujours Liam. Ma fille.

— Et il en profitait pour le faire souffrir, intervint Jessica. Il le faisait passer par les mêmes affres que lui lors de votre disparition.

— Je sais que ce que j'ai fait est impardonnable, reprit Heather, et je le regretterai le restant de mes jours. Mais j'étais jeune, désespérée… J'ai vraiment cru agir pour le mieux, pour tout le monde.

— Non, lança Emily en se dégageant des bras de son père.

— Emily ! lâcha Heather, éperdue.

— Ce n'est pas impardonnable, reprit l'adolescente. Peut-être que si tu t'étais pointée un jour, juste comme ça, j'aurais eu du mal à te croire, mais là…

— Mais là quoi, Emmie ? lui demanda Liam.

Sagesse et maturité rayonnaient dans les yeux de l'adolescente.

— Au début, j'étais toute seule, et puis il l'a jetée dans la pièce où j'étais. J'ai bien vu qu'elle était terrifiée, mais elle passait son temps à me dire que tout s'arrangerait. Que tu finirais par nous retrouver.

— Elle t'avait dit qui elle était ?

— Pas besoin. C'est le portrait craché de grand-mère, répondit Emily en jetant un coup d'œil à sa mère. Ce n'était pas facile d'être furieuse contre elle, alors que, de toute évidence, elle s'inquiétait plus pour moi que pour elle.

— Je te demande pardon, dit Heather à Liam. Je n'ai jamais voulu vous faire de mal, ni à l'un ni à l'autre. C'est justement cela que j'avais voulu éviter.

Il comprit alors qu'il la croyait. Il comprit aussi que la haine qu'il avait naguère ressentie pour elle était morte. A vrai dire, il était surtout soulagé d'avoir retrouvé sa fille en bonne santé, et n'éprouvait nullement ce qu'il aurait dû éprouver… Le goût si doux de la justice.

Bien sûr, ils ne pourraient jamais faire comme si le passé n'avait pas existé, mais les blessures cicatriseraient. Ils avaient tous assez souffert.

— Je ne vois pas l'intérêt de faire revivre le passé, déclara-t-il.

— Il faudrait, madame, dit un des inspecteurs à Heather, que vous veniez avec nous. Nous avons pas mal de questions à vous poser.

— Bien évidemment, acquiesça-t-elle en reniflant.

— Votre fille et vous également, monsieur Armstrong.

— Je veux d'abord qu'un médecin l'examine.

— L'ambulance est en route.

Liam attira Emily dans ses bras, et la serra fort contre lui. Sa petite fille. Sauvée. Dans ses bras. Enfin.

Choc, incrédulité, soulagement, tous ces sentiments tourbillonnaient dans l'esprit de Jessica. Pas étonnant que Kirby ait toujours éludé ses questions, quand elle l'interrogeait sur cet amour perdu. Elle avait toujours su que quelque chose le rongeait, qu'il en avait gros sur le cœur, mais jamais elle n'aurait pensé qu'une telle haine le dévorait. Une haine que son père avait malheureusement entretenue.

Elle contempla Liam et sa fille dans les bras l'un de l'autre. Elle ne pleurerait pas. Mais, Seigneur, comme elle en avait envie !

Toute grande qu'elle fût, Emily avait l'air minuscule dans les bras de son père. On aurait presque dit une petite fille. Les yeux clos, Liam l'avait enfermée dans une étreinte farouche et la protégeait littéralement de son corps, comme si elle était le bien le plus précieux au monde. Et, naturellement, elle l'était.

Molly aboyait et bondissait autour d'eux, frénétique. Quelqu'un lui avait enlevé sa muselière.

Et le cœur de Jessica commença à saigner. Elle rêva de rejoindre le père et la fille, d'enrouler ses bras autour d'eux et de participer à leur bonheur, mais elle savait que ce n'était pas sa place. Le rôle qu'elle avait joué dans la vie de Liam était arrivé à son terme.

— Laisse-moi te regarder, dit-il d'une voix d'une tendresse infinie en reculant d'un pas pour contempler sa fille. Nous avons tant de choses à nous dire. Tu vas bien ?

Les yeux d'Emily s'emplirent d'un nouveau flot de larmes.

— Je ne savais pas s'il s'en était pris à toi ou pas, papa. J'étais terrifiée à l'idée que, peut-être...

— Chut..., dit-il d'un ton apaisant en la serrant une fois encore contre lui. Tout va bien, maintenant.

Et c'était vrai.

Jessica détourna les yeux de cette scène douloureusement tendre et sortit dans le soleil couchant. Tout en s'efforçant de prendre la contenance d'un policier responsable et non pas d'une femme au cœur en charpie.

— Jessie ? lança le capitaine McKnight alors qu'elle avait descendu la moitié de l'allée. Tu vas bien ?

Elle s'obligea à lui sourire :

— Ce n'est pas moi qui ai la tempe en sang.

— Il m'a bien eu, bougonna-t-il. Je l'ai à peine lâché des yeux une demi-seconde, mais ça a suffi.

— J'aurais dû comprendre plus vite, grommela-t-elle. Je savais qu'il en voulait à Liam, mais je n'aurais pas cru que ça le pousserait à enfreindre la loi.

— Comment aurais-tu pu ? Tu travaillais avec lui. Tu lui faisais confiance, et il s'en est servi contre toi. Comme il connaissait ton mode de fonctionnement, il s'arrangeait pour avoir toujours une longueur d'avance sur toi. Tu ne savais pas qu'il existait un lien entre lui et le passé, n'est-ce pas ?

— J'étais si près pourtant. Si j'avais pensé à relire les dossiers de papa plus tôt, je parie que j'y aurais trouvé une audition de Kirby et que j'aurais fait le rapprochement. Et rien de tout cela...

— Ne te condamne pas pour quelque chose que personne n'a su voir, Jessie.

— Pourtant, cela explique tant de choses !

Et c'était exact. La duplicité de Long expliquait toutes les bizarreries qui l'avaient tarabustée depuis le tout premier jour de l'enquête.

— Cela explique pourquoi, reprit-elle en comptant sur ses doigts, la disparition d'Emily a d'abord fait penser à une fugue. Pourquoi Liam a retrouvé Braxton avant nous. Pourquoi ce premier message est arrivé chez moi et pas chez lui. Il nous a manipulés tout le temps, il a passé son temps à nous déstabiliser. Il éparpillait les indices, et personne n'a eu l'idée de jeter un coup d'œil là où il aurait fallu.

— Je dois bien admettre que quand Armstrong m'a téléphoné, j'ai franchement cru qu'il avait perdu la tête.

— Il t'a appelé ?

— Il avait trouvé le résumé de ton entretien avec Carson Manning sur ton bureau, et il a vu un mot que t'avait laissé Kirby, signé de ses initiales.

— « K.L. », répéta-t-elle, sidérée, en se souvenant du « Kale » cité par Manning.

— Exactement. Armstrong te cherchait quand il a vu ça, et le déclic s'est fait dans son esprit. Il n'avait jamais vu l'ex-amoureux d'Heather, mais il s'est souvenu l'avoir entendue souhaiter qu'ils ne se croisent jamais, et prédire qu'il y aurait du sang si cela arrivait. C'était hasardeux, mais il m'a demandé d'appeler la mère de Kirby pour lui demander s'il avait jamais connu Heather Manning. Quand elle a répondu par l'affirmative…

— Mon Dieu…, murmura Jessica en réprimant un frisson.

McKnight lui passa sa veste sur les épaules.

— Il faut qu'un médecin t'examine.

— Ça va aller.

Il lui prit les mains et les leva paumes vers le haut, afin de lui montrer ses poignets entaillés et couverts d'ecchymoses.

— Tu ne manques pas d'humour, en ce cas. Permets-moi de redevenir « oncle Ben », au lieu du capitaine McKnight.

Inexplicablement, il réussit à la faire sourire. Elle leva les yeux, les plongea dans son regard débordant de bonté et, l'espace d'un instant, le temps n'eut plus aucun sens. Elle le revit comme elle le voyait quelque vingt ans plus tôt, quand il la soulevait dans ses bras musclés et la hissait loin au-dessus de sa tête. Elle riait alors, elle ne pouvait plus cesser de rire…

Tout était si simple, à cette époque… Si évident. Si innocent.

— Dommage que ton père ne soit plus là aujourd'hui, poursuivit-il en lui passant un bras sur les épaules pour l'attirer tendrement à lui. Il avait tort en ce qui concernait Armstrong, mais il aurait été fier de voir comment tu as mené ton enquête. Tu as fait preuve de courage et d'objectivité dans des circonstances qui n'étaient pas simples.

Les émotions que son père lui avait tant appris à cacher la submergèrent, et elle tourna les yeux vers la maison de Kirby. Cette maison dans laquelle Liam et sa fille étaient enfin réunis.

Elle avait respecté sa part du contrat. Liam avait retrouvé sa fille, mais aussi un avenir libéré des ombres qui l'avaient obscurci tant d'années.

Elle redressa les épaules et leva les yeux vers Ben.

— Allons-y, lui dit-elle, nous n'avons plus rien à faire ici.

— Je t'emmène à l'hôpital, dit Liam en s'emplissant encore une fois les yeux de son enfant.

— Mais ça va, papa, je t'assure. Il ne m'a rien fait. Au contraire, il a même tout fait pour que je l'aime, il m'a même ramené Molly ! s'exclama-t-elle en regardant ses mains trempées par les coups de langue répétés de sa chienne. Heather n'y est vraiment pour rien, tu sais, ajouta-t-elle. C'est bizarre. Je ne sais pas si je pourrai jamais l'appeler maman, mais j'aimerais bien qu'elle reste un peu.

— Je suis d'accord. Et maintenant, ma chérie, j'aimerais beaucoup te présenter quelqu'un, dit-il en se retournant.

Mais il n'y avait plus personne.